REPAIRER

リペアラー

大沢在昌

角川書店

リペアラー

装　丁
泉沢光雄

写　真
Adobe Stock

1

今日は月に一度の、じいちゃんの外出日だ。

毎月何日《なんにち》と決まっているわけではないが、その月の一日《ついたち》に「今月は何日」というショートメールが俺の携帯電話に入る。送ってくるのはいつも同じ番号の携帯電話からだが、それが誰のものか俺は知らない。

その日になると俺は市川《いちかわ》にあるじいちゃんの家にいき、年代物のメルセデスのエンジンをかける。

もう五十年以上前の代物だが、前にじいちゃんの運転手をしていた高園《たかぞの》さんがすごくていねいに乗り、手入れをしてくれていたので、エンジンの調子は悪くない。

高園さんは目が悪くなったからと、三年ほど前に運転手を引退した。今もじいちゃんの家の近所に住んでいて、庭の手入れをしにきてくれる。

じいちゃんの家は敷地が三百坪ほどあって庭も相当広い。年に二回庭師が植木の剪定《せんてい》にくるが、草むしりなんかはとうていそれじゃおっつかない。

月に一度、じいちゃんの運転手をしたあとは、庭の草むしりをするのも俺の仕事になっている。

ちなみに俺の本業はフリーのイラストレーターだ。正直、たいして絵の才能はないのだが、大学をでて最初につとめたスポーツ系の出版社から、雑誌のイラストの注文があるので何とか食えている。野球やサッカー、ゴルフなどのアスリートのイラストは、躍動感や筋肉の描き方など、慣れない人間には難しい。多少下手でも、描き慣れた俺のイラストが売れる理由だ。

その稼ぎを補っているのが、月に一度のじいちゃんの運転手と草むしりのアルバイトだ。

じいちゃんは今年八十二歳になる〝占い師〟だ。占い師といっても看板を掲げて、人生相談に乗っているわけじゃない。

よくは知らないが、政界や財界にじいちゃんのファンがいて、占いという形で相談ごとに応じているらしい。高校の頃からの友人のミヤビは「フィクサー」だといっているが、俺からすればただのお祖父《じい》ちゃんで、とてもそんなすごい人間には見えない。

映画なんかにでてくる「フィクサー」は和服を着て、剣呑《けんのん》そうなボディガードを従えているものだが、じいちゃんは作務衣《さむえ》すら着ていない。家じゃたいてい厚手のスウェットで、近所にでかけるときは、それに厚手のジャンパーを羽織る。

ばあちゃんは、俺がまだ高校生だった十五年前に亡くなった。近所のスーパーで買物をしているときに脳梗塞《のうこうそく》で倒れ、それきりだった。

以来じいちゃんはひとり暮らしだ。その年齢の人にしては珍しく、料理もする。食事はたいてい自炊で、買物などは自分でいくときもあるが、高園さんが週に何度かいってくれているようだ。

高園さんは、はっきりとは知らないがたぶん七十代のどこかで、俺が物心ついたときには、じいちゃんの運転手兼秘書のようなことをしていた。家族はいなくて、じいちゃん家《ち》から歩いて五分くらいのマンションにずっと住んでいる。

じいちゃんは、俺の母方の祖父にあたる。子供は俺のお袋しかおらず、であればお袋ももう少し父親を気づかってもいいようなものだが、頭の中が一年中夏の彼女はパートナーと沖縄に住んでいる。

俺の父親とは、俺が五歳になる前に離婚し、それ以来、十年に一回くらいの周期でパートナーがかわっている。

それはそれで、お袋がハッピーなら文句はいわない。べったりそばにいられて、嫁をもらえだの定職につけだのと求めてくる母親よりはマシだと思うことにしている。

ちなみに俺にも兄弟はいない。じいちゃんにもいないから、三代ひとりっ子の家系ということになる。

毎月の決まり通り、外出日は、午前十時ぴったりに市川のじいちゃんの家を出発する。

行先は、ＪＲ神田《かんだ》駅に近い古いビルだ。二階に「行政統計研究所」と窓ガラスに書かれた部屋があり、じいちゃんはそこに入っていく。

あるとき、その古いビルの周りに黒塗りの、それもときにはＳＰをひきつれた車が止まっていることに俺は気づいた。黒塗りを降りたおっさんが同じビルに入っていくのも見た。

どうやらじいちゃんの〝客〟らしい。

〝客〟はひとりとは限らず、二、三人いることもある。そんなときは、あちこちに黒塗りやＳＰの車が何台も止まっているが、俺は知らんふりをするし、向こうから話しかけられもしない。

「行政統計研究所」にじいちゃんがいるのは、一時間ほどで、長くても一時間半だ。じいちゃんがでてくると、俺はビルのまん前に車をつける。

そこから五分も走らないところに、有名な老舗《しにせ》の蕎麦屋《そばや》がある。その日は、蕎麦屋の正面に車が止められる。どうやら蕎麦屋の人が場所をとってくれているらしいと、何回かいって、俺は気づいた。

昼食どきで蕎麦屋は混んでいるが、奥の席が必ずキープされていて、俺とじいちゃんはそこで、盛り蕎麦と天種を食べる。有名店だけあって盛りの量が少ないので、じいちゃんは一枚だが俺は三枚だ。

車の中でも食べているときでも、じいちゃんはほとんど口をきかない。機嫌が悪いわけではなく無口だというのを知っているので、俺も気にはしない。

その日、盛りを食べ終え、蕎麦湯を飲んでいると、珍しく、じいちゃんが話しかけてきた。

「近いうち、お前に頼みごとをしてくる者がいる」

「頼みごと、ですか」

「そうだ。近しい人間だ。助けてやれ。お前のためにもなる」

俺は蕎麦猪口《ちょこ》をもった手を思わず止めた。

じいちゃんがこんな〝予言〟をすることはめったにない。一年に一回、あるかないかだ。

それが当たるかといえば、微妙で、まるで当たらないこともある。高校の頃だったか、「日本史をきっちりやれば、志望の大学に入れる」といわれ、がんばったが落ちた。くやしくて、占いが外れたと文句をいったら、

「お前の努力が足りなかったからだ」

と、あたり前のことをいわれ、がっくりきた。

そのあとじいちゃんがいったのは、

「必ず当たる占いなどない。そんなものがあったら、人は努力をしなくなる」

という言葉だった。ムカついていた俺だったが、それには妙に納得したものだ。

「近しいって、誰ですかね」

いって、俺はじいちゃんの顔をうかがった。が、じいちゃんはそれ以上は説明せず、

「いくぞ」

と俺をうながした。

「はい」

俺も蕎麦猪口をおいて立ちあがった。勘定はじいちゃんが払う。

俺がじいちゃんに初めて会ったのは、離婚したお袋が最初のパートナーを市川に連れていった、十歳のときだ。それまでは、生まれた直後に病院に見にきたことがあるだけだ、とお袋はいった。どうやらじいちゃんは、俺の父親を好きではなかったらしい。

確かに、離婚したとはいえ、それ以来一度も息子に会おうとしない父親はどうかと俺も思う。小さな頃は父親に会いたいと思うことがあったが、今はそんな気持もない。

だが初めてじいちゃんに会ったときも、あまり親しみを感じなかった。

市川の家の応接間で、お袋と俺がすわっているると、じいちゃんが入ってきた。まず俺をおっかない顔でにらんだ。

丸くて頭のてっぺんに白髪がちょぼちょぼと残ったじいちゃんの顔は、決して威厳のある造作というわけじゃない。だがそのときだけは目を大きくみひらいて、まじまじと俺を見たものだから、俺は恐くなった。

「想一《そういち》か」

じいちゃんが訊《たず》ね、俺は黙って頷《うなず》いた。じいちゃんはしばらく無言で俺を見つめ、それからお袋に目を移した。お袋の新しいパートナーは、家の外に止めた車の中で待っていた。

「結婚するのか、今度の相手と」

じいちゃんが訊ね、お袋は首をふった。

「今のところ、その気はない。お父さんがしろというなら考えるけど。でも、結婚はこりごりなの。するのは簡単だけど、別れるのが大変だから」

「しなくていい」

じいちゃんは即座にいった。そのときのことは鮮明に覚えている。

「だが想一を泣かせるな。泣かせるようだったら俺が預かる」

そのときは絶対嫌だ、と思ったものだ。

こんなおっかない爺《じい》さんと、だだっ広い家で暮らすのはごめんだと、俺はお袋を見た。

「大丈夫よ」

お袋は、じいちゃんと俺の両方に頷いた。

「想一につらい思いはさせない」

「その言葉、守れ」

じいちゃんはいった。

それ以来、月に一、二度、俺は市川の家に泊まりにいくようになった。初めの頃はばあちゃんが生きていたし、高園さんも優しかった。市川の家で俺の相手をするのは、たいていその二人で、じいちゃんが書斎からでてくることはほとんどなかった。

「おじいちゃんは何してるの?」

俺が訊《き》くと、ばあちゃんも高園さんも、

「お勉強」

と答えた。

「学校にいってるの?」

「いってないけど、おじいちゃんは、人は一生勉強しなければいけないって、いつもおっしゃっているのよ」

「僕は嫌だ。勉強、好きじゃない」

「想一には想一の人生があるのだから、それでいい」

ばあちゃんはにこにこして答えた。

「おじいちゃんて偉いの？」

俺が訊くと、ばあちゃんは困ったように高園さんを見た。

「とても偉い方ですよ。いろんな人が、想一さんのおじいさまに話を聞きにきます。何より立派なのは、おじいさまは決していばることなく、その人たちに親切にしてあげていることです。そのために勉強をされているんです」

高園さんが答えた。

「お金は？　お給料はもらえるの？」

「もらえます」

高園さんは頷いた。

「おじいさまは、いろいろな企業の顧問をなさっておいでですから」

「顧問って何する人？」

「相談に乗るんです」

「何の相談？」

「いろんなこととの相談です。会社の経営や、人生の選択、ときにはこの日本をどう導くべきかという相談もあります」

「じゃあ偉いんだ」

「とても立派な方です」

今にして思えば、俺がじいちゃんにずっと敬語で接しているのも、そのときの記憶が理由なのだろう。

とても立派なおじいちゃんに、タメ口はきけないと子供心に感じた。

とはいえ、じいちゃんが俺に高圧的に接したわけではない。無口の上に、口を開けばいかめしい言葉づかいをするので、自然にこっちがそうなるだけだ。

じいちゃんと長く話しこんだ記憶もない。ばあちゃんが亡くなってからは、市川の家に泊まりにいくこともなくなった。

そんなじいちゃんと俺との仲をとりもったのが高園さんだった。

ある日、俺の携帯に高園さんから電話がかかってきた。

「先生のお役に立ちたいのですが、このところめっきり目が悪くなりまして。想一さんは運転免許をおもちですよね」

いきなり高園さんはいった。

「もってます」

4WDの軽が俺の足だ。時間があると、それであちこちのグラウンドにいき、写真を撮ったりスケッチをしたりしている。

「先生のお車の運転をしていただきたいのです。月に一度でけっこうです。お仕事として謝礼もお支払いします」

高園さんが口にしたのは、日当としてはかなりの金額で、家賃と駐車場代でかつかつだった俺には、実にありがたかった。

「いいですけど、じいちゃんは平気なんですか。俺がやってもかまわないですかね」

「先生も、想一さんの運転を望んでおられます。先生が信頼される方でなければ、お任せできません」

「だったらやります。やらせてください」

こうして俺の月に一度のバイトが決まった。

「行政統計研究所」へのいきかたは、高園さんがていねいな地図を描いて渡してくれた。年代もののメルセデスには、カーナビゲーションなんて便利な道具はついていない。

蕎麦屋をでたら、まっすぐ市川の家に戻る。メルセデスを車庫に止め、夕方まで草むしりをするのが常だ。

メルセデスを降りたじいちゃんはすぐ書斎にこもり、それきりでてこない。

夕方になると高園さんがやってきて、

「ご苦労さまでした」

といって、封筒に入った日当をくれる。ありがたく受けとった俺は市川駅まで歩き、JRに乗りこむという流れだ。

俺の住居は、JRの北千住《きたせんじゅ》駅から歩いて十分ほどの古いマンションだ。地下に駐車場があって4WDを止めておけるのが便利で、もう十年近く住んでいる。

錦糸町《きんしちょう》でJRから地下鉄に乗りかえようとしているとき、携帯電話が鳴った。

ミヤビからだ。

「ほい」

「今、どこ?」

「錦糸町。じいちゃん家《ち》の帰り」

答えてから、じいちゃんの〝予言〟を思いだした。近しい人ってミヤビなのか。

「頼みがあるんだけど」

どうやら〝予言〟は当たったようだ。

「えっと、晩ご飯食べた？」

「どうすりゃいい？」

「まだ」

「じゃ食べながら話さない？」

「どこで？」

ミヤビは世間的には「ノンフィクション作家」ということになっている。ずっとビジネス誌のライターをしていたが、二年ほど前にわりに有名なノンフィクションの新人賞を受賞して、それが本になった。が、そう簡単に作品が売れるわけもなく、ライターをつづけている。ミヤビの住居兼事務所は飯田橋《いいだばし》だ。

「飯田橋まで来られる？」

「いけるよ」

「おいしい炒飯《チャーハン》奢《おご》るよ」

「いいね。大盛りな」

俺は答えて、ＪＲの改札に戻った。

＊

ミヤビとは高校の部活がいっしょだった。新聞部だ。小学校の頃から野球とサッカーをかけもちでやっていた俺は、運動神経には自信があった。中学三年まではスポーツ万能とおだてられ、アスリートになる夢さえ見ていた。それが、腰を壊して潰《つい》えた。

そのときのことは覚えている。バキッという衝撃とともに脳天まで走った痛みの直後、〝腰が抜ける〟とはこういうことかという状態になった。サッカー部の後輩に背負われて整形外科の玄関をくぐったのも忘れられない。

俺の運動生活は中学で終わった。高校を卒業するまではコルセットを手放せない日々がつづいた。

運動部への入部は医者に禁じられた。やむなく、およそ縁のない文化部である新聞部に入った。ちなみに俺がまがりなりにもイラストレーターで食っているのは、その新聞部でいっしょだったミヤビにカットを描かされたのがきっかけだ。

あるとき紙面の空きを埋めるのにカットが必要になった。描く奴はいっぱいいたが、どれもマンガのような絵柄で、顧問の先生が

「漫画はダメだ」

という主義だった。マンガを読むのは好きだが、描くのには興味のなかった俺の絵を、

「うん、これは絵になっている」

と先生が認め、以来、空きができるたびにミヤビは俺にカットを描かせるようになったのだ。

もしあのとき美術部にでも入っていれば、と思うこともある。デッサンの基本やスケッチのイロハを勉強できて、今よりもう少しマシなイラストが描けるようになっていたかもしれない。だが人生にやり直しがきかないことを、両親の離婚や腰の怪我で俺は学んだ。今ある場所でベストを尽し、無意味に後悔したりしないのが俺の信条だ。

高校卒業後、ミヤビは名の通った大学にいき、大手出版社に就職した。俺もまた、あまり名の通っていない大学から小出版社に就職した。野球やサッカーの雑誌をだしている出版社で、そこでも外注にだす予算のないイラストを描くのが俺の仕事になった。

七年ほどいて、給料の安さにいやけがさした俺はイラストレーターとして独立することにした。その頃、会社は外注にもそこそこの画料を払うようになっていたのに、俺のイラストはただ働きだったからだ。

同じ頃ミヤビも大手出版社を退職し、フリーのライター兼編集者になった。その出版社からは作家になる人間が多く、「仕事ができる人間ほど早く辞める」といわれていることを同じ業界の隅っこにいる俺も聞いていた。

ミヤビが「仕事のできる人間」だというのを、高校時代から俺は知っていた。頭の回転がめちゃくちゃ速い上に、物知りだが決してそれをひけらかさない。人がたくさんいる場所ではむしろ静かにしているので、その他大勢だと思われがちだ。

だが実際は、その場にいる誰より状況を把握し、最善の選択を考えている。求められればそれを述べるが、そうでなければ黙っている。

あるときそのことに気づいた俺は、新聞部の編集会議でミヤビに意見を訊くようになった。顧問の先生すら気づいていなかったミヤビの賢さを、俺が見抜いたのだ。

が、そのことで俺とミヤビは〝つきあっている〟と疑われることになり、「迷惑だ」といわれた。

俺だってミヤビは好みじゃない。ミヤビはいわゆるメガネっ子で、地味を絵に描いたような風《ふう》貌《ぼう》だ。俺の好みはもっと華やかな、ミヤビにいわせれば「髪をまっ金金《きんきん》に染めた、頭カラッポ」のタイプだ。

だから互いを恋愛の対象として見たことは一度もない。だが最も自分の素をだせる相手ではある。

ミヤビは俺を「挫《ざ》折《せつ》した筋肉バカ」と呼んでいる。ただの筋肉バカはマッチョで男優位の考え方をするから大嫌いだが、腰をやった俺はそこから落っこちて、マトモになったのだという。じゃあ青白いインテリが好きなのかというと、そういう奴はたいていい自分が一番頭がいいと思っているからもっと嫌いだという。

要するに男が嫌いなのだろう。もしかすると女をパートナーにしたいタイプなのかもしれない。こういう時代だし、別にそれならそれで俺はかまわないといったら、

「あんたどこまで馬鹿なの」

と冷たい目でにらまれた。

Aじゃなければ B、という選択をする人間がいかに愚かかという話を、その日はひと晩聞かされた。

説教なんて誰にされても嫌なものだが、不思議とミヤビのそれを、俺は嫌いじゃない。

ミヤビがもし「頭まっ金金のカラッポ」タイプだったら、真剣に惚《ほ》れたかもしれないと秘《ひそ》かに思うことすらある。

が、ミヤビがそうなることは、太陽が西から昇る以上にありえない。

ミヤビから電話をもらった四十分後、俺たちは神楽坂《かぐらざか》の老舗中華料理店で向かいあっていた。俺と話した直後に、ミヤビが席を予約したのだ。高級店ではないが人気があるので、席がとれたのはラッキーだったとミヤビはいった。

大盛りと並盛りの炒飯、餃子《ぎょうざ》を二人前と壜《びん》ビールを一本頼んだ。ミヤビは俺より酒に強いが、ひとり酒は飲まない。

「頼みってなんだよ」

「調査の手伝い」

ミヤビは身長が一六五センチほどあり、ひょろりとした体つきをしている。前髪を額のところでぱっつり切ったおかっぱ頭で、ぱっと見は、若いのだか年がいっているのだかわからない。年齢は俺といっしょで三十三だ。

二人とも独身、ひとり暮らしだが、ミヤビの住居兼事務所には熱帯魚がいる。

「新作か」

「ちょっとちがう。頼まれたんだ」

いってミヤビはグラスのビールを飲み干した。

「誰に?」

「知らない人。でも紹介はあった。あたしがもらった新人賞の選考委員をやってる、ノンフィクション作家の先生」

「断れないスジって奴か」

「そうだけど、気さくな先生でさ、嫌なら断ってくれていいから、って。でもギャラがいいし、きっと勉強にもなるだろうから、やってみればっていわれた」

ミヤビは、俺も存在を知っている、五十代の女性ノンフィクション作家の名前を口にした。

「おお、確かに有名どころだ」

「その先生も昔、同じような調査を頼まれたことがあったのだって。それですごく勉強になったからって。もしあたしが今忙しくなければ、お金にもなるし、やってみたらと勧められた」

ノンフィクション作家は金がかかって大変だという話をミヤビから聞いていた。頭の中で物語をこしらえる小説家とちがい、ノンフィクションには取材がつきものだ。

交通費、取材謝礼、そういったもろもろは、作品が本になるまで回収できない。原稿を記事として雑誌などに連載できればいいが、そこにたどりつけるノンフィクション作家はひと握りしかいないという。小説でもそうだが、売れないうちは〝書きおろし〟をする他ない。つまり原稿料も取材費も原則ナシだ。

すべて自腹で取材し、できあがった原稿を出版社が本にする価値なしと判断したら、一円も回収できない。

そんな思いをするくらいなら小説を書けよ、といったことがある。ミヤビなら小説だって書けるだろう。

そうしたら、『あんた、馬鹿？』とまた冷たい目でいわれた。

ノンフィクションと小説とでは、書く頭の構造がまるでちがうというのだ。どっちが上とかではなく、優れたノンフィクションを書けるからといって優れた小説が書けるとはまったく限らず、その逆もまた真なのだと説教された。

小説家がノンフィクションに向いてないというのは、何となく俺にもわかる。全部頭の中でこしらえられるのに、いちいち他人に取材して書くなんて面倒な真似をしたい奴がいるとは思えない。

そういったら、ため息をつかれた。小説家も取材はする、というのだ。小説の題材にする職業や地域、歴史について、取材をせず、すべて嘘っぱちでは書けない。書けば必ず「事実と異なる」という批判をうけることになる。

取材した事実を散りばめおもしろい嘘をつくのが小説家、取材した事実をつなぎあわせ、訴えたいテーマを浮かびあがらせるのがノンフィクション作家だという。取材した事実をただ並べたただけのものはルポルタージュでしかない。

『絵が描けるからって、あんたにマンガを描けっていったら怒るでしょう?』

『怒らないよ。才能がないと答えるだけさ』

俺は答えたものだ。だがイラストとマンガがちがうくらい、ノンフィクションと小説はちがうということはわかった。

「そんなにお金がいいのか?」

ミヤビは間をおいた。混んでいる中華料理屋を見回し、指を二本たてた。

「二十万?」

「その十倍。しかも経費は別」

「いったい何の調査だよ。ヤバいスジじゃないのか」

俺は驚いていった。

「それが微妙なんだ。ヤバイとは思わないのだけど難しいっていうか」

ミヤビはいってビールを飲んだ。俺はグラスに注ぎ足してやった。

「難しい？　会うのがたいへんな相手とか？」

「会うのは無理だね。なんせ死んでる人だから」

「歴史上の人物ってやつ？」

「それもちがう。たぶん誰も知らない人」

「意味がわからん」

ミヤビが携帯をとりだした。操作し、画面を俺に向ける。

どうやら新聞記事のコピーのようだ。

『ビル屋上に遺体　孤独死か』

と見出しがあって、本文はこうつづいている。

『十日朝、港区《みなと》内のビル屋上に男性の遺体があるのを、清掃に入ったこのビルの管理会社の社員が発見した。遺体は四十代から六十代にかけての男性で、警察によればめだった外傷はなく、病死と思われる。遺体の周囲には身のまわりのものを入れた紙袋などがあり、ホームレスが何らかの方法で入りこみ、そこで生活していた可能性があるという。男性の身許《みもと》は不明』

「えっ、こいつを調べるの？」

「そう」

頷いて、ミヤビは記事の写った画面をスクロールした。日付の部分を俺に向ける。

『昭和六十年（一九八五）三月十一日』とある。

「四十年前じゃないか」

ミヤビは頷き、餃子をかじった。中の具に熱《あつ》っとつぶやいて、急いでビールを流しこむ。

それを見て、ミヤビがひどい猫舌だというのを思いだした。ラーメン屋にいくと、空の丼をもらい、麺《めん》とスープを少しずつ移して食べる。そうでないと、一杯のラーメンを平らげるのに三十分以上かかってしまうのだ。

だから混んでいるラーメン屋にはいけない。

ミヤビがラーメンを食いたいときは、人気のないラーメン屋にいくことになる。

「四十年前に死んだホームレスの何を調べるんだ？」

俺は訊ねた。

「全部」

ミヤビは答えた。

「全部ってどういうことだよ」

「その人が何者で、なぜビルの屋上にいたのか。死因も」

「警察にいけばわかるんじゃないか」

「あんた馬鹿？　そんなこと当然したに決まってるでしょ」

ミヤビはいって、半分かじった餃子をふーふー吹いた。

「したらどうだったんだよ」

「身許は警察でもわかってなかった。だけど事件性がないから、遺体は荼毘《だび》に付されて、都の無縁墓地に埋葬された。所持品の一部は保管されてたみたいだけど、確認にきた人はいない」

ようやく餃子の残り半分を口にいれ、熱っ熱っといいながら呑《の》みこんだ。俺はミヤビのために新しい餃子を箸《はし》で半分に割り、訊ねた。

「ネットで検索は？」

「したけど、インターネットていうのは、インターネットができる前のことは、でてないの。歴史的な事実とか有名人の情報とかはあっても、世の中の小さなできごとなんて、誰もアップしない。新聞記事くらい」

「それがこれか」

俺はミヤビの携帯をさした。

「それがこれ。記事じたいはいろんな新聞に載ったけど、中身はどれもいっしょ。あと追いもなし」

あと追いというのは、事件について新しく判明した事実を載せることだ。だが警察も身許がつかめなかったのでは、あと追いしようがない。

「もしかして依頼人はこのホームレスの関係者じゃないのか」

俺はいった。ミヤビは頷いた。

「それはちょっと考えた」

「ミヤビは依頼人に会ったのか」

ミヤビは首をふった。

「紹介してくれた先生に『受けます』と伝えたら、メアドを教えていいかと訊かれ、オーケーした。そうしたら、メールが送られてきた」

ミヤビは携帯をいじり、画面を向けた。

『穴川《あながわ》雅《みやび》先生。このたびは当方のお願いをお聞きいれ下さるとのこと、大変お忙しい中、まことにありがとうございます。

さて、このたび先生にご依頼したいのは、添付します新聞記事の人物についての調査です。

この人物が何者で、なぜこのような場所でひとりで亡くなっていたのかを、先生にぜひ調べていただきたいのです。かなり以前のことで、決して簡単ではないと存じますが、傑作『籠城《ろうじょう》の鬼』をお書きになられた先生なら、きっと真実をつきとめて下さると信じております。調査に期限はございませんが、一年以内であれば幸甚に存じます。尚《なお》、調査謝礼については、二百万円ほどを準備いたしております。お引きうけ下さるなら、まず調査経費の前払いとして五十万円を振込ませていただきます。また経費の精算は月ごとにいたしますので、月末に領収証のコピーまたは写真を添付したメールをお送り下さい。

先生が調査を始めて下さることを、心より願っております。

木村伊兵衛《きむらいへえ》』

「木村伊兵衛って――」

俺はつぶやいた。

「同姓同名の有名な写真家がいるけど一九七四年に亡くなっている。それ以外の木村伊兵衛は、ネットじゃひっかかってこない」

ミヤビは頷いた。俺はいった。

「ネットはさ、ちょこちょこっと上っ面を調べるのには便利だけど、本当に知りたいことはでてないからな」

じいちゃんの受け売りだ。

以前話をしていて、ネットで調べるというと、こういわれた。

『インターネットには物事の上っ面しか載っておらん。高園がコンピュータを使うというので、試しに調べものをさせてみたが、見出しのようなことしかでてなかった。しかも明らかなまちがいを平気で載せている輩《やから》までいる。インターネットで得た知識をしたり顔で披露などすると大恥をかくぞ』

「それにはまったく同意見なんだけどさ、人名なんかの検索には便利なんだ。事典に載っているような有名人じゃなくても、SNSや団体の会員名簿なんかで存在を確認できるからね」

俺が割った餃子に箸をのばしながらミヤビがいった。

ちなみに「籠城の鬼」というのは、ミヤビが新人賞をもらった作品のタイトルだ。ひきこもりやそれに近い生活をしながら、インターネットで収入を得たり、ゲームなどのコミュニティを主宰している人間たちを取材し、その人生観を通して他者との新たなかかわりかたについて考察した。

「籠城の鬼」が画期的だったのは、インターネットを接触のきっかけにしながらも、対象人物に面と向かい取材したところだ。チャットやメールを使っての取材では、相手の顔はもちろん性別すら確認できない。向こうにとって都合のいい情報だけを与えられ、それに反論したり疑問をぶつけると、一方的に連絡を断たれてしまうこともある。真実を知るには、取材対象の人物に直接会う以外ない。

そのために粘り強く時間をかけて説得し、相手の信頼を得た。当然、最初は拒否しかされず、あきらめず会おうとすると、からかわれたり、ストーカー扱いされ、ネット上にあることないことを書きたてられたりもした。

それでも粘り、ついには根負けして会ってくれた人物、ある日を境に連絡がとれなくなる人物、さまざまだった。ミヤビはそうしたできごとを取材日記として、SNSにアップした。取材対象のプライバシーには配慮し、対象者の名はあげなかった。

「七転八倒日記」と題された、その取材日記が、ネット上で注目を集めた。

初めは、馬鹿なことをやってるライターがいるぞとか、売名行為に決まっているとか、批判的な反応が多かったのが、無視されてもからかわれてもあきらめないその姿勢に共感する者も現われ、「自分はこういうことをしているが、もし興味があるなら、会ってもいい」というメールが届くようになった。

もちろんそういう中にも、別の目的を隠している奴がいて、襲われそうになったりミヤビの個人情報をさらされたりもした。

それにもめげず、取材をつづけた成果が「籠城の鬼」なのだ。

本がでて少しして、ミヤビはSNSから撤退した。それを裏切り行為だという人間もいたが、「インターネットと聞くだけで吐きけがするほどお腹いっぱい」というミヤビの言葉に俺は納得した。

ネットでは、ネットができる前のことは調べられない、というのはまったくその通りだ。よほどの事件や事故でない限り、ほんの五十年前のできごとがインターネットにはでていない。でていても、まるで不確かな情報だったりする。

にもかかわらず、ネットにない事件は起きなかったとか、検索してもヒットしない人間は実在しないとか、平気でいう奴がいる。

猫も杓子《しゃくし》もSNSをやりたがるのは、ネットに痕跡《こんせき》を残さないと存在していないと思われるのを恐がっているのじゃないかと、俺なんかは思う。

要するに、俺が古臭い人間だというだけなのだが。

「木村伊兵衛てのは偽名だよ。本当に金を払ってくれるかどうか怪しくないか」

俺は次の餃子を割ってやりながらいった。

「それが五十万円はすぐに振込まれたの。だからここはあたしの奢り」

「ビールもう一本！」

俺は叫んだ。

「ちょっと！　いいけど、手伝ってくれるの、くれないの？」

ミヤビは俺をにらんだ。

「手伝うって、何をすればいいいんだよ」

「それはまだわからない。ただこれに関しちゃ資料に当たるという方法が使えない。いろんな人に会うことになると思う」

「そりゃそうだろうな」

「あたしひとりじゃちょっと厳しい。それに足もいる」

「運転手ならここにおりますよ、はい」

「察しがいいわね」

「で、日当はおいくらほどいただけるので、先生」

「領収証をくれるなら、拘束時間にかかわらず、一日一万円。成功報酬がそれとは別に二十万ていうのはどう？」

「成功報酬にもうひと声」

「三十万」

「のった」

俺はいった。この先しばらく、仕事が減ることはあっても、増えることはない。ミヤビに雇われたら、とことんコキ使われそうだが、〝木村伊兵衛〟からの依頼に興味があった。人知れずビルの屋上で死んだホームレスについて、なぜ調べてほしいといってきたのか。

「でもさ、依頼人がこのホームレスの縁者だというのはちがうかもしれない」

思いつき、俺はいった。ミヤビははふはふいいながら餃子を頬ばっている。十二箇あった餃子のうち、六箇をとっくに俺は平らげ、残っているのはミヤビのぶんだけだ。

炒飯が届いた。

「どうしてそう思う?」

蓮華《れんげ》で炒飯を崩し冷ましながらミヤビが訊ねた。グリーンピースをひとつずつすくい、俺の皿にのせる。ミヤビはグリーンピースが嫌いで、俺は好物だ。

「だってこの依頼人は金に困ってない。亡くなったあと調べるくらいの関係があったのなら、ホームレスになるのを見逃したりはしなかったのじゃないか」

「本人がそれを拒否した可能性もある。仲が悪かったとか、情けは受けたくない、とかの理由で」

「なるほど」

「あるいは亡くなったのをあとから知って、でも表にでられない事情があるから、なぜそうなったかを知りたいと思ったとか」

「でもなぜお前なんだ? 専門家に頼んだほうが早くないか。世の中には興信所とか私立探偵って商売があるのに」

「それにはあたしも同感。ただ、もしかすると、と思うことはある」

ミヤビは炒飯のひと口めを頬ばっていった。

「何だよ」

「このホームレスの孤独死に、何か社会性のあることが関係している」

「社会性？」

「あたしがこれを材料に、ノンフィクションを書きたくなるかもしれないってこと」

「金を払ってネタを提供してくれてるっていうのか？」

ミヤビは頷いた。

「このホームレスの人生や死因について調べたら、書いて訴えたくなるような事実が隠されているかもしれない。それにあたしが食いつくのを狙っている」

「食いつくのか？」

俺はミヤビを見つめた。

「正直わからないけど、『籠城の鬼』のあと、いい材料にめぐり会えていないのは事実。あたしの気負いもあるけど」

「インターネットネタは嫌なのだろ」

「嫌。いろんな雑誌や出版社から、そういう話はいっぱいきたけど、インターネット評論家になる気はない。あれきりにしたいんだよね」

ミヤビの気持はわかった。ミヤビが「籠城の鬼」でインターネットを扱ったのは、たまたましかない。インターネットとひきこもりが必ずつながっているとは限らないし、糸口としてインターネットがあったかもしれないが、ミヤビ自身はそれほどインターネットに思い入れも問題意識も抱いていない。

俺がいうのも何だが、マスコミという奴は、何にでもラベルを貼りたがる。さしずめミヤビは、俺

「インターネットにおける社会問題の専門家」といったところだろう。

そうなることを拒否した結果、ミヤビが次作を書きあぐねているというのも理解できる。

インターネットとは無縁の、ホームレスの孤独死という題材に、ミヤビが興味を惹《ひ》かれるのも無理はなかった。

「とすると、〝木村〟さんはひと筋縄じゃいかない相手だな」

ミヤビは無言で炒飯を食べている。

「紹介してくれた先生は何もいってなかったのか？」

「何も。選考ではあたしのことを評価してくれたけど、そこまで親しいわけじゃないし。だからこの話がきたときも驚いた」

ミヤビは答えた。

「もしかすると、〝木村〟がその先生という可能性はないか？」

「そりゃないよ。もしネタにしようと思うのだったら、先生にはスタッフが何人もいるもの。自分のところの人間に調べさせるって。ノンフィクションのおいしいネタをわざわざ新人にプレゼントしないでしょう」

ミヤビは首をふった。

「そうか」

俺は炒飯を平らげ、残っていたビールを流しこんだ。満腹だ。

「で、明日から動ける？」

俺はちょっと考えた。レギュラーのイラストの原稿は一昨日に入稿した。単発の依頼があるが、来週末が締切りだから余裕はある。

「大丈夫だ」

「カメラもってきて。この現場にいくから」

「死体の見つかったビルか」

「調べたら、まだあった。六本木《ろっぽんぎ》の七丁目」

「よく住所がわかったな」

新聞には港区内のビルとしかでていなかった。

「古い官報を検索したら、全部でてた」

「官報？　警察じゃなくて？」

「死体が見つかった当初は警察が扱うけど、事件性がないと判断されたら〝行旅《こうりょ》死亡人〟扱いということになる」

「コウリョ、何だって？」

「行旅死亡人。要するにゆきだおれのこと。身許のわかるものをもっていない死体が見つかると、発見日、場所、性別などを官報に掲載して、心当たりのある者の申し出を待つ。区の福祉事務所の管理なの。ちなみに屋外じゃなくてアパートとかで孤独死しているのが見つかっても、身許がわからなければ、行旅死亡人扱いになる」

「葬式はだしてもらえないのか」

「自治体が荼毘に付して、身内が見つかったら費用を回収するみたい」

「官報に載るんだ、そういうのが」

俺は感心した。官報と聞いてイメージできるのは、役人の人事とか法律がかわったとかのお堅い〝お触れ〟だ。

ミヤビは携帯を操作し、俺に向けた。

「行旅死亡人のデータベース。官報掲載の記事」

『本籍・住所・氏名不詳、男性、推定年齢七十代、白色長袖《ながそで》シャツ、グレイズボン、現金百円所持。上記の者は令和三年七月一日、午前七時二十分、足立《あだち》区保木間《ほきま》二丁目×番×号のビル駐車場内にて、首を吊《つ》った状態で死亡しているところを発見。死亡推定日七月一日午前四時頃。身許不明のため火葬に付し、遺骨を当区で保管。心当たりの方は当区福祉課まで。

令和六年一月三十一日　東京都足立区長』

「へえ」

俺は唸《うな》った。官報なんて読んだことがなかったから、こんな記事を載せているとはまるで知らなかった。

「で、これが昭和六十年の記事。古い官報だから、調べるのに手間がかかった」

ミヤビはバッグから紙をだした。コピーのようだ。

『本籍・住所・氏名不詳、男性、推定年齢五十代から七十代、紺スーツ、白色シャツ、現金一万八千五百円所持。上記の者は昭和六十年三月十日、午前十一時、港区六本木七丁目×番×号のビル屋上にて死亡しているところを発見。死亡推定日は昭和五十九年十二月頃。検視の結果、外傷はなく死因は病死と思われる。身許不明のため火葬に付し、遺骨を当区で保管』

「外傷がないから病死って、大雑把だな」

俺はいった。

「死体が見つかったのが三月で、死亡推定が前の年の十二月。寒い季節だとしても、相当傷んでたんじゃない」

ミヤビが冷静にいった。

「腐ってたってことか」

「ネズミとかカラスもいるだろうし」

「よせよ」

俺は首をふった。飯のあとに想像したくない。ミヤビはつづけた。

「事件性が疑われるなら解剖したと思うんだよね」

「身のまわりのものを入れた紙袋があったって新聞記事にはでてたな。それでホームレスだと思われたわけだ」

俺がいうと、

「お金をもっていたのも事件性がないと判断された理由だと思う。強盗とかにあって殺されたわけじゃないって」

ミヤビは頷いた。

「でも紺スーツに白シャツだろ。いちおう勤め人みたいな格好をしてたわけだ」

「ホームレスだからって、みすぼらしい格好をしているとは限らないよ。むしろホームレスなのを隠すために、スーツを着ていたのかもしれない」

ミヤビの言葉に納得した。昭和六十年だと、まだインターネットカフェとかもなかったろう。ホームレスが寝泊まりできる場所は、今よりはるかに少なかったにちがいない。

「あたしらが生まれる前。携帯電話もなかった頃だよ」

ミヤビがいった。

「そうか。バブルってのは——」

「それはもうちょっとあと。あたしらが生まれる直前くらい」

そういわれても、四十年もたっているとどんな時代だか、想像がつかない。

「携帯電話はない。パソコンも――」

「パソコンはあったかもしれないけど普及はしてないよ。仕事で使う人がいたかどうかくらいじゃない。インターネットもない」

「そもそも行旅死亡人て、そんなにいたのか」

「少し調べてみたけど、二十年くらい前から減ってはきているみたい。二十世紀は一年に千人以上いたのが、半分近くまで減ってる。でもそれは自殺者やゆきだおれが減ったということではなくて、身許不明の死体が減ったからだと思う。理由はこれ」

ミヤビは携帯電話を掲げた。

「なるほど。死体のそばに携帯があれば、少なくとも身許は判明するな」

「だから昭和六十年には千人以上いたとしても不思議はない」

「それも見つかった場合の話だろう」

「そういうこと」

俺は息を吐いた。興味はあるが、調べるとなると大変そうだ。

「嫌になってきた？」

ミヤビは俺の顔をのぞきこんだ。ミヤビのぶんの餃子と炒飯も、いつのまにかなくなっている。

俺は首をふった。

「そうじゃないが、けっこう難しそうだなと思ってさ」

「簡単な調べごとに二百万も払う人いないでしょ」

いってミヤビは立ち上がった。勘定を払ってくれる。

中華料理屋をでた俺たちは神楽坂を下り、喫茶店に入った。もう一軒いくかとミヤビに訊かれ、酒よりコーヒーにしようと俺は答えたのだ。

アイスコーヒーを頼んだ俺はいった。

「そのビルが今もあるとして、屋上にあっさり入れるかな」

「それはいってみなきゃわからない。でも昭和六十年にあって、ホームレスが屋上まで入りこめたということは、その当時でも決して最新の建物じゃなかったと思うんだよね。つまり今は、もっと古くなってる」

ミヤビが答えた。

「となると、築五十年とか六十年とかか。相当古いな。六本木にもそんなビルがあるのか」

「逆に六本木だから残っている可能性がある。店子《たなこ》がまた貸しだったりして、権利関係がややこしくて建て替えもできない。新宿歌舞伎町《しんじゅくかぶきちょう》にそういうビルがあるのを知ってる」

「でもホームレスがそこで死んで以来、簡単には立ち入れなくなっているのじゃないか」

俺はいった。

「そうかもしれない。だけどとりあえず現場から始めないと。とっかかりが何もないし」

ミヤビはいって、つづけた。

「本人がそうしたかったかどうかはわからないけど、そのビルの屋上が死に場所になったわけでしょう。どんな景色が見えて、どんな気持で息をひきとったのか、そこをまず考えたい」

「わかった。車はどうする?」

「明日のところはまだいいよ。六本木なんて止めるだけでも大変そうだし。カメラをもって、そうだな、午前十時に六本木駅で待ち合わせしよう」

「了解」

2

北千住から六本木までは地下鉄で一本だ。翌日、午前九時五十分には六本木駅についていた。途中、ミヤビからラインがきて、地下鉄六本木駅でも六本木ミッドタウンに近い出口で待ち合わせしようといってきた。

その言葉にしたがい、俺は大江戸線の改札口に近い出口でミヤビと落ちあった。

「おっ、えらい。スーツを着てきたんだ」

会うなりミヤビは口もとをほころばせた。

一張羅とはいわないが、めったに着ないスーツを、ネクタイなしで俺は着ていた。人から話を訊《き》くのに、上着くらいは着ていないと怪しまれると思ったのだ。

ミヤビも黒のパンツにグレイのジャケットを着け、ショルダーバッグをさげている。俺は背中にリュックを背負い、カメラはその中だ。

「常識だろう」

ちょっと得意になって、俺はいった。

「そっか。あんただって元編集者だもんね」

「お前がいたとこほど立派じゃないけどな。それでどっちだ?」

「あっち」

六本木ミッドタウンとは外苑東通《がいえんひがしどお》りをはさんだ反対側をミヤビは指さした。

俺たちは道路を渡った。携帯の地図アプリを見ながらミヤビは進んでいく。外苑東通りから一本奥の道に入り、さらに狭い、車では通れないような路地を曲がった。

いきなりあたりの雰囲気がかわった。大きな建物はひとつもなく、せいぜい四、五階だてばかりだ。外階段のアパートや小さな一戸だてが路地の左右につらなっている。

空を見上げると、右手に六本木ミッドタウン、左手に六本木ヒルズの超高層ビルがそびえていた。

大通りの喧騒《けんそう》が嘘のように消えた。人も歩いていない。

にゃーと鳴き声をたてて猫が路地を横切った。木造の小さな二階屋とアパートの壁のすきまをすり抜けていく。

「こんなところがあったんだ。まるで俺ん家《ち》の近所みたいだ」

いかにもお年寄りばかりが住んでいそうなアパートを俺は見つめた。

足立区や葛飾区《かつしか》では珍しくない、二階だての細長いアパートだ。ドアが並んだ通路に洗濯機や自転車がおかれている。外階段で上がる二階もまったく同じ造りで、各階四部屋、八戸の造りだ。

俺が住むマンションの斜め向かいにも、そっくりなアパートがあった。部屋は十あったが、使われていたのは三戸だけだった。ある日囲われ、とり壊されて、一週間後にはコインパーキングになっていた。コインパーキングになると、そこにかつて十世帯が住める住宅があったとは思えないくらい、狭い土地だった。

「千代田《ちよだ》区とかを別にすれば、東京はどこにでもこういうところがあるよ。減ってはきているけどね」

東京生まれ東京育ちのミヤビはいった。

「で、問題の建物は？」

俺が訊《たず》ねると、

「あっち」

とミヤビが路地の先を指さした。古い一戸だてやアパートに混じって、妙に新しい造りのマンションや家がぽつりぽつりとあるが、高さが規制されているのか、五階だて以上の建物はない。

「あれ」

ミヤビが示したのは一階に美容室の看板がでた建物だった。「美容室　じゅえりー」と記されているが、営業はしていないようだ。窓にはカーテンがかかり、「テナント募集中」の貼り紙が扉にある。

美容室の横に建物の入口があった。手前に集合式の郵便受があり、薄暗い奥に階段が見える。オートロックはない。

ミヤビはあたりを見回し、入口をくぐった。俺もあとにつづいた。

金属製の郵便受の前で、

「写真撮って」

小声でミヤビがいった。一階には潰《つぶ》れた美容室しかないが、二階から上には住人がいるようだ。

俺は急いでカメラをだすと、郵便受の写真を撮った。箱には「２０１」とか「４０２」という番号札はついているが、住人の名はでていない。

各階二部屋で、五階までのようだ。

はみでるほどデリバリーメニューがつっこまれた郵便受は、おそらく使われていない部屋のものだろう。

二階から五階までの八部屋のうち、そういう郵便受が三つあった。

手早く写真を撮った俺はカメラをおろした。湿ったコンクリートと消毒薬のまじった臭いがどこかなつかしい。

お袋が親父と離婚する前、埼玉の団地に住んでいたことがある。そこでよく嗅《か》いだ臭いだった。

「上がるよ」

ミヤビが小声でいった。

「ちょっと待った」

俺はいって建物をでると、美容室の扉の貼り紙を写した。不動産会社の名と電話番号が記されていたのだ。

「よしいこう」

戻って俺はいった。ミヤビが小さく頷《うなず》き、階段を上った。踊り場の天井にはむきだしの蛍光灯が一本あり、点灯しているのに、あたりは暗く感じられた。

踊り場をはさんだ階段の先には、朱色に塗られた金属の扉がふたつ並んでいた。表札はでていない。

俺は素早くシャッターを切った。フラッシュはたかない。

三階、四階、五階と同じ造りになっている。五階の先にも階段があり、俺たちはそれを上った。

建物の中は静かだった。物音はまったくしない。意外としっかりした造りなのか、住人全員がでかけているのか。

五階の上の踊り場を先に曲がったミヤビが足を止めた。

追いついた俺も立ち止まった。屋上につづく階段に、ベニヤ板でバリケードが作られていた。

「屋上立入禁止　無断で入った場合、警察に通報します。抜海《ばっかい》不動産」

と書かれた貼り紙がある。俺はバリケードの写真も撮った。抜海不動産というのは、下の美容室の扉の貼り紙に記されていたのと同じ不動産会社の名だ。

ミヤビがバリケードに近づき、手で押した。

ベニヤ板がたわんだ。力を入れれば外れそうだ。

「行き止まりか」

俺はいった。

ミヤビはバリケードを見つめていたが、バッグから携帯をとりだした。貼り紙を見ながら携帯を操作し、耳にあてる。

「あ、抜海不動産さんですか。お忙しいところを恐れいります。わたし、六本木七丁目でアパートを探している者です。七丁目×—×のローズビルは、お宅が管理されているのでしょうか」

はいはい、と相手の質問に答え、

「そうなんです。ちょうど七丁目を歩いていたら、一階の美容室さんのところでお宅の貼り紙を見まして。空いている部屋がありそうなので、紹介していただけないかと思ってお電話しました」

俺は感心してミヤビを見つめた。立て板に水だ。

「はい、ではそちらにうかがえばよろしいのですね。どちらに？　はい、はい。わかります」

最後に礼をいって、ミヤビは携帯をおろした。

「不動産会社は麻布十番《あざぶじゅうばん》にあるみたい。いこう」

階段を降り、建物をでた。でるときに改めて確認すると、「ローズビル」という小さなプレートが入口の横にあった。

麻布十番へは六本木から地下鉄でひと駅だ。

ミヤビが「部屋を探している」と嘘をついたことを責める気持は、俺にはなかった。昭和六十年のできごとを調べていると真実を告げたところで、おいそれと不動産会社の人間が協力してくれる筈《はず》もないからだ。

第一、四十年前のことを知っている人間がいるかどうかすら怪しい。

抜海不動産は、麻布十番の駅から韓国大使館のある仙台坂《せんだいざか》の方角に少し歩いた場所にあった。古い雑居ビルの一階で、ガラス戸に金文字で「抜海不動産」と書かれた、たたずまいからして、老舗《しにせ》の不動産屋という印象がある。

ガラス戸の外から中をのぞきこんだミヤビが、

「ラッキー」

とつぶやいた。

「何がラッキーなんだよ」

訊ねた俺に、

「お爺《じい》ちゃんがいる。あの人なら四十年前のことも知ってそうじゃない」

とミヤビは答えた。

言葉通り、机と応接セットのおかれた店内には、七十くらいに見える男がいた。白いワイシャツにネクタイをしめ、毛糸のベストを着けている。七・三に分けた白髪頭を見て、俺は高校の古文の先生を思いだした。

店内に他の人間はいない。古文の先生は鼻先の眼鏡ごしに机に広げた新聞を読んでいる。

「ごめん下さい」

ミヤビがガラス戸を引いた。古文の先生は上目づかいでこちらを見た。

「先ほどお電話をした者です」

一拍おいて、

「ああ、ローズビルの――」

と、低くて通る声で先生は答えた。

「そうです」

また間が空いた。先生はミヤビを見つめ、次にうしろに立つ俺を見た。

「まあ、お入りなさい」

先生はいって、入口に近い、古い応接セットを示した。長椅子は黒い革張りだが、あちこちに白いひびわれがあって、ガムテープで補強されている。抜海不動産の景気はあまりよくないようだ。

「失礼します」

ミヤビはいって、腰をおろした。俺も隣にすわる。

「えーと、お名前は?」

先生は机の前にすわったまま、訊ねた。

「穴川です」

「ご夫婦?」

俺を見た。

「友だちです」

俺は首をふった。よけいなことはいわないほうがいいだろう。

「部屋探しを手伝ってもらっていて」

ミヤビがいい、つけ加えた。

「住むのはわたしひとりです」

先生は頷き、訊いた。

「あそこらに住みたいの?」

「はい。昔から六本木に住むのが夢で。でもあんまり高い家賃はだせないんです」

「ローズビルね。古いんだよね、あそこは」

先生はいった。

「確かにそんな感じがしました。築四十年くらいですか?」

ミヤビが訊ねると、先生は首をふった。

「いや、五十年以上。六十年近いかな」

「そんなに古いんですか。建物はしっかりしているように見えましたけど」

「うん。建物はしっかりしている。昔のほうが、鉄筋とかちゃんと入れているからね」

「じゃあ住めますね。空いている部屋があるみたいでしたけど」

「あるにはある。でもあそこじゃなくても、もっと新しいアパートがあるよ」

「ちなみに家賃はいくらなんでしょうか」

ミヤビが訊くと、先生は唸《うな》り声をたてた。

「今は新しい店子《たなこ》を入れてないからね。住んでいる人のほとんどは二十年以上いる人ばかりだ」

「あの、ローズビルはお宅のもちものなのですか」

俺は訊いた。

「いやいや、オーナーさんは別にいるけれど、うちが管理を任されているんだ。全面的にね」

全面的にとつけ加えるあたり、食えない感じがする。

「で、おいくらなんでしょうか」

先生は再び唸った。

「本当にあそこに住みたいのかい？」

「家賃によっては」

ミヤビが答えた。先生は息を吐いた。

「オーナーさんはもう、新しい店子を入れたくないらしいんだ。建物はしっかりしているけれど水回りとかはガタがきているんで、いろいろ文句をいわれても困るということで。家賃はね、六万五千円」

「バストイレつきですか」

思わず俺はいった。六本木でそれなら、かなり安い。

「一応ついているよ。古いユニット式だけど」

「借りたいです」

ミヤビがいった。

「そうかね」

先生は困ったようにいった。

「何階が空いているんですか」

俺は訊いた。

「えーと、三階ひと部屋に五階ふた部屋かな」

「五階がいいです。今いるところは、上の階の人の足音がうるさくて」

ミヤビがいった。

「でもエレベーターはないよ」

「知ってます。上がってみましたから」

ほう、というように先生はミヤビを見た。入ったことを責めている顔ではなかった。

「五階から上はバリケードみたいなのがあったんですが」

ミヤビがいうと、先生は頷いた。

「屋上にあがる階段ね」

「屋上にはでられないのでしょうか」

ミヤビは訊ねた。

「でられなくはないのだけど、ほら、あのビルはオートロックじゃないから、外から人が入ってこられる。勝手に屋上とかに上がられても困るからね」

「でも扉とかあるんですよね。階段を上がったらすぐ屋上というわけではないのでしょう？」

ミヤビの問いに先生は頷いた。

「もちろんドアはあるよ。ただもうガタがきててうまく閉まらないんだ。それでああいうふうにしている」

「そうなんですか。じゃあ住んでも屋上にはでられないんでしょうか。眺めがよさそうだなと思ったのですけど」

「確かに眺めはいいよ。あのあたりは大きな建物がないからね」

先生は答えた。

「見せてもらうわけにはいきませんか」

ミヤビはいった。

「見られるのなら見たいです」

間が空いた。

「あのバリケード、けっこう頑丈なんですか?」

俺は訊ねた。

「いや、ベニヤをテープで固定しただけだから外すのは簡単だ」

先生は首をふった。

「見てきちゃ駄目ですか。バリケードは元に戻しておくんで」

俺はいった。

「六本木に住んで、屋上でランチしたりするのが夢なんです」

ミヤビがいって先生を見つめた。

「オーナーさんが何ていうかだね。新しい店子を入れることも含めて」

先生はいった。

「訊いていただけませんか?」

ミヤビがいうと、先生はちらりと壁にかかった時計を見た。

「まあ、いいけど」

「オーナーさんて、あのローズビルに住んでいるのですか」

俺は訊ねた。

「いやいや。別の場所だ」

「ローズビルの昔からのもち主なんですか？」

ミヤビが訊ねると、先生は頷いた。

「ずっとかわってない。昔は外国人とかも住んでてね。アメリカ人に人気があった」

「アメリカ人が住んでいたのですか」

「あの近くに『スターズ・アンド・ストライプス』があるからね」

先生の口からいきなり英語がでてきて、俺は思わず訊き返した。

「スターズ何です？」

「ストライプス。星条旗のことだよ。米軍がだしている新聞の名前だ」

「え、米軍の新聞社が六本木にあるんですか」

「星条旗新聞ですね」

ミヤビがいった。俺はミヤビを見た。

「知ってたんだ」

「あの少し先、西麻布《にしあざぶ》のほうに向かったところにあるのは知ってた。よくヘリコプターが飛んでる」

ミヤビは頷いた。

「そうそう。米軍基地といききするヘリがよく飛んでる」

先生はいった。

「今はもうアメリカ人は住んでいないのですか」

ミヤビが訊ねた。

「今はいないよ。米兵は宿舎が基地の中にあるし、ビジネスで日本にくる人は、もっと高いところに住む」

答えて、先生は机の上の電話機に手をのばした。受話器をとり、ボタンを押す。

「あ、もしもし。ごぶさたしております。麻布十番の抜海不動産です。どうも、どうも。久しぶりです。実はこちらに、ローズを借りたいという方がみえていまして……」

俺とミヤビは黙って先生を見つめた。

「ええ、ええ。若い方です。女性です。いや、そういう感じではないですな」

電話に答え、先生はミヤビに目を向けた。

「失礼ですが、お仕事は何をされていますか」

「ライターをしています。雑誌などに記事を書く仕事です」

不動産屋で職業を訊かれ、ライターだとかイラストレーターと答えると、たいてい引かれる。サラリーマンとちがって定収入がないからだ。

俺は先生とオーナーのやりとりの想像がついた。若い女が借りたがっていると聞いて、オーナーは「水商売の女性か」と訊ねたにちがいない。

「ライターだそうです」

先生はオーナーに告げた。はい、はい、と答え、

「いや、それは何も。ただ屋上を見たいといわれてて。ええ。まあ、そうなんですが。屋上ですか？　うちが階段にバリケードをおいたままなので、でられません。はい」

とやりとりをつづけた。

「はい、はい、わかりました」

告げて電話を切る。

「オーナーさんもすぐには決められないようなので、申し込み書を書いていただけますか」

机のひきだしから紙をだした。ミヤビに渡す。

住所、氏名、職業、連絡先などを書きこむ用紙だ。

「はい」

ミヤビは頷き、ペンを手にした。名前や住所などを書きこみ、「年収」の欄には、少し考え「五百万円」と記した。「籠城の鬼」が売れたので、もっとある筈だが、真実を書くとかえって怪しまれると考えたのかもしれない。

ミヤビが記入した申し込み書を受けとると先生はいった。

「オーナーさんの返事がもらえたら、連絡します」

「どれくらいかかりますか」

ミヤビが訊ねると、先生は首をひねった。

「まあ、一日か二日のうちには返事があると思うがね」

よろしくお願いします、とミヤビが頭を下げ、俺たちは「抜海不動産」をでた。

「どうする？」

俺はミヤビを見た。

「ローズビルに戻って、住んでいる人に話を訊く」

「わかった」

俺たちは六本木に戻った。ローズビルの郵便受で、現在使われていそうな部屋を確認する。２０１、２０２、３０１、４０１、４０２、の五部屋だ。

「あたしが話をする」

ミヤビはいって階段を上った。二階の２０１号室の扉のかたわらにあるインターホンのボタンを押す。

ピンポン、という音が扉の内側で聞こえた。しばらく待ったが、返事はない。

隣の２０２号室のインターホンのボタンを押した。

「――はい」

年配の女性の声が応《こた》えた。

「突然、恐れいります。昭和六十年にこちらで亡くなられた方について調査をしている者です。さしつかえなければ、お話をお聞かせ願えないでしょうか」

ミヤビが告げた。

「いつだって？」

とまどったように女性は訊き返した。

「昭和六十年です。一九八五年。そのとき、こちらにお住まいだったでしょうか」

「いないね」

ぴしゃりと女性はいった。

「あたしがここに移ってきたのは平成元年だからね。いなかった」

「それは失礼いたしました。あの、お隣の方は、今日はおでかけでしょうか」

「隣？　知らないね。男のくせに昼間からふらふらしているような手合いだからね。つきあわないことにしてる」

「若い方なのですか」

「若いよ。そんな昔のことはきっと知らないね。ここにきたのは、あたしよりあとだから」

「そうですか。古くからここにお住まいの方をご存じありませんか」

「三階の竹本《たけもと》さんは、あたしより前からここにいる。他の人は知らない」

「わかりました。ありがとうございました」

俺とミヤビは頭を下げ、階段に向きをかえた。

そのとき202号室の扉が音をたてて開いた。白髪頭にネットをかぶった女性が、チェーンロックのすきまからこちらを見た。八十歳くらいだろう。小柄で、ひどく痩《や》せている。

「どうも」

俺はいって頭を下げた。女性の顔にはありありと疑いの色が見えた。

「何の調査だい」

つっけんどんな口調で女性はいった。

何と答えるだろう。俺はミヤビをふりかえった。

「都市伝説です。東京、六本木に伝わる都市伝説について調べています。このビルの屋上で人が亡くなったという話を聞かれたことはありませんか」

ミヤビは女性を見返し、いった。

「人が死んだ？　五階にいたのが、二十年くらい前かな、救急車で運ばれてそれきりってのがあったけど」

女性は顔をしかめた。

「屋上です。屋上で人が亡くなっているのが見つかったんです。それが昭和六十年のことです」

「そんな昔のことは知らないね。でも、ここは年寄りばかりだからね。いつ誰が死んでもおかしかないけどね」

口調は荒いが、特に悪意は感じない。もともと歯切れよく喋《しゃべ》る女性のようだ。

「三階にいらっしゃる竹本さんもご年配の方なのですか」

ミヤビが訊ねた。

「あたしよりは若いよ。今いってもいないよ。仕事してるから」

「お仕事？」

「コックだよ、ラーメン屋の。西麻布に昔からある『珍栄《ちんえい》』て店で働いてる」

「『珍栄』ですね。ありがとうございます」

「いくんなら、ラーメンはやめときな。麺《めん》がぶっとくて食べられたもんじゃないから」

ラーメン屋でラーメンが駄目といわれたら何を食べればいいのだ。

が、女性の顔は真剣だった。

「わかりました。ありがとうございます」

ミヤビは答え、頭を下げた。扉がガチャンと音をたてて閉まった。

俺たちはローズビルをでた。まだ四階のふた部屋が残っているが、まずは「珍栄」の竹本というコックに会いにいってみることにした。時刻も午後一時近くで、腹も減っている。

携帯で調べると、「珍栄」は、裏通りを西麻布の方角に向かった場所にあった。

途中、表通りの反対側にたつフェンスに囲まれた大きな施設をミヤビが指さした。

「あそこが『星条旗新聞社』」

新聞社というには殺風景な造りで、米軍の施設といわれてもピンとこない。建物の外を歩いている人の姿はなかった。車が何台か止まっているだけだ。

「入ったことある?」

俺が訊くとミヤビは首をふった。

「あるわけない。入口にはいつも警備員が立ってる」

「警備員て、アメリカ兵?」

「アメリカ人ぽくはないな。日本人かな。でもテロの警戒が厳しかった頃は、鉄砲ぶらさげてた。会社にいたときに、向かいのマンションにデザイナーの事務所があって打ち合わせによくきてたんだ」

「日本人の警備員に銃をもたせていたのかな」

「さあ。そこまではわからない。日系アメリカ人だったかもしれないし」

話しながら歩いているうちに「珍栄」に到着した。202号室の婆さんはラーメン屋といったが、中華料理屋だ。向かって右隣りが鮨屋《すしや》、左隣りが酒屋だが、三軒ともかなり昔からやっている雰囲気だ。

赤地に白く「中華」と染め抜いたのれんを俺たちはくぐった。

「いらっしゃい!」

という声とともにカンカンと中華鍋《なべ》を打つ音が聞こえてきた。

四人掛けのテーブルが四つと、厨房《ちゅうぼう》に面したカウンター席が五つの、小さな店だ。テーブル二つとカウンター席ひとつに客がいる。

「カウンターにすわろ」

ミヤビがいって、さっと腰をおろした。

「あら、いいの? そっちで」

白い上っ張りを着たおばさんがいった。顔も体も丸っこくて、声が大きい。厨房の中では、やはり白い上っ張りを着た、痩せた男が鍋を振っていた。

「こっちがいいんです」

ミヤビがいうと、はいはいとおばさんは頷き、水の入ったコップを俺たちの前においた。

考えてみると、きのうも餃子《ぎょうざ》と炒飯《チャーハン》を食べている。そこは避けたいと思いながら、俺は壁に貼られた短冊メニューを眺めた。

「アンかけ硬焼きソバ」

ミヤビがいった。

「俺は肉野菜炒《いた》め定食」

「はあい。硬焼き一丁、野菜炒め一丁」

おばさんが厨房に声をかけた。

「硬焼き一丁、野菜炒め一丁」

痩せた男はくり返し、中華鍋を前後に振った。鍋の中の炒飯がまるで生きもののようにお玉の中に飛びこんでいく。そのお玉を横に動かし、くるりとかえすと、皿にこんもり丸く炒飯が盛られていた。

「すごいな、熟練の技ってやつだ」

俺はいった。男はこちらのほうを見もせず、

「四十年やってるからね」

といった。白の上っ張りの下は、今どきあまり見ないランニングシャツだった。

「このお店、そんなに長いんですか」

「もうじき六十年。先代が二十年やったところで体壊したんで、俺が助っ人で入ったんだ」

洗った中華鍋に油をしき、肉と野菜を投げ入れて男は答えた。

「すごーい」

ミヤビが甘ったるい口調でいった。

「今、町中華ってブームなんですよね」

「うちもテレビにでてくれって頼まれたけど断った」

「え、なぜです?」

「テレビにでると、いっときはわっとお客さんがくるが、すぐに引く。その間、常連さんに迷惑かけちまう」

男は手を動かしながら答えた。

「はい炒飯」

スープの碗《わん》と炒飯の皿がカウンターにおかれた。ひとりだけカウンターにいた客の注文だったようだ。携帯でマンガを読みながら炒飯を食べ始める。

「実はこの辺に住もうと思って、部屋を探しているんです」

ミヤビがいうと、男は初めてこちらを見た。色が黒くて、ぎょろりとした目をしている。

「ここのことも不動産屋さんで聞いてきました」

ミヤビはいった。男は表情をかえず答えた。

「アパートはたくさんある。俺が住んでるところも部屋は空いてる」

「この近くなんですか?」

「この――」

といって、男はお玉で左をさした。

「上にあがっていったところだ。歩いて四、五分」

「家賃高くないですか」

「高くないよ！　古いから」

「え、何ていうマンションですか」

「ローズビル」

「さっき見たとこだ」

俺はすかさずいった。

「屋上に入れなくなってた」

「ああ、あそこ。眺めがよさそうなのに、何で上がれないのって思ったんだ」

ミヤビが話を合わせた。

「屋上な。昔は上がれたんだ」

調理に戻った男がいった。肉野菜炒めに調味料を入れると、炎が上がった。

「なんで入れなくなっちゃったんですか」

ミヤビが訊ねた。男は答えかけ、首をふった。

「なんでかな。もうだいぶ前から入れなくなってる」

あまり喋ってはマズいと思ったようだ。

「なんか事故でもあったのかな。まさか飛び降り自殺とか」

俺がいうと、

「いや、そんなんじゃない。俺はもう四十年以上住んでるけど、自殺なんてなかった」

男が丼にご飯をよそいながらいった。

「勝手に人が入るのを防ぐためじゃないの。ほら、誰でも上がれちゃうからさ」

肉野菜炒めとスープ、タクアン二切れの入った小皿と丼飯を俺の前においた。別の鍋で作ったアンを、皿の上にのせた硬焼きソバにかける。

肉野菜炒めに俺は箸《はし》をのばした。味が濃くて、ご飯によく合う。

「おいしい」

俺はいって、男に訊ねた。

「ここは何時までやってるんですか」

「夜？　夜は九時半ラストオーダー、十時閉店だ」

「その間ずっと休みなしですか」

「二時から五時までは休む。あんたらテレビ局の人か」

「え？」

「いろいろ訊くからさ。でないよ、テレビには」

「ちがいます、ちがいます」

ミヤビが首をふった。

「本当にこの辺に住みたくて、いろいろ訊いて回ってるんです。抜海不動産さんにもいきました」

「抜海？　ああ十番のね」

いって男は鍋を洗い、前かけで手をぬぐうと、上っ張りのポケットから電子煙草をだしてくわえた。俺たちのあとからきた客はおらず、仕事が一段落したようだ。

「わたし、ライターもしているんです。このあたりのことを書こうと思って。六本木とか西麻布にも派手なばかりじゃない場所があるって、知らない人に教えてあげたいんです。それでいろいろ見たり訊いたりしていて」

ミヤビはいった。

「ふーん」

男はあまり信じていないような口調でいった。ミヤビは箸をおき、ショルダーバッグから名刺をとりだした。カウンターと厨房の仕切りの上におく。

「あの、この辺にお詳しいようなので、あらためてお話をうかがわせていただくわけにはいきませんか。わたし、ライターの穴川と申します」

名前と携帯番号、メールアドレスが入った名刺だ。

「もしお話を聞かせていただけるなら、些少《さしょう》ですがお礼もします」

「あんたは？」

男は俺を見た。

「イラストレーターです。今は彼女の仕事を手伝っています」

「つきあってんの？」

男はずばりと訊いた。

「いえ、同級生なんです」

「あんたの名刺は？」

いわれ、俺も名刺をだした。裏にイラストが入っている。

男は手にとり裏返して、

「これ、あんたの絵かい？」

と俺を見た。俺は頷いた。走る、投げる、打つ、跳ぶなどの姿をデフォルメし、コマ割りして印刷したものだ。

「うまいもんだ。なるほど、ライターさんに絵描きさんか。あんたの名前は五頭《ごず》？　珍しいな」

たいていの人は読めないのでルビを打ってある。

「そうなんです」

「ペンネームかい」

「いえ、本名です」

「頭がよさそうな名前だよな」

いって男ははっはっはと笑った。笑うとぎょろ目が細くなって、印象がかわる。

「俺は竹本ってんだ。お礼がでるって本当かい？」

ミヤビに目を戻した。ミヤビは頷いた。

「はい、本当に少しですけど」

「まあいいや。じゃさ、二時過ぎたらここにまたきてよ。そうしたら話すから」

「ありがとうございます」

俺とミヤビは声を合わせた。

残さず昼飯を平らげて、俺たちは「珍栄」をでた。二時まであと十分かそこらだ。

酒屋の前の自動販売機で缶コーヒーを買い、少し離れた場所に立って時間を潰した。

ミヤビがバッグから小さな熨斗《のし》袋をだした。中身を確かめる。

「そんなの、いつももってんのか」

俺が訊くと頷いた。

「うん。取材謝礼を渡すのに、いちいち財布からだすわけにいかないもん。五千円と一万円入れたのを二組ずつもってる」

俺は「珍栄」のほうを見やった。

「どっち渡すんだ?」

「とりあえず五千円のほう。領収証ももらう」

つまり領収証ももち歩いているということだ。俺は感心した。

「準備は怠りないってわけか」

ミヤビは首をふった。

「想一の名刺がきいた。あたしだけだったら信用されなかった」

名刺の裏にイラストを入れろとアドバイスしたのはミヤビだった。

二時十五分になるまで待って、俺たちは「珍栄」にひき返した。のれんが下げられ、ガラス戸ごしにのぞいた店内に人はいない。

ミヤビがガラス戸をノックした。奥から竹本が現われた。上っ張りの上にジャンパーを羽織っている。

ガラス戸の鍵《かぎ》を開けてくれた。

「入んな」

店内の灯《あか》りは消されている。

「十分くらいな。パチンコいきてえから」

腕時計をのぞき、竹本はいった。

「はい。軍資金の足しにして下さい」

ミヤビが熨斗袋をだした。

「いくら入ってんだ」

「五千円です。少なくてすみません」

「いいよ。話を聞いて、役に立ったらもらう」

竹本は熨斗袋には触れず、いった。

「わかりました。ありがとうございます」

押し問答はせず、ミヤビはバッグからICレコーダーとノートをだした。

「ノートをとりますが、録音もさせて下さい」

「はいよ」

「竹本さん、おいくつですか」

「七十四」

俺は見直した。そんな年には見えない。

「六本木七丁目のローズビルにお住まいだと先ほどうかがいましたが、そちらには何年いらっしゃるのですか」

「え、何年かな。二十一のときに新橋《しんばし》の、今はなくなった中華料理屋で働きだして、そこを三十で辞めたあとだから四十四年か」

「そんなに!?」

「ああ。ずっと独り者だし、若いときは麻雀《マージャン》屋で半分暮らしてるようなもんだった。先代にここを頼まれたとき、引っ越してきたんだ」

「その頃と今とでは、六本木もずいぶんちがったのじゃないですか」

「ちがったね。今のほうがガキが多い。昔は、まあ俺も若かったからそう感じたのかもしれないけど、金をもってそうな大人が多かった。あとは学生でも、ボンボンって感じのとか、芸能人とかスポーツ選手だな。あまり知られてない高級レストランが六本木にはけっこうあってさ」

「ローズビルにもそういう人が住んでいました？」

「いやいや、そんな高級なとこだったら俺は住めないから」

竹本は手をふった。

「あそこはさ、昔、どこかの寮だったみたいなんだ。一階は店で二階から上に八部屋だろ。できたのは俺が入るより十年近く前で、その頃には六本木にももう、もっとこぎれいなマンションがいっぱいあった。エレベーターなしってのは、当時でも珍しかったからな」

「バブルの前、ですよね」

俺はいった。

「前だよ。景気は悪くなかったが、あんなに土地の値段とかは上がってなかった」

「その頃はどんな人が住んでいたんです？」

「あそこか？　水商売が多かったな。俺みたいなコックもいたし、あとはディスコのマネージャーとかな」

「外国の人もいたって聞きましたけど」

「いたいた。正体不明のアメリカ人だ。日本語がペラペラで、よく夜中に女を連れこんだりしてた。陽気な奴で、会うと『ハーイ』なんて手を振っちゃってさ」

「今も六本木は外国人が多いですが、その頃もいたんですね」

「今はさ、アジア系やアフリカ系もたくさんいるだろ。当時は、外国人つったら、だいたい白人だった。あと、横須賀《よこすか》に空母が入ると、わっと水兵が遊びにくるんだ。六本木が急に若いアメリカ人だらけになったもんだ」

「何しにくるんです?」

「まあ観光っていうか、遊びだな。アメリカ人たって、若い兵隊なんてだいたい田舎者だ。だから東京の派手な街にあこがれてやってくるのさ。たいして金をもってないから、ファストフードや安いディスコにたまってたな」

「屋上に入れなくなったのも、そのせいですか。アメリカ兵が勝手に上がっちゃったとか」

「屋上?　あれはホームレスだ」

いってから、竹本はしまったという顔をした。すかさずミヤビがくいついた。

「ホームレスが勝手に屋上に住んでたんですか」

「住んでたのかどうかは知らないけど……」

「もしかして屋上で死んでたとか」

俺はいった。竹本は渋い表情になった。

「俺もよくは知らねえんだ。見つけたのは、五階にいた占い師でさ」

「占い師?」

「もう今はやめちまったが、六本木交差点の近くで、占いをやってたおばはんがいてな。それが洗濯物を屋上に干しにいって見つけたんだ」

「その占い師の方は今もローズビルに住んでいらっしゃるんですか」

「いや、十年以上前に店をたたんで、引っ越してったよ。でもこのあいだ図書館で見かけたな」

「どこの図書館です?」

「赤坂《あかさか》図書館だよ。青山一丁目《あおやまいっちょうめ》のそばにある。本を借りにいったときにいたんだ」

「竹本さん、本、お好きなんですか」

「時代ものが好きなんだ。チャンバラ小説な。今、テレビでも時代劇ってほとんどやってないだろう。だから本で読んでる」

「図書館にはよくいかれるんですか」

「いや、本当に暇で、パチンコいくにも金がないときくらいだな。その婆さんは、しょっちゅうきてるみたいで、図書館の係とも立ち話してた」

「六本木で占い師をやっていたのなら、いろんな話をご存じでしょうね」

「図書館にいけばきっといるよ。話を聞いてみたらどうだい」

「お名前はわかります?」

「何つったかな」

竹本は顔をしかめた。

「占いやってた店の名は覚えているんだがな」

「何という店ですか」

「『蓮華堂《れんげどう》』ってんだ」

「『蓮華堂』」

「ほら、ハスの花を蓮華っていうだろ。それからとったみたいだ。婆さんの名は覚えてないな」

「いくつくらいの方です?」

「俺より上だから、もう八十くらいになるのじゃねえの。いっつも、首飾りとかいっぱいさげた派手な格好してて、見かけたときもかわってないなって思った」

「派手なお婆さん」

「そう、昔の教育ママみたいな眼鏡かけてて、ぱっと見、意地悪そうだ」

「意地悪なんですか」

俺が訊くと、竹本は首を振った。

「かわっちゃいたが、根性は別に悪くなかったよ」

竹本は腕時計を見た。

「昔の六本木のことは『蓮華堂』の婆さんに聞くといいよ。赤坂図書館にきてたってことは、今もこの辺に住んでるってことだろうからさ」

「わかりました。いろいろありがとうございました」

ミヤビはいって、再び熨斗袋をだした。

「いいのかい、本当にもらっちまって」

「とても参考になりましたから」

「本当かよ。じゃあ、ありがたくもらっとく」

いって、竹本は熨斗袋をジャンパーのポケットに押しこんだ。

「すみません。領収証いただけますか」

ミヤビが領収証とボールペンをさしだした。名前と住所、日付を書かせる。竹本は嫌な顔もせずに書いた。

「これ、出版社かなんかに渡すと、払ってもらえるの?」

「そうなんです」

「じゃ、ゼロいっこ増やすか」

「いえいえ。そんな」

「冗談だよ」

竹本は笑い、

「あ、思い出した。『蓮華堂』の婆さん、渡辺《わたなべ》って名前だった。下の名までは忘れちまったが、渡辺って書いた紙をドアに貼ってたんだ」

といった。

「渡辺さんですね。助かります。ありがとうございました」

ミヤビがいって頭を下げた。俺たちは「珍栄」をでた。竹本が内側からガラス扉の鍵をかけた。

「どうする？　ローズビルに戻るか、それとも図書館か」

俺が訊くと、

「図書館。ローズビルは、夜にいこう」

とミヤビは答えた。

今いる西麻布からだと青山一丁目まで、歩いて三十分くらいの距離だ。

「いって、すぐ見つかるかな。昼間の図書館てお年寄りが多そうだ」

歩きだして俺はいった。

「多くても、八十代でネックレスいっぱいつけた女の人はそういないのじゃない」

確かにそうかもしれない。それにお年寄りは、生活習慣をあまりかえないものだ。朝起きて何をして、朝食のあとはこれをし、午後はこうして過ごす、というのがたいてい決まっている。じいちゃんを見ていて、俺はそれを知った。

その渡辺という占い師の女性が赤坂図書館を頻繁に利用しているなら、たとえ短時間でも、毎日顔をだす可能性は高い。

図書館には、本だけでなく、新聞や雑誌などもおいてある。新聞を読みに毎日図書館にいく人を俺は知っていた。代金がかからないし、捨てる手間もなくていい。だから新聞は図書館で読むに限るというのだ。

西麻布から乃木坂《のぎざか》にでて、外苑東通りを北に向かった。六本木から地下鉄に乗れば青山一丁目までひと駅だが、歩いたほうが早いとミヤビがいったのだ。

図書館ということで、何となく古い学校のような建物を俺は想像していた。が、赤坂図書館はタワーマンションの三階にあった。一階には小さなスーパーマーケットもあり、俺が知っている公共図書館とは、たたずまいがまるでちがう。

ビルのワンフロアなので、それほど大きな施設ではなく、すぐにひと回りできる。新聞雑誌コーナーには、お年寄りが多かったが、派手な格好の女性はいない。

俺たちは顔を見合わせ、図書館をでた。

「そう簡単にいくわけはないよな」

俺はいった。ミヤビは無言で携帯を操作した。やがて、

「あった」

といった。

「『蓮華堂』って占いの店、今もある」

携帯の画面を俺に向けた。

「どこに？」

「赤坂八丁目。このすぐ近くのマンションで営業してるみたい」

「六本木をたたんで赤坂に移ったってことか。営業時間は？」

「えーと、月、水、金の、午後二時から六時までで、要予約となってる」

今日は火曜日だ。ミヤビは携帯を耳にあてた。

少しして、

「留守電になってる」

と携帯をおろした。

「でも営業してるのなら、図書館で張りこまなくても、話を聞けるってことだろ」

俺はいった。

「確かにアポイントはとりやすい」

ミヤビが頷いたとき、その手の中で携帯が鳴った。電話がかかってきたのだ。

「はい。穴川です」

応えたミヤビの目が広がった。

「あ、はい、そうです。ローズビルの入居申し込みを書いたのはわたしです」

ローズビルの関係者からの電話のようだ。抜海不動産からの連絡をうけ、かけてきたにちがいない。

「はい、そうです。できれば入居したいと。ただ、あのう、屋上なんですが、入居しても上がれないのでしょうか。えっ、はい、本当ですか⁉」

ミヤビの顔が輝いた。

「ええ、ええ。それはもちろん。必ずそうします。はい。ありがとうございます。それではまたご連絡をお待ちしております」

電話を切り、

「見ていいって。バリケードを元に戻しておいてくれるなら、屋上に上がってもかまわないって。ローズビルのオーナーが」

と明るい口調でいった。

「オーナーってどんな感じだった？」

「喋りかたはていねいだった。男の人で、若いのかな。声が高くて、ちょっと年齢の見当がつきにくい」

「六十年近く前からあるビルのオーナーなのだから、若いってことはないのじゃないか」

「二代目ってこともあるでしょう。親が亡くなって相続したとか」

「そうか。だとしたらいいご身分だな。六本木のビルを相続できるなんて」

俺がいうと、ミヤビは首を傾げた。

「売ればお金になるだろうけど、今住んでいる人を追いだすことになるし、不動産屋さんもいってたように水回りとかが古くなっているから、大家さんとしてはやらなけりゃいけないことが多くて大変なのじゃない」

「そうか。一概にいいご身分とはいえないか」

ミヤビは時計をのぞいた。午後三時を回った時刻だ。

「明るいうちにローズビルにいって、屋上に上がろうよ」

「了解」

俺たちは再び六本木に戻った。ローズビルの階段を上がり、五階から先の踊り場に立つ。

ベニヤ板のバリケードは、ガムテープで壁に固定されているだけの代物だった。

俺とミヤビはガムテープを慎重にはがした。

上下左右、全部で六カ所に貼られたガムテープをはがすと、ベニヤ板の一枚が外れ、屋上へとつながる階段が現われた。上りきった先には、朱色の金属扉がある。

俺たちは顔を見合わせた。四十年前とはいえ、その扉の向こうで人が死んだと考えると、何となく不気味だった。何年も使われていないからだろう。階段にはほこりがたまっている。

「でも、よく許可してくれたな、屋上に上がるのを」

すぐには階段を上がりづらくて、俺は小声でいった。

「ね。あたしもそう思う。もしかすると――」

いいかけ、ミヤビは言葉を止めた。

俺が訊き返すと、首をふった。

「もしかすると？」

「いや、たぶん気のせい。いこう」

「わかった」

俺は先に階段を上がった。抜海不動産の先生がいったように、屋上へとつながる扉はきちんと閉まっておらず、ドア枠とのすきまから細い光がさしこんでいる。そのせいで、階段の暗さともあいまって、まるで異世界につながる扉のようだ。

が、そんなわけはなく、階段を上がりきった俺がノブを押すと、ギィィという軋《きし》みをたてて扉は開いた。

バタバタバタッという羽撃《はばた》きの音が聞こえた。扉の向こう側に何羽かの鳩《はと》がいて、驚いて飛びたったのだ。

正面にフェンスが見えた。左手は鉄の柱で、その上に給水タンクがのっかっている。コンクリートの上に合成樹脂をしきつめた屋上に俺たちは立った。ところどころに水たまりができている。

「わあ。いい眺め」

ミヤビがいった。確かに周囲に大きな建物がないせいで、意外なほど見はらしがいい。六本木ヒルズとその手前にあるいくつかのタワーマンションをのぞけば、西麻布にかけての街が一望できる。

俺はカメラをかまえた。まず屋上から見える景色を左右少しずつずらしながら撮っていく。右手にはミッドタウンが、左手にはヒルズがあり、その中間が西麻布へと下りていく道だ。「スターズ・アンド・ストライプス」の建物も見えた。

つづいて屋上の写真を撮る。屋上は四方を二メートルほどの高さがある金網のフェンスで囲まれ、半分が給水タンクの土台で占められていた。

フェンスには枯れた蔦《つた》がからまっていた。そのフェンスと給水タンクの土台とのあいだに細いロープが二本張られていて、割れた洗濯バサミがいくつも落ちている。洗濯物を干すのに使った人間がいたようだ。

ロープは変色していて、何年も使われていないとひと目でわかった。割れた洗濯バサミはロープに留められていたのが、風雨にさらされ壊れたのだろう。

「死体はどこにあったんだ？」

俺はカメラをあちこちに向けながら訊ねた。

「わからない」

ミヤビは首をふった。ノートに屋上の見取り図を描いている。

屋上は扉のある側が広い台形で、西半分を給水タンクとその土台が占めていた。床にしきつめた樹脂はところどころがはげていて、そこに水たまりができ、苔《こけ》が生えている場所もあった。

給水タンクの土台はコンクリート製で、そこに固定された鉄柱にタンクが載っている。土台を回りこむと、フェンスとのあいだに一メートルほどの空間があった。

「この辺かな。人が屋上にきても、すぐは見えない場所だし、風とかも少しは防げそうじゃないか」

俺はいった。当然といえば当然だが、ここで人が暮らしていたと思えるようなものは何もない。吸いガラひとつ落ちてはいない。

「そうね。タンクの下なら雨露もしのげるものね。このあたり、たくさん撮って」

ミヤビの言葉に従い、俺はそのあたりの写真を多めに撮った。しゃがんで、フェンスごしの景色も撮る。手前にあるアパートの屋根の先に星条旗がひるがえっていた。「スターズ・アンド・ストライプス」を見おろす位置なのだ。ここで死んだとすれば、最期に見たのは星条旗だったかもしれない。

ミヤビのバッグの中で携帯が音をたてた。

「はい、穴川です」

とりだし耳にあてたミヤビはいった。

「あ、はい！　でられました。今、屋上にいます。すごい景色ですね。え？　いえ、友だちと二人できています。はい、はい……」

ローズビルのオーナーがまたかけてきたようだ。まるで俺たちが屋上に上がるのを待っていたかのようなタイミングだ。

俺は立ち上がった。カメラをかまえる。ズームアップすると、「スターズ・アンド・ストライプス」の建物が見えた。窓にブラインドがおりている。そのブラインドが揺れ、俺ははっとした。

一瞬だが、こちらに黒い筒のようなものが向けられているのを見た気がしたのだ。

が、目をこらしても、もう何も見えない。

俺は足を開き、なるべくカメラがぶれないようにして「スターズ・アンド・ストライプス」の見える範囲の建物を観察した。が、もう何も見つからなかった。人影ひとつない。

カメラをおろし、ミヤビを見た。ミヤビは電話を終えていた。妙な顔で俺を見返した。

「どうした?」

「オーナーが、屋上からの眺めはどうだって。まるであたしらがいるのを、どこかから見てたみたい」

「俺もそれは思った。すごいタイミングだなって」

黒い筒のことはいわず、俺は頷いた。目の錯覚だったかもしれない。

「もしかすると、気付いているのかも」

ミヤビがいった。

「ここにいることを?」

俺が訊き返すとミヤビは首をふった。

「あたしらの本当の目的」

「え?」

俺はミヤビを見つめた。

「ここで死んだホームレスのことを調べているって」

「なぜそう思うんだ?」

俺が訊ねると、

「何となく。『屋上からの眺めはどうですか』って訊かれたけど、本当に知りたいのはそんなことじゃないんだろうっていわれているような気がした」

ミヤビは答えた。

「職業がライターだっていったからかな」

「でも四十年前の話だよ。今さら取材に誰かくるなんて思わないのじゃない?」

「確かに」

俺は頷いた。それに屋上にでたがった理由が四十年前の〝事件〟にあると気づいたら、ふつうは許可しない。

「次に電話がかかってきたら、直接訊いてみようかな」

ミヤビはつぶやいた。

「向こうの番号はわかっているんだろ」

俺がいうと、ミヤビは首をふった。

「それが非通知なんだ。二回とも、非通知でかかってきた」

「電話番号を知られたくないってことか」

「かもしれない」

俺たちは黙った。バタバタバタッと爆音が聞こえた。ヘリコプターが頭上を飛んでいる。「スターズ・アンド・ストライプス」を飛びたち、どこかに向かうようだ。

ヘリの羽音が遠ざかると、下の通りを走る車の音やクラクションがやけに大きく響いてきた。

俺はブラインドの影に隠れた黒い筒のことをいおうかと迷い、やめた。カメラの画像をパソコンに落としたら確認できるかもしれない。

ミヤビに教えるのは、それからでいい。今いえば、不安にさせるだけだ。

ミヤビが臆病《おくびょう》でないことは知っている。

が、不確かな情報で動揺させる必要はない。

「他に撮っておくものあるか」

俺は訊ねた、ミヤビは無言であたりを見回し、首をふった。

「データは夜にでも、そっちにメールで送る」

「そうして」

俺たちは顔を見合わせた。

「何だか疲れちゃった。今日はこれで終わりにしよっか」

ミヤビがいったので、俺は頷いた。

その晩家に帰った俺は、カメラのデータをパソコンに落とし、ローズビルの屋上から撮影した画像を拡大した。

「スターズ・アンド・ストライプス」を写した画像は、思ったより少なかった。全部で三枚しかない。そしてそのどれにも、黒い筒は写っていなかった。

やはり気のせいだったのか。

とりあえずその日撮った画像をすべてメールでミヤビのパソコンに送った。

すぐに返信がきた。明日、「蓮華堂」と連絡がついたらアポイントをとる。いっしょにきてほしい、とあり、了解と俺は返した。

翌朝十時に、ミヤビからメールが届いた。「蓮華堂」と連絡がつき、午後二時に赤坂八丁目のマンションを訪ねることになったが、その前に住人から話を聞きたいので、正午にローズビル集合でいいか、とある。

大丈夫だと返信し、俺はでかける仕度をした。

ローズビルの前でミヤビと落ち合った俺は訊ねた。

「送った写真どうだった?」

「ありがとう。よく撮れてた。撮れてたけど……」

ミヤビはいって言葉を切った。

「ドラマを感じない、か」

「簡単にいえばそうかな。当然といえば当然なんだけど、画像には、なぜあそこで人が死んだのかを考えさせる要素が何もない。六本木の、ごくふつうの風景って感じで」

それは俺も思った。何より、きのうの夕方、あの屋上で俺たち二人が感じた不気味さのようなものが、画像からは何も伝わってこない。

「俺の撮りかたが悪かったかな」

「撮りかたの問題じゃないよ。受け止める人間の気持の問題。それは暗いときとかに撮ればそういう雰囲気がでるかもしれないけど、演出でしかない。亡くなった人がなぜあそこを選んだのか、そういうものを感じるような何かが伝わってくるといいのだけど」

「もう一度屋上に上がって撮ってみるか」

あのあと、俺たちはバリケードを元通りに戻して帰った。いつでもバリケードを外したり戻したりできる。

「ううん。今日は他の部屋を当たろう」

ミヤビは首をふった。

401と402の住人に当たってみることにして、俺たちは階段を上った。

401のインターホンのボタンを押す。返事はなかった。つづいて402のインターホンのボタンを押した。

わずかに間があって、いきなり扉が開いた。

肌の浅黒い、明らかに外国人とわかる中年の女性が立っていた。スカーフを頭に巻いている。

女性は目をみひらき、まじまじと俺たちを見た。

「突然お邪魔して申しわけありません。このあたりのことを記事にしようと思って取材している者です。お話を聞かせていただけますか」

ミヤビがいった。

「わたし日本語わからない。ダンナさん帰ってくるまで、話できない」

女性はいい、扉を閉めた。俺たちは顔を見合わせた。

「どう見ても四十年前から住んでるって感じじゃないな」

俺がいうとミヤビも頷いた。

二階まで降りた。三階には301の竹本さんしか住んでいないと202の婆さんから聞いている。竹本さんは今も「珍栄」で中華鍋を振っているだろう。

201号室のインターホンを鳴らした。

「はあい」

男の声が億劫《おっくう》そうに応えた。ミヤビが４０２の外国人女性に告げたのと同じ言葉をインターホンに話した。

「はあ？　取材って何。何書こうっての」

男はインターホンごしに訊ねた。

「都市伝説の類《たぐ》いの記事なんです」

ミヤビが応えると、いきなりドアが開いた。Tシャツにスウェットパンツをはいた四十くらいの男が立っていた。太っているというほどではないが、腹だけがでっぱっている。

男はミヤビの横に立つ俺に気づくと、目をみひらいた。

「何だよ、女ひとりかと思ったら、ちがうのかよ」

無精ヒゲがのび、ぼさぼさの髪は妙に脂《あぶら》っぽい。ミヤビは眉《まゆ》ひとつ動かさず、いった。

「突然うかがい、申しわけありません。こちらに長くお住まいでしょうか」

「え？　三年くらいだけど」

ミヤビの問いに気圧《けお》されたように男は答えた。ミヤビと俺を交互に、じろじろと見つめる。着ているTシャツは染みだらけだ。

「この建物や周辺で、何かかわった話を聞かれたことはありませんか」

ミヤビはつづけた。男の視線を気にするようすはまるでない。

「かわった話って何？」

「昭和六十年、この建物の屋上で人が亡くなっていたのをご存じですか」

「昭和六十年⁉　俺まだ三歳だよ。田舎にいたよ。知るわけないだろう」

「それは失礼しました。ではそれについては何もご存じないんですね」

男はあきれたようにミヤビを見つめた。

「ないよ。なんで死んでたの？」

「ホームレスが入りこんだのではないかという話です」

「へえ、そうなの。お宅、何？　ライターさん？」

「はい」

「出版社とかコネある？」

「つきあいのある社はあります」

「小説書いてるんだよ、俺。異世界探偵モノ。けっこう面白いと思うんだけど、出版社に紹介してくれない？」

「担当者に、ここをお訪ねするよう伝えます」

ミヤビはいった。

「本当かよ。やった！」

「その担当者に時間があるときになりますが」

「どこの社の何て人？」

いって、男はたてつづけに出版社の名を挙げた。大手ばかりだ。

「それはちょっと。向こうの都合も確認しないと」

「そうか。待って、俺の名刺、渡すから」

男はいって、部屋の奥にひっこんだ。俺はミヤビを見た。ミヤビはまったく表情をかえず、

「何？」

と訊ねた。俺は首をふった。

「いや」

男が戻ってきた。パソコンで作ったとわかる名刺をさしだした。

「作家　仰天唯一郎《ぎようてんゆいいちろう》」

と記されている。

「お預かりします」

ミヤビは受けとった。

「あんたの名刺ある？」

俺はミヤビより先に自分の名刺をだした。

「彼女は名刺をもっていないので、かわりに私の名刺をお渡ししておきます」

万が一、仰天先生が穴川雅の名を知っていたら面倒だ。

「え、ないの？」

仰天先生は不服そうにミヤビを見た。ミヤビは無表情に、

「申しわけありません」

と頭を下げた。

「なんだ。じゃあ、あんたの名刺預かっておく。必ず、連絡させてよ」

仰天先生は俺をにらんだ。

「向こうの都合のよいときに連絡をするよう頼んでおきます」

俺はミヤビの真似をしていった。

「約束だよ。じゃ、な」

いって、仰天先生は扉を閉めた。俺たちは無言で階段を降り、ローズビルをでた。

「なんで名刺なんか渡すの」

ミヤビが小声でいった。

「お前の名刺よりマシだろう。電話番号とメアドしか書いてなくたって、穴川雅って名前を知ってたら面倒じゃないか」

俺はいった。

「知るわけないよ」

「知らなくてもネットで検索したら一発ででてくる。ほっておいたら、あることないこと書きこみかねないぞ、ああいうタイプは」

「想一なら大丈夫なわけ？」

「俺はそこまで有名じゃないし、何かあっても屁《へ》でもない」

「何よ、それ。あたしのことをかばってくれてるつもり？　そんなの頼んでない」

「面倒くさいことというなよ」

いって、俺はミヤビをにらんだ。

「かばったつもりもないし、恩に着せるつもりもない。ただややこしいことにならないようにしただけだ」

ミヤビは俺をにらみ返した。が、ふうっと息を吐き、いった。

「そうか、ごめん。ついムキになった。前にちょっとあったからさ」

俺は首をふった。

「お前もけっこう大変だな」

「駆けだしのライターなんて、いくらでもとり替えがきくもの。変に甘えたり、媚《こ》びたりしていると、いいように使われて終わる。そこのところに自覚的でないと、つけこまれるときがあるから」

「イラストレーターだってそうさ。所詮《しょせん》、下請けだからな。指名で仕事がくるようになるまでは、ご無理ごもっともの世界だ」

いって、俺はローズビルをふり返った。二階の窓で何かが動いた。仰天先生がこちらをうかがっていたようだ。

「こっちのこと見てた?」

前を向いたまま歩きだしたミヤビが訊ねた。

「見てたみたいだ」

「だろうね。まあ、あたしらも相当怪しいことをいってるし」

「『蓮華堂』の渡辺さんだっけ、その人が協力してくれるといいな」

俺はいった。

まるで協力的ではなかった。赤坂八丁目にたつ古いマンションの二階に、「『蓮華堂』渡辺」と表札のかかった部屋があり、インターホンを押した俺たちは招き入れられた。

竹本がいったような派手な服装をした女性と、神棚がまつられた応接間で向かいあった。

服装に負けず劣らず化粧も濃い。割れ目ができるのじゃないかと思うほど濃いファンデーションに、まっ赤な口紅を塗っている。向かいあっても素顔がよくわからない。

「で、何を占ってほしいんですか」

にこやかに訊ねた女性に、ミヤビが
「実は占っていただきたいのではなくて、ローズビルにお住まいだったときのことをお訊ねしたくてうかがったんです」

　といったとたん、眉を吊《つ》りあげたのだ。

「嘘をついたの⁉」

「そういうわけではないのですが、お会いしたいと思ったので、その――」

「嘘じゃない！　何なの、いったい」

「ですからローズビルにお住まいのとき――」

「そんな昔のことを訊いてどうしようというの」

「都市伝説の取材をしているんです」

「はあ？　都市伝説、何それ」

「あの、お住まいのときに、ローズビルの屋上で死体を発見されたことがありましたよね」

　ミヤビがいうと、

「どこでそんなことを聞いたのっ」

　と金切り声を上げた。

「誰が教えたのっ。いったい何のつもり。どうしたいわけっ」

　女性は次から次に言葉を浴びせてくる。

「ですから、私はライターで、六本木に伝わる都市伝説の取材をしている者なんです」

「ライターって何よ」

「記事を書いているんです。雑誌やムックなどに」

女性は目をみひらき、ミヤビを見つめた。

「名前は？」

ミヤビは名刺をだした。テーブルにおいた名刺を手にはとらず、女性はまじまじと見つめた。

次に俺を見た。

「あなたもライターなの？　それともカメラマン？」

「本業はイラストレーターです」

「名刺！」

叱りつけるようにいわれ、俺も名刺をだした。ミヤビの名刺の横におく。とたんに、

「五頭⁉」

と女性は叫んだ。

「あなた、五頭っていうの？」

「はい」

「五頭壮顕《そうけん》先生と何か関係あるの」

五頭壮顕はじいちゃんだ。

「祖父をご存じなんですか」

「祖父！　あなたお孫さん⁉」

俺は頷いた。女性はまっ赤な口を大きく開けた。

「まあ」

さらに怒鳴られるのだろうか。思わず俺は身構えた。

が、女性はふうっと息を吐き、

「五頭先生のお孫さんなの。それじゃ追い返すわけにいかないじゃない」

といった。

俺とミヤビは顔を見合わせた。

「祖父に会われたことがあるんですか」

「うんと前にね。五頭先生が主宰されていた研究会に通って勉強させていただいたことがある」

「ああ……。何かそういう会をいろいろやっていたみたいですね。昔は」

俺はいった。ばあちゃんが亡くなるまでは、市川の家に人を集めていたと聞いたことがある。

「先生はお元気なの？」

「元気です」

「確か、あたしと同い年だから——」

「八十二です」

俺がいうと、女性はにらんだ。

「細かいことはいいの」

年のことをいったのはそっちだろうと思ったが、場の空気もかわったことだし、俺は黙っていた。

「あなたも五頭先生を知ってるの」

女性はミヤビを見た。

「お目にかかったことならあります」

「何？　そういう仲なわけ」

女性は俺とミヤビを比べ見た。

「ちがいます。五頭さんは、わたしの調査を手伝ってくれているんです」

「働いてるってこと?」

驚いたように女性は俺を見た。

「はい」

「へー。五頭先生のお孫さんでも働くんだ。何もしなくたって左ウチワだろうに」

「いや、そんな……。祖父はそれほどお金持ちではないと思います」

「でも孫を甘やかさないところは五頭先生らしい」

女性は俺の言葉を聞いてなかったようにいった。

「それで――」

今までのやりとりをきれいさっぱり忘れたようにミヤビを見た。

「何が知りたいわけ?」

「よろしいんですか」

ミヤビはとまどったように訊いた。

「五頭先生のお孫さんとその友だちとなったら、邪険にはできないもの」

ミヤビが俺を見た。俺はいった。

「ありがとうございます。助かります。祖父にも伝えます」

ミヤビはバッグからノートとICレコーダーをだした。

「録音させていただいてもよろしいでしょうか」

「公開しちゃ嫌よ。インターネットとかで流すのも駄目」

女性はいった。

「もちろんです。あくまでも取材データとして記録させていただくだけです」

「じゃあいいわ」

「お名前をまず、うかがわせて下さい」

「渡辺ミチヨ」

「ご職業は占い師でよろしいですか」

「と、人生相談。占いは人を助けるものでなければならないという、五頭壮顕先生の教えを実践している」

渡辺さんは俺を見て答えた。

「ローズビルにはどれくらいの期間、お住まいでしたか」

「どれくらいだろう……」

いって渡辺さんは指を折った。

「たぶん四十年近くいたね。でてったときは、あたしが一番長かった。住み慣れてたのだけど、水回りがとにかく駄目になってきてね。引っ越すことにしたのよ。この年だから、新しいところを見つけるのにも苦労した」

「屋上で死体を見つけられたときのことを話していただけますか」

「あのときはびっくりしたね。まさか屋上であんなものを見つけるなんて」

「どんな状況だったのですか」

「あたしが住んでいたのは最上階の五階でね。ときどき洗濯物を屋上に干させてもらってたの。ある日上がっていったら、屋上にすわってる男の人がいてさ。最初、寝てると思ったんだよ。給水タンクの土台のところによっかかって向こうを向いてたから。ローズビルの住人じゃないのはすぐわかった。でも格好とかはちゃんとしてたから、仕事できた人が休憩でもしてるのかなと思ったんだよ」

「どんな格好だったんです？」

「ネクタイを締めてた。スーツを着て。だからホームレスとは思わなかった。『こんにちは』っていってても返事がなくてさ。もう一回見たら、半分骸骨《がいこつ》になってるじゃない。わっとなって。そうしたらそこにちょうどビル清掃の人がきてさ、110番してくれと頼まれた」

新聞記事では、「ビルの管理会社の社員が発見した」となっていたのを俺は思いだした。

「それで？」

ミヤビが先をうながした。

「お巡《まわ》りさんがきて、てんやわんやよ。知っている顔かどうか、もう一回見てくれっていわれてさ。いやいや見たわよ」

「知らない顔だったんですか」

「まったく。住人じゃないし、清掃会社の人でもなかった」

「屋上にはよく上がられていたのですか」

ミヤビが訊ねた。

「いや、たまたまその日は天気がよくてあたたかかったから、久しぶりに上がったの」

「前にも人がいるのを見たことはありましたか？」

「警察にも同じこと訊かれた。何十年もたってるけど、よく覚えてる。誰も見たことはなかったよ」

「死体は、死んでからだいぶたっていたんですよね。つまり、その——」

「臭いでしょ。近くに寄ったら、したわよ。思いだすのも嫌。部屋に帰ってから吐いたもの。あなた嗅いだことある?」

ミヤビは首をふり、訊ねた。

「当時の新聞記事によると、身の回りのものを入れた紙袋があったとありますが」

「それはあとから見つけたの。男の人の向こうにあったから、最初はわからなかったのよ。まだ覚えているよ。デパートの紙袋だった」

「記事だと四十代から六十代の男性となっていますが……」

「さあね。でも髪は黒かったから、六十にはいってなかったのじゃない。格好もきちんとしていて、ホームレスになってから、まだそんなにたってなかったと思うね」

「そうですね。もし屋上にずっとすんでいたのなら、生きている間に渡辺さんや清掃の人が見つけてますよね」

ミヤビがいうと、渡辺さんは大きく頷いた。

「変なことというようだけど、お巡りさんにもう一度見てくれっていわれたときに、わりと整った顔をしてるなって思ったのよ。半分ミイラみたいになってたけど、鼻すじが通っていて、おでこも広かった。人相学的には額が広い人は仕事に恵まれる筈だからね」

俺は訊ねた。

「色は白かった、それとも日焼けしてましたか」

ホームレスならたいてい色が黒い。風呂に長く入っていないだろうし、日焼けしている。

「元の色はわかんないわ。茶色くなっちゃっていたから」

渡辺さんは答えた。

「その後、警察から何かいってきましたか」

ミヤビが訊くと、

「何も。失礼しちゃうわよ。何も教えてくれなかった。なんだかかわいそうで、お線香を上げてやったのに。あなた、あの人の身許《みもと》を知ってるの？」

ミヤビは首をふった。

「ずっとわかっていないようです。官報の記事だと一万八千五百円の現金はもっていましたが、身許のわかるものはなかったみたいです。検視によると外傷はなく、死因は病死とのことです。ただ――」

「ただ何？」

「渡辺さんが死体を発見されたのは昭和六十年の三月ですが、死亡推定日は昭和五十九年の十二月頃なので、三カ月近く屋上で放置されていたことになります」

「三カ月」

つぶやいて渡辺さんは体を震わせた。

「そういわれてみると、カラスとかにつっつかれたような痕《あと》があったわね。あー、やだやだ、思いだしちゃったじゃない」

「申しわけありません」

「なんでまた、そんなこと調べてるのよ」

「六本木のビルの屋上で人が亡くなり、三カ月近く誰も気がつかなかったなんて、不思議だと思いませんか。都市伝説になりそうな話です」

「何それ。お化けがでたっていうの？」

「いいえ。そういう話はありました？」

「まったくないわよ。だいたいあたしはお化けとか信じてないから」

渡辺さんはきっぱりといった。

「占いってのはね、統計の一種なの。それを人助けに役立てている。迷信とはちがう。だからお化けとか怪談の類いともまったく別のものだよ」

それはじいちゃんもいっていた。

霊魂というものがあるとしても、死後この世にとどまることはない、あるべき場所に戻っていくだけだ、と。

「結局、あの人については何もわかってないってことなの？」

渡辺さんはいった。

「はい。茶毘《だび》に付されたあと、遺骨は港区に保管されているようです」

「まあ」

「でもあの、気持悪くありませんでしたか。住んでいる部屋の上で、人が亡くなっていて」

俺が訊ねると、渡辺さんはあきれたように俺をにらんだ。

「五頭先生のお孫さんのくせに、つまんないことというわね。あなた考えてごらんなさいよ。人類が地球上に生まれてどれだけたっていると思うの。その間に何億、いや何十億って人が病気や戦争や天災で死んでいるわけでしょう。そう考えたら人が死んでいない場所なんてある？　そこらじゅうで人が死んでいる筈よ。それを気持悪がってどうするの」

いわれてみれば、まったくその通りだ。俺は感心した。

「確かに」

「だから恐いなんて思ったことはなかった。なぜだろう、とは思ったけど」

「なぜ、とは？」

ミヤビが訊ねた。

「なぜあそこにいたのか、よ。ホームレスになったばかりでいくところがなかったのだとしても、ふつうはビルの屋上になんていかないじゃない。公園とか、地下道とか、雨露をしのげる場所を探すと思うの。なのにどうしてローズビルの屋上だったのか」

「四十年前のことはわからないのですが、公園や地下道といった場所には、そこを縄張りにしたホームレスがいて、はいれなかったのじゃないでしょうか」

「だからローズビルの屋上にきたっていうの？」

「もしかしたら以前ローズビルに住んでいたことがあって、屋上にでられて、尚《なお》かつ人があまりこないというのを知っていたのかもしれません」

「だってあたしが知らなかった人だよ」

「渡辺さんがローズビルに入居されたときには、もうでていった後だったとか」

「あたしが入ったのは建って何年かあとだから、ないとはいえないけど」

渡辺さんは唸り声をたてた。

俺は訊ねた。

「当時、渡辺さんより長くローズビルに住んでいた方はいらっしゃいましたか」

「どうだったかしら。あたし以外はけっこう出入りがあったから、いたとは思うけど覚えてないのよ」

「アメリカ人が住んでいたと聞きましたが」

俺がいうと、渡辺さんの顔が明るくなった。

「いたいた。とんでもない遊び人で、しょっちゅう女を連れこんでたわ。それで夜中にがんがん音楽流しててね。隣だからうるさくて、文句いったもの」

「五階に住んでいたのですか」

「そう、501。引っ越していったのはいつだったかな。屋上で死体が見つかったときにはいたけど……」

「その頃から今もまだローズビルに住んでいる方はいらっしゃいますか」

「三階の竹本さんてコックがまだいるのじゃない。いつだったかばったり会って、まだあそこに住んでるのって訊いたら、職場に近くて家賃が安いとこは他にないから引っ越せないっていってたね。他はわからない」

竹本と話したことはいわず、俺とミヤビは頷いた。

「でもね、他にも理由があったのかもしれない」

渡辺さんはしんみりとした表情になった。

一瞬、何をいっているかわからなかった。

「ローズビルの屋上にその人がいた理由ですか」

ミヤビが訊ねた。

「そう。上がってみたらわかるけど、たった五階だてなのに、あそこの屋上はとても眺めがいいのよ。それをもし知っていたら、死ぬ前にあそこにいたい、と思ったかもしれない」

「死ぬ前に？」

思わず俺はいった。

「だって誰かに殺されたのじゃなくて病死だったわけじゃない。新聞にもそう書いてあったのでしょう。病気だけどホームレスだから病院にもいけず、もう駄目だと思ったら、せめて眺めのいい場所で死にたいと――」

「ホームレスでも病院にはいけると思うんですが」

ミヤビがいった。

「それはいけるだろうけれど、入院するとかは難しいじゃない。お金がないのだから。たとえば癌《がん》とかでもう助からないくらい悪かったのなら、死に場所を探したのじゃないかと思うのよ」

渡辺さんがいったので、俺とミヤビはまた顔を見合わせた。

「死に場所」

ミヤビがつぶやいた。

「まだ若いあんたたちにはわからないだろうけれど、あたしなんか、いつどこで死ぬんだろうってよく考えるの。おそらくは病院だろうけれど、同じ病院でも殺風景で監獄みたいなところは嫌だなとか。景色のいい、窓から咲いている花が見られるような病室で死にたいとかね。まあ一番は、住み慣れた部屋で死にたいのだけど、そうするとほら、借りているわけだから大家さんに迷惑をかけちゃうじゃない。屋上で見つけた人みたいに半分ミイラになってたりしたら。あたし本人はもう死んじゃっているわけだから、腐っていても痛くもかゆくもないけど。ねえ」

ねえ、といわれても返答に困る。

「渡辺さんはひとり暮らしなんですか」

ミヤビが訊ねた。

「そうよ。若い頃結婚したけどうまくいかなくてね。産んだ子供も、相手がたにとられちゃって、ずっと会ってもいない。自分が悪かったのだろうかとかいろいろ考えちゃって。それで占いを勉強しだしたの。きっかけになったのが、五頭先生のご本よ」

そういえばじいちゃんは何冊か占いの本をだしている。興味のない俺は読んだこともなかった。

「五頭先生のご本に出会って、やることが見つかったって思ったの。占いを勉強してわかったのは、あたしは人と暮らせないってこと。暮らすためにはいろいろなことを我慢しなくちゃ駄目で、それがあたしにはできない。自分だけじゃなく一緒に暮らす人も不幸にしてしまう」

何だか切ないが、わかるような気もする。

「でもそう思いきったら、逆に楽になった。ひとり暮らしは気ままで、誰かのおさんどんをする必要もない。好きなときに好きなものが食べられる」

「ひとりで寂しいと思うことはありませんか」

ミヤビがいうと、

「今はまったく思わない」

渡辺さんは首をふった。

「長年連れ添った夫婦だって同時に死ぬってことはない。残ったほうはやっぱり寂しいわけよ。誰かに看取《みと》られるからって、死ぬのが平気かといったら、そんな筈もない。結局のところひとり者だろうが大家族だろうが、死んでいくときは自分だけ。周りに気をつかって、いいたいこともいえず、したいこともできず窮屈に暮らすより、ひとり好きに生きているほうがよっぽどいい。誰かと喋りたくなったら、昼カラオケやっている喫茶店とかにいけば同じような婆さんがいっぱいいるもの」

「確かにそうですね。結婚したってしなくたって、死ぬときはひとりですものね。それもたいてい女のほうが残されます」

ミヤビがしみじみといったので俺は驚いた。

「そんなことを考えるんだ」

「想一にはわかんないかも」

ミヤビは俺を見た。がすぐ、我にかえったようにつぶやいた。

「何いってるんだろう、あたし」

俺はいった。

「死ぬ前にローズビルの屋上からの景色を見たいと思ったのなら、前にも見たことがあるからだと考えられますよね」

「住んでいたか、住んでる人間が知り合いで、訪ねてきたときに屋上に上がってたのかもしれない」

「その頃は屋上には誰でもでられたのですか」

「ドアに鍵がかかってなかったから、でられた。でも住んでる人間じゃなけりゃそんなことは知らなかったろうけど」

「当時、屋上にでている人を見たことはありましたか」

「隣のアメリカ人。夏なんかビーチチェアをおいてビール飲みながら日光浴してた。ちょっとうらやましかった。あたしはそこまでする勇気がなかったし」

「どんな人でしたか」

ミヤビが訊いた。

「えー。もう覚えてないわよ」

いって渡辺さんは目をつぶった。

「白人ですか」

俺が訊くと、

「うん。白人だった。年は、あの頃、三十ちょっとくらいかな。あたしよりは若かった」

渡辺さんは答えた。

「名前はご存じですか」

「えーと、何ていったっけ。ファーストネームは知っていたのだけれど……」

「仕事は何を？」

ミヤビが訊ねた。

「まったくわからない。正体不明。三階にいた男とときどきいっしょに帰ってきてた」

「三階というと竹本さんですか」

「いや、もうひと部屋にいたほう。ディスコのボーイだった男の子」

「ディスコのボーイですか」

「そうよ。六本木にはディスコがいっぱいあったから。そこで働いてた男の子」

「何というディスコです？」

「えっとね、えっとね、『キャスティーヨ』」

「『キャスティーヨ』」

「そう。子供がいくようなところじゃなくて、大人向けの店だって聞いたことがある」

ミヤビが携帯で検索した。

「あ、でてきた。一九八二年から八八年まで六本木スカイビルにあった高級ディスコだって。芸能人やスポーツ選手が多く来店し、ディスコブームの先駆けとなった、とある」

ディスコなんて想像もつかない。

「羽根の扇子もって踊ってた時代ですか」

「それはバブルの頃ね。『キャスティーヨ』が有名だったのは、もう少し前よ」

「そのボーイの名前を覚えていませんか」

俺が訊ねると渡辺さんは首をふった。

「それはわからない。たぶん名前は知らなかったのじゃないかな」

「そうですか」

「あっ」

渡辺さんが目をみひらいた。

「デニス。デニスっていう名前だった」

「隣の白人ですか」

「そう！　今思いだした。一度、酔っぱらった女の子がひと晩中、『デニス、デニス』ってドア叩《たた》いてて、うるさいって怒ったことがある」

「それはデニスさんを訪ねてきて、ですよね」

「そうよ。ふられたか何かして、押しかけてきたのだと思う。居留守を使っていたのか本当にいなかったのかはわからないけど」

渡辺さんの言葉にミヤビは頷いた。

「今うかがったデニス、三階の竹本さんと『キャスティーヨ』のボーイ、それ以外の住人で覚えていらっしゃる方はいませんか」

俺は訊ねた。

「わりと仲よくしていたのが一階で美容室をやっていた村井《むらい》さんというおばさん。もうだいぶ前に亡くなって、あとを継いだ娘さんも体を壊して店を閉めちゃったみたいね」

「『じゅえりー』ですね」

「そうそう。よく調べているわね」

感心したように渡辺さんはいった。

「村井さんが生きていたら、ローズビルに住んでた人のことを聞けたのに。一階にあったお店だから、出入りする人をいつも見てたし、住人にも詳しかった」

「娘さんが今どこで何をしていらっしゃるかわかりますか」

「田舎に帰ったって聞いた。北海道だったかしら」

ミヤビが俺を見た。何か他に訊くことがあるかという表情だ。

「401号室に今、どなたが住んでいらっしゃるかご存じですか」

会えていないのは401の住人だけだ。俺は訊ねた。

「401？　あたしがでてったときは空き部屋だったね。知らない」

「いろいろありがとうございました」

いってミヤビが熨斗袋をだした。

「些少ですが、これは情報を提供していただいたお礼です」

「えっ。嫌だ、そんなつもりで話したわけじゃないから」

いいながら、渡辺さんはしっかり熨斗袋を受けとった。厚みを確かめるように、指で袋を押している。

「もしまた何かお訊ねしたいことができたら、連絡させていただいていいでしょうか」

「いいわよ、役に立つかどうかわからないけど。昔の話をするのも刺激になっていいかもしれない」

　俺とミヤビは「蓮華堂」をあとにした。

3

「蓮華堂」をでて乃木坂の駅のほうに少し歩いたところにタイ料理屋があった。営業していたので、俺とミヤビは晩飯をとることにした。

　時間が早いせいか他に客はいない。見える範囲にいる従業員はすべてタイ人の女性だった。

　タイ風の焼きそばパッタイをミヤビは選び、俺は鳥ひき肉と野菜炒《いた》め、目玉焼きがライスにのったガパオを頼んだ。

「ビール飲もう」

　ミヤビが注文し、缶のシンハーが二本、テーブルに届けられた。乾杯し、料理が届くまでのあいだテーブルでパソコンを開いた。

「ローズビルの八部屋のうち、３０２と５０１、５０２が空き部屋で、２０１にいるのが作家志望の仰天、２０２が竹本さんのことを教えてくれたお婆さん、３０１が竹本さん、４０２が外国人の女性、４０１だけまだ会えていないけれど、渡辺さんの話では最近入居した人っぽい」

　俺がいうと、

「逆に四十年前、ローズビルに住んでいたとわかっているのが、五階の渡辺さんとデニスというアメリカ人、三階が竹本さんとディスコ『キャスティーヨ』のボーイだった人」

とミヤビが受けて、パソコンのキイボードを叩いた。やはりインターネットが生まれる前のことになると、圧倒的に情報が少なくなる。

「ダメもとで、『キャスティーヨ　ボーイ』を検索してみろよ」

俺はいった。ミヤビの指が動いた。

一件だけヒットした。

「銀座《ぎんざ》の帝王が語る若き日」と題されたインタビュー記事だ。

「何だ、それ」

「待って」

俺たちは画面をのぞきこんだ。

「サクセスマガジン」という雑誌からの転載で、銀座でレストラン、クラブ、高級カラオケボックスなどを経営する人物のインタビューだった。名前は望月啓介《けいすけ》といい、

――二十代の初め、六本木にあった「キャスティーヨ」というディスコでボーイをしたのが、私の水商売歴の始まりです。

という部分がヒットしたのだ。

――あの頃の六本木は今以上に華やかで、洗練されたお客様がおみえでした。そこで本物と偽物を見分ける目を磨かれたのかもしれません。

と、記事はつづいている。望月啓介の写真もあった。スーツを着て恰幅《かっぷく》がいい。髪の毛はほとんどなくて、こめかみのあたりに白いものが少し残っている程度だ。年齢は六十五歳とあった。

「どう思う?」

ミヤビがいった。記事によれば、望月はその後、六本木のレストランクラブのマネージャーを経て銀座でレストランを開業、さらにクラブを開いて成功し、現在は六軒の店舗を銀座で経営している、とある。

「うーん、この男がローズビルに住んでいたかどうかはわからないけど、同じ頃『キャスティーヨ』で働いていたのは確かだな」

俺が答えたところで料理が届いた。ミヤビはパソコンを閉じて膝《ひざ》におき、俺たちは食事に専念した。

「銀座でクラブやレストランを経営している人なら、夜のほうが会いやすいのじゃないかな」

パッタイをビールで流しこんだミヤビがいった。

「そうかもしれないけど、どうやって連絡をとる?」

「この望月って人が経営している店に電話をして、社長と話がしたいっていう」

「簡単に会ってくれるかな。夜は自分の店を回るんで、逆に忙しいのじゃないか」

「電話してみてつかまらなかったら、直接店にいくしかない」

「そうだけど、銀座のクラブにはとても入れないぞ」

「想一、いったことあるの?」

「一度だけプロ野球選手に連れていってもらったことがある。俺の描いた、そのピッチャーのイラストを気にいってくれたんで、最多勝のお祝いに編集部がパネルにしてプレゼントした。そのときに、俺と編集長を、いきつけのクラブに連れていってくれた」

「どんなところだった?」

「派手な格好のお姐《ねえ》さんがたくさんいて、しこたま金がかかりそうな感じ」

「それじゃよくわからない」

「そのとき、シャンパンを一本飲んだ。あれでいくらくらいですかって訊《き》いたら、二十万だって。それとは別に、すわっただけでひとり五万くらいとられるっていってた。つまり、一時間ちょっとで三人で三十五万」

ミヤビは目を丸くした。

「そんな店で飲む人がいるんだ」

「満員だった。金もってそうなおっさんばかりで、俺が住んでいるのとは別の世界だなって思った」

「想一のおじいちゃんは、そういう店にはいかないの」

「そんな金があるわけない」

「でも渡辺さん、いってたじゃない。『五頭先生のお孫さんでも働くんだ』って」

「あれは絶対勘ちがいしてる。じいちゃんはそんな金持じゃない」

俺は力をこめていった。いろんな人から尊敬されているかもしれないが、じいちゃんが金持だと感じたことはなかった。市川の家は確かに大きく、売ればそれなりの額にはなるだろうが、だからといって金をもっていることにはならない。

「かかった経費は精算してもらえるといっても、銀座のクラブ代は難しいか」

ミヤビはつぶやいた。

「とにかく電話でつかまえられないか、試してみよう」

「店にこいっていわれたら？」

「そんなお金はありませんって正直にいう」

「店のお客以外とは話をしないっていうかもよ」

「そのときはそのときだよ。でも銀座で何軒も店をやっている成功者が、そんなせこいことはいわないと思うぞ。会う時間がないとはいわれるかもしれないけど」

食後にトウモロコシ茶がでてきた。サービスだという。

そのお茶を飲みながら、俺たちは手分けして望月啓介が経営する店に電話をかけた。

まずミヤビがクラブの一軒めに、俺がレストランにかける。店の名前はインターネットにアップされた記事にでていた。

「『銀座　花筏《はないかだ》』でございます」

落ちついた男の声が呼びだしに応《こた》えた。

「お忙しいところをおそれいります。社長の望月さんはおいででしょうか」

わずかに間が空き、

「どちら様でしょうか」

電話に応えた男が訊《たず》ねた。

「五頭と申します。『サクセスマガジン』の望月社長のインタビュー記事を拝読しまして、おうかがいしたいことがあって電話いたしました。あの、決してご迷惑をおかけするようなことではありません」

いいながら、怪しいよなと俺は思った。インターネットに転載された記事を見て、話がしたいと電話をしてくるなんて男は、絶対怪しいに決まっている。もし俺なら決してボスにはつながない。

相手の声のトーンが一気に冷たくなった。

「どのようなご用件でしょうか」

「四十年前、望月さんは六本木の『キャスティーヨ』というディスコにおつとめだったと記事にありました。その『キャスティーヨ』につとめていた人を捜しています」

「何という人ですか」

「それがわからないのです。六本木のローズビルというマンションにお住まいだったということしかわからなくて」

かたわらでは電話を終えたミヤビが俺を見ている。あっさり「いない」と断られたようだ。

「もう一度お名前を」

「五頭と申します。五頭想一です」

俺は力をこめていった。電話にでた男は、俺より親切な人間かもしれない。

「お待ち下さい」

いって、オルゴールの音が俺の耳に流れこんだ。

「話せそう？」

ミヤビが小声で訊ね、俺は無言で首を傾げた。

「もしもし、お電話をかわりました」

しわがれた声がいった。

「望月さんでいらっしゃいますか」

「いえ、代理の者です。もう一度、ご用件をうかがわせて下さい」

「はい。実は四十年前、六本木のローズビルという建物に住んでいた人を捜しています。そのローズビルの三階の住人に『キャスティーヨ』というディスコにつとめておられた方がいたとわかりました」

「何という人です？」

しわがれ声の男が訊ねた。

「それがわからないのです。ですが望月社長が同じ頃『キャスティーヨ』につとめておられたと『サクセスマガジン』の記事にありました。もしかしたら望月社長がその方をご存じなのではないかと思い、電話をさしあげました」

「なぜその人を捜しているのですか」

「六本木のローズビルについて調べているのです。四十年前にそのビルで起こったできごとに関連しておりまして」

答えながら背中が汗ばむのを俺は感じた。話せば話すほど、怪しい奴になっていく。

こうなったら、つっ走るしかない。

「四十年前のできごとというのは、いったい何です？」

「はい。昭和六十年の三月、ローズビルの屋上で亡くなっている男性が見つかりました。犯罪や事故にあったのではなく病死だったようなのですが、身許《みもと》がいまだにわかっていません。その男性について調べていて、当時ローズビルに住んでいた方を捜しています」

「昭和六十年ですか」

しわがれ声の男はあきれたようにいった。少し間が空いた。

「どうしてそんなことを調べておられるのです？　探偵か何かをなさっているのですか」

「探偵ではありません。フリーのノンフィクションライターでして、六本木の都市伝説について調べています」

「フリーライター……都市伝説……」

「はい。あの、望月さんにご迷惑をおかけすることは決してありません。ローズビルに当時住んでいた『キャスティーヨ』のボーイのことをお訊きしたいだけです」

ここぞとばかり、俺はたたみかけた。

「お待ち下さい」

再びオルゴールの音が流れた。

「話せそうだ」

俺がいうと、ミヤビの顔が輝いた。

「本当⁉」

高校時代を思いださせるような表情で、俺は妙になつかしくなった。

「何よ、なんであたしの顔見て笑うの」

ミヤビが真顔になった。

「もしもし」

オルゴールの音が途切れ、俺はミヤビの問いに答えずにすんだ。

しわがれ声の男が訊ねた。

「今、どちらにおいでですか」

「港区の乃木坂です」

「銀座七丁目に『パンドラ』というカラオケクラブがございます。七時までにそこにおいでいただけますか」

時計を見た。六時を少し回った時刻だ。

「いけます」

「受付で、望月に会いにきたとおっしゃって下さい」

「わかりました。ありがとうございます！」

俺はいって電話を切った。カラオケクラブなら、話を聞くだけでとんでもない代金を求められることもないだろう。

ミヤビはすでに会計を始めている。

タイ料理店をでた俺は携帯の地図アプリで「パンドラ」を検索した。銀座七丁目のビルの地下にあるようだ。

「タクシーでいこ」

しわがれ声の男とのやりとりを話すと、ミヤビはいって通りかかった空車に手をあげた。

運転手に「パンドラ」のあるビルの住所を告げると、二十分足らずで到着した。

地下に降りる階段の入口に「ＰＡＮＤＯＲＡ」というネオンサインが点《とも》っている。俺がいったことのあるような学生や若者向きのカラオケボックスとはちがう、重厚な入口が階段の先にはあった。

分厚い金属製の扉を押すと、ホテルのようなカウンターがあり、タキシード姿の男女が、

「いらっしゃいませ」

と声をそろえた。カラオケクラブなのに、どこからも歌が聞こえない。よほど防音設備がすぐれているのか、客がいないのか。

二人は無言で俺とミヤビを見つめた。場ちがいな奴がきたと思っているのだろう。

「あの、五頭と申します。望月さんにお会いするために参りました」

まるで魔法のように二人の顔に笑みが浮かんだ。

「うけたまわっております。どうぞこちらにおいで下さい」

男がカウンターをでて、告げた。

案内されるままに、俺とミヤビは厚いカーペットがしかれた「パンドラ」の店内を進んだ。部屋のように大きな、ガラスばりのワインセラーがある。俺の知るカラオケボックスとはちがい、いくつも部屋があるわけではないようだ。中央にあるバースペースを囲む形で四つの部屋が配置されているだけだ。

そのバースペースのカウンターに、写真で見た望月啓介がすわっていた。白いシャツに紺のブレザーで、首もとにはペイズリーのアスコットタイを巻いている。

「望月さんですか。突然お邪魔して申しわけありません。五頭と申します」

俺はいって頭を下げた。望月は笑い皺《じわ》のある目を俺たちに向けた。やさしげな顔つきだが、目には鋭さがある。

「そちらは？」

「ライターの穴川雅と申します」

俺たちはそろって名刺をだした。声を聞いて気づいた。電話に出たしわがれ声の男は望月だった。

代理の者といったのは、トラブルを避けるためだろう。平然とそういう方便を使うところからして、ひと筋縄ではいかなそうだ。

望月も俺たちに名刺を渡した。

「望月です」

表には、「望月興業株式会社　社長　望月啓介」と刷られ、裏には経営する六軒の店の名と住所が入っている。

「いただきます」

「ライターとおっしゃったが、本業はイラストですか」

俺の名刺に目を落とし、望月はいった。

「はい」

「都市伝説の取材はわたしがメインでやっていて、五頭さんにはサポートをお願いしております」

ミヤビがいった。

「二人で手分けをして望月さんの経営されるお店に順に電話をさしあげたところ、『花筏』でつながったといういきさつです」

俺はいった。望月は重々しく頷《うなず》いた。

「そうですか。電話をいただいたとき、たまたま私が『花筏』の受付におりましてね。マネージャーと打ち合わせをしておったのですよ。『キャスティーヨ』という言葉が聞こえてきたものですから」

「それはとても幸運でした。きっと会ってはいただけないだろうと思っていましたので」

ここにきた成りゆき上、初めは俺から話を進めた。

「会わないなどということはありません。水商売は人と人とのつながりがすべてです。相手がどんな方かわからないのに知り合うきっかけを捨てるのは愚か者です」

望月は淡々と喋《しゃべ》った。その顔からは俺たちをどう思っているのかがまったくうかがえない。

「改めてありがとうございます。電話でも申し上げましたが、四十年前に六本木のローズビルに住んでいた『キャスティーヨ』のボーイの方を捜しています。望月さんは心当たりがおありですか」

俺はいった。

「あります」

望月は頷いた。

「その方は今、どちらにいらっしゃいますか」

「まあ、お待ちなさい」

いって、望月はバーカウンターの内側に控えているバーテンダーを手招きした。

「せっかくだから、何か飲んではどうですか。料金の心配はいりません。オンザハウスというやつです」

俺とミヤビは顔を見合わせた。

ミヤビがいい、

「では、ビールを」

「同じで」

と俺も頷いた。

背の高いグラスに生ビールが注がれ、俺たちの前におかれた。望月の前には何もない。

「望月さんは飲まれないのですか」

ミヤビが訊ねた。

「飲みますよ」

答えて、望月はバーテンダーに目で合図した。フルートグラスに入ったシャンパンが望月の前におかれた。

「では、初めまして」

と望月はグラスを掲げた。

「初めまして。いただきます」

ミヤビがいい、俺もいただきますといってグラスを掲げた。

緊張で喉《のど》が渇いているからか、さっきシンハーを飲んだばかりなのにビールはうまかった。

「うまい」

思わず俺はつぶやいた。ミヤビが咎《とが》めるような目で見た。お代わりを欲しがっていると思われたのかもしれない。

「さて」

俺とはちがい、口をつけただけのフルートグラスをおろして望月がいった。

「電話では、六本木の都市伝説について調べているとおっしゃっていましたね。となると、そのローズビルの屋上で亡くなった人が都市伝説になっているということですか」

「まだ都市伝説になっているとまではいえません。ですが亡くなった人はローズビルの住人ではありませんでした。ホームレスが入りこんだ、という可能性もありますが、遺体はスーツを着てネクタイをしめていて、一万八千円ほど現金も所持していたそうです。ただし身許のわかるものは何もありませんでした。検視によれば外傷はなく、病気で亡くなったと思われます。ちなみに遺体は死後三カ月を経ていたそうです」

ミヤビがいうと、望月は頷いた。

「確かに興味深い。その人物の年齢は？」

「官報によると五十代から七十代のどこか、ということです」

「私もそこに含まれる年齢だね」

「遺体が見つかったのは、昭和六十年の三月十日です」

「なるほど」

「その人が病気で亡くなったと仮定し、なぜ病院ではなくローズビルの屋上で死を迎えたのかを知りたいと考えています」

ミヤビはいって望月を見つめた。望月は考えている。シャンパンを少しだけ飲み、ミヤビと俺を見た。

「ギブアンドテイクではどうだろう。あなたたちは六本木のビルに住んでいた『キャスティーヨ』のボーイの情報が欲しい。それはつまり、そのボーイが屋上で亡くなった人物について何か知っているかもしれないと考えているからだね」

「そうです」

「では、そのボーイの情報とひきかえに、別の人物の情報を私に提供してはもらえないだろうか」

「別の人物の情報ですか」

ミヤビがとまどったように訊き返した。

「そうだ。長年、私には消息を気にしている人がいる。今どこにいるのかもおおよそわかっているが、事情があって私が直接訪ねていくわけにはいかない。その人の状況をあなたたちが調べ、私に知らせてくれたら、六本木に住んでいたボーイの情報を教えよう」

ミヤビは俺を見た。

「ひとつうかがっていいですか。そのボーイの方は、今もご存命ですか」

俺はいった。望月の要求にしたがって調べたあげく、「そのボーイは亡くなった」といわれたらたまらない。

わっはっは、と望月は笑った。

「大丈夫、生きている。私はそこまで人が悪くない」

「すみません」

俺はあやまった。

「調べてほしい人というのは、どんな方でしょう」

ミヤビがいった。望月はミヤビに目を移した。

「契約成立と考えていいのかね？」

「はい。望月さんにご満足いただけるような結果を得られるかどうかはわかりませんが」

ミヤビは頷いた。

「では、メモをとってほしい」

俺とミヤビはメモ帳をだした。ＩＣレコーダーをだしたミヤビが、

「録音してもよろしいですか」

と訊ねると、望月は首をふった。

「それは困る」

「わかりました。メモだけにします」

「消息を調べてほしいのは、畑中夏代《はたなかなつよ》という女性だ。生きていれば、今年、七十二になる。出身は熊本県だが、現在は千葉に住んでいると聞いた」

「千葉のどこです？」

「外房のどこかにある別荘地で暮らしているらしい」

「外房のどこか、ですか」

「詳しく知っていそうな人間はいる。姪御《めいご》さんだ。畑中メイさんといって、六本木でジャズバーをやっている」

「ジャズバー……」

「小さいがライブも開けるような店だそうだ」

「お店の名はなんというのですか」

「『エムズハウス』。おそらくメイという名前から付けたのだろう」

Ｍ'ｓ Ｈｏｕｓｅと、望月はカウンターに指で書いた。俺はすぐに携帯で検索した。「エムズハウス」は六本木のバー、ライブハウスとしてヒットした。住所はローズビルと同じ六本木七丁目だ。

「あった。ここだ」

俺はミヤビに見せた。

「六本木七丁目」

ミヤビも気づき、俺を見た。

「この『エムズハウス』のママなら、畑中夏代さんの住所を知っているだろう。訊きだせたら会いにいき、現在どんな暮らしをしているのかを私に知らせてほしい」

「望月さんのご依頼だと姪御さんや御本人にお話ししてもよいでしょうか」

望月は首をふった。

「それは駄目だ。私のことは告げてもらっては困る」

俺とミヤビは再び顔を見合わせた。望月の名をださずに調べるのはかなり難しい。

「そうなると困難になると思うのですが」

俺はいった。

「簡単な調査だと、私はいったかね」

望月は俺を見つめた。

「おっしゃいませんでした」

「四十年前『キャスティーヨ』に勤めていたボーイの消息を知るのも簡単ではない。私という人間が見つからなかったら。ちがうかね?」

「おっしゃる通りです」

「インターネットでたいていのことはわかる、今の人たちはそう考えている。だからインターネットで調べられないこととなると、価値のない情報だと思われがちだ。もちろん実際はちがう。もし私の記事がインターネットになかったら、あなたたちはどうやって『キャスティーヨ』のことを調べた?」

「いろんな人や文献に当たりました」

ミヤビが答えた。

「その通り。調査とは本来そういうものだ。インターネットで調べて、たちどころに答が得られるなら調査とはいえない」

望月はいった。

まったくその通りだ。

「私の名をだして畑中メイさんに会い、夏代さんの消息を訊ねるのは、インターネットで調べるのと同じくらい簡単な作業だとは思わないかね」

「では何を理由に、畑中夏代さんの調査をしているといえばよいのです?」

俺は訊ねた。

「それはあなたたちが考えることだ」

「結果として嘘をつくことになります。望月さんが消息を知りたいと考えている方に嘘をついてもよいのでしょうか」

ミヤビがいった。望月はミヤビを見つめた。ミヤビは無言で見返した。

やがて望月がいった。

「私の名を告げてほしくないのには理由がある。その理由を教えるわけにはいかない。したがってあなたたちが嘘をつくことに関し、私は反対しない」

「名前を告げられない、ある人の依頼で調べている、というのは許されますか」

ミヤビが訊ねた。望月はミヤビから目をそらし、考えこんだ。

「その場合、畑中さんが望月さんの名をあげたとしても、それを否定することはできます」

ミヤビがつづけると望月は目を閉じた。

「いいだろう。その場合はそうしてくれ」

いって、目を開けた。

「畑中夏代さんに関して、さしつかえのない範囲で情報をいただけるとありがたいのですが」

俺はいった。わずかに間をおき、

「畑中さんは三十年くらい前まで、銀座でクラブを経営されていた。クラブの名は『夏』、サマーの夏で、彼女の名からとった。私はそこでしばらく働かせてもらったことがある。これでどうかな？」

望月は答えた。

「大きなお店だったのでしょうか」

「大きくもなければ小さくもない。中箱というやつだな。ホステスは二十人いたかどうか。お客もそれくらい入ると満員になる」

「三十年前に店を閉めたあとは何を？」

「水商売を離れ、昼間の仕事をしていたようだ。そして十年ほど前に外房に移られたと噂を聞いた」

「ひとつ確認させて下さい。この畑中夏代さんという方に対し、望月さんは何か恨みをおもちのわけではありませんよね」

ミヤビがいった。望月はあっけにとられたように目をみひらいた。

「私が恨みを？　そうか、あなたたちが捜しだしたら、私が何か危害を加えるのではないかと疑っているのか」

「望月さんの名を告げるなといわれたので」

望月は何度も首をふった。

「恨みなどまったくない。『夏』は、『キャスティーヨ』をやめたあと、私が銀座で商売のイロハを教わった店だ。『夏』での経験がなかったら、今の私はない」

「畑中夏代さんは、望月さんにとっては恩人のような存在だということですか」

望月はミヤビを見た。

「その通りだが、初対面のあなたに恩人などという言葉を使われるのは、やや抵抗があるね」

ミヤビはうつむいた。

「申しわけありません。デリカシーに欠ける発言でした」

「頭のいい人は往々にして、そういう発言をしがちだ。相手を早く理解したいという思いから、つい口にしてしまう」

「本当に頭がよかったら、そんな発言はしません。ごめんなさい」

ミヤビは頭を下げた。俺は少し驚いた。ミヤビがこれほど素直になることはめったにない。

「一週間でどうだろう。一週間かけて調べられなかったら、一年間かけても調べることはできない」

望月がいった。

「一週間後、今日と同じ時間にここにきて報告をしてほしい。どうかな?」

ミヤビが俺を見た。俺は無言で頷いた。

「わかりました。一週間後、ここにうかがって、畑中夏代さんについてわかったことをご報告します」

「移動やその他にかかった費用は、私がもとう。領収証をもってきなさい」

「ありがとうございます」

「では」

それが終了の合図だった。俺たちは「パンドラ」をでていった。

4

「パンドラ」をでた俺たちは地下鉄で六本木に向かった。「エムズハウス」の開店時刻は午後七時で、八時と十時にライブがおこなわれると、携帯で検索した店舗情報にはあった。

畑中メイが店にいたとしても、ライブ中に話を訊《き》くのは難しいだろう。

今からだと八時前には着けない。一回目のライブが終わるのを待って、話を訊くことになりそうだ。

「エムズハウス」は、同じ六本木七丁目でも、ローズビルより六本木交差点に近く、ミッドタウンの向かい側のビルの地下にあった。

階段を降りていくと、銀色の扉に筆記体で「M's House」と書かれていた。扉の向こうからは生演奏と思《おぼ》しいバンドの音が聞こえてきた。

俺は扉を押した。左の奥にバーカウンターがあり、手前にボックス席が並んでいる。右側がステージで、段差はないが、ピアノやドラムセットなどがおかれていた。

ピアノとドラム、ウッドベースというトリオが音合わせをしている。

客はボックスに二組、カップルと男性三人組がいるだけだ。

「いらっしゃいませ」

マイクを通した女性の声に、俺は思わず立ちすくんだ。

ピアノのかたわらに、マイクを手にした女性がいた。かがんで床に広げた譜面をのぞきこんでいたので気づかなかったのだ。

「どうぞお好きなお席へ。リョウ君、ご案内してあげて」

女性がいうと、白いシャツにバタフライを着けたボーイがカウンターをくぐってやってきた。まだ二十歳そこそこに見える。髪を刈り上げ、両耳に大量のピアスをつけていた。

「カウンターで」

ボーイが何かをいう前に俺はいった。ボーイは無言で頷《うなず》き、俺とミヤビは空いているカウンターの端に腰をおろした。

「初めてお越しですか」

ボーイが耳もとで訊《たず》ねた。ステージでは何かの曲のイントロダクションが始まった。

俺は頷いた。

「ミュージックチャージとしておひとり二千円ちょうだいします。よろしいですか」

俺は頷いた。

「大丈夫です」

「飲みものは何を？」

「生ビールがあれば、生ビールを下さい」

「わたしも」

ミヤビがいうと、ボーイは頷き、カウンターに入った。ミックスナッツが入った小皿とビールのグラスがふたつ、カウンターにおかれる。

「それではまず今日の一曲め『エンジェル・アイズ』、聞いて下さい」

女性がいうとまばらな拍手が起きた。年齢は三十代の終わりか四十代の初めといったところだろう。光沢のあるブラウスに黒いパンツを着けている。髪は短めで、ところどころにメッシュが入っていた。

「あたしこの曲、知ってる」

ミヤビが小声でいった。俺も聞き覚えがあった。

マイクにエコーは入っておらず、女性はプロのジャズシンガーのようだ。英語の歌詞をよどみなく歌っている。

俺はバンドに目を向けた。ピアニストは白髪頭の白人で、かなり年がいっている。譜面台のかたわらにウイスキーが入っていると思しいグラスと灰皿がおかれ、ときおり酒を飲み煙草を吹かす様子が渋くて、俺は思わず見とれた。

ベーシストとドラマーは日本人で、ピアニストに比べると相当若い。

一曲目が終わった。俺とミヤビは、他の客といっしょに拍手をした。女性の声は少しハスキーで、ジャズボーカルにはぴったりだった。

「ありがとうございます。ファーストステージのほうが声の出はいいのですが、なぜかセカンドステージをお好みのお客様のほうが多くて。ちょっと酔っぱらったわたしの声がいいのかしら」

女性がいうと、

「セクシーだから」

と三人組のひとりがいった。スーツを着た五十代の男だ。

「いやだ、もう。そんなことといわれたら、『ハーレムノクターン』でも踊っちゃおうかしら」

ピアニストとベーシストがさわりを弾き、それが有名なサックスの曲であることに俺は気づいた。昔、お笑い番組のストリップのシーンで流れているのを聞いた憶《おぼ》えがある。

「ボーカルもあるよ。メル・トーメが昔、歌ってた」

ピアニストの白人が流暢《りゅうちょう》な日本語でいった。

「あらっ、そうなの。じゃ、覚えなきゃ」

「歌って、歌って」

セクシーだからといった客が叫んだ。

「今日は無理、お勉強してないから。次の曲は、『恋は異なもの』『縁は異なもの』という、両方の日本語タイトルがある『ホワット・ア・ディファレンス・ア・デイ・メイド』」

これもどこかで聞いたことのある曲だった。

「あの、こちらのオーナーの畑中さんはいらしてますか」

ミヤビがカウンターの中に立つボーイに話しかけた。ボーイは目でボーカルの女性を示した。

「え？　あの方が？」

「ママです」

ボーイがいい、俺とミヤビは再びステージに目を向けた。

ライブでジャズを聞くのは初めてだった。

ジャズに特に興味があるわけではなく、音楽といえば日本のバンドしか聞かない俺には新鮮で、ライブならずっと聞いていてもつらくない。

「カッコいい。ジャズのライブ、好きかも」

ミヤビがいった。

「ああ。ジャズが好きなのっておっさんくさいと思ってたけど、悪くない感じだ」

「わかる。でもジャズが悪いわけじゃなくて、カッコつけるおっさんが悪いんだよ」

その後二曲を歌い、畑中メイはステージを降りた。白人のピアニストは俺たちとは反対側のカウンターの端にすわり、ドラマーとベーシストは奥にひっこんだ。

畑中メイは常連客と思しい三人組の男性客のテーブルのかたわらで話しこんでいる。

俺はピアニストが気になってしかたがなかった。リョウと呼ばれたボーイが、待っていたかのようにウイスキーのオンザロックを前においた。ワイルドターキーだった。

「サンキュー」

ピアニストはウインクして礼をいい、見ていた俺に気づくとグラスを掲げてみせた。

本当はここで俺もグラスを掲げれば決まるのだが、照れくさくて頷くのがせいいっぱいだった。

「いらっしゃいませ。初めてのご来店ですね」

いきなり耳もとでいわれ、俺はとびあがった。

いつのまにか畑中メイが俺とミヤビのうしろに立っていた。

「あ、はい。初めてです」

俺が答えると、

「すごく素敵なお店ですね。ジャズのライブというのを、初めて聞きました」

ミヤビがつづけ、俺はほっとした。

「お二人のような若いお客様は大歓迎よ。どなたかに紹介していただいたのかしら」

畑中メイはいって、ミヤビの隣に腰かけた。リョウがフルートグラスに入ったシャンパンを前におく。

「初めまして」

畑中メイはいって、フルートグラスをミヤビのビアグラスに当てた。

「初めまして。このお店を紹介して下さったのは、銀座の『夏』というクラブをよくご存じの方です」

ミヤビがいい、俺は息を呑《の》んだ。いきなり畑中夏代が経営していた店の名をだすとは思わなかったのだ。

「まあ」

いって畑中メイは目をみひらいた。今もきれいだが、若い頃はとんでもない美人だったにちがいない。

「叔母の店をご存じの方?」

「『夏』は、ママの叔母様がやっていらしたのですか」

「そう。わたしがものごころついたころにはもう閉めてたけど。その方は何とおっしゃるの?」

ミヤビは首をふった。

「名前は存じあげないんです。出版社の人に連れていかれた店で知り合いました。ジャズのライブをやっているようなお店にいきたいと話していたら、ここのことを教えて下さったんです。そしてママに会ったら『夏』というお店について訊いてごらん、と」

俺は半ばあきれ、半ば感心してミヤビを見つめた。よくもすらすら嘘をつけたものだ。

これならきっと小説だって書ける。

「出版社の人と?」

畑中メイが訊き返したので、ミヤビは答えた。

「申し遅れました。わたし、ノンフィクションライターをしている穴川雅と申します。こちらはパートナーでイラストレーターの五頭想一さんです」

パートナーといわれ、俺は肝を潰《つぶ》した。流れ上、恋人ときているとと思わせたほうがいいのはわかるが、まさかミヤビがそんなことをいいだすとは思いもしなかった。

「イラストレーターをしていらっしゃるの？」

畑中メイは大きな瞳《ひとみ》で俺を見た。金色のアイシャドウがすごく映えている。

「はい」

「ママの絵、描きますか」

不意にいわれ、瞳に吸いこまれそうになっていた俺は我にかえった。白人のピアニストだった。

「大きなママの絵描いて、お店に飾るといいです。あなた一生、ただで飲めるよ」

ピアニストはウインクした。

「やめて、デニス。でもそういう絵も描かれるの」

「え、あ、はい。あの、主にスポーツ選手のイラストが多いんですが」

俺はミヤビを見た。ミヤビもピアニストをじっと見ている。

「デニスさんとおっしゃるんですか」

ミヤビが訊ねた。

「はぁい。デニス・モーガンと申します。どうぞよろしく」

ピアニストは胸に手を当て、一礼した。

「日本語、すごくお上手ですね。日本に長く住んでいらっしゃるんですか」

ミヤビが訊ねると、

「もう五十年になるわよね。アメリカ生まれだけど、日本のほうが長いの」

畑中メイが答えた。デニスは頷いた。

「そうです。日本の食べもの、大好き」

「ちょっと前までは日本の女性も大好きだったでしょう」

「今でも大好き。でもトシね。若い女性食べると胸焼けします」

「こら」

畑中メイが苦笑を浮かべた。

「すごく愉快でしょ。デニスはここをオープンしたときからずっと弾いてくれているんです」

畑中メイは俺たちにいった。

「こちらを紹介して下さった方が、『夏』のママは、今どうしていらっしゃるのかと気にされていました」

ミヤビがいい、俺ははっとした。今はまずデニスのことより畑中夏代の現状だ。デニスがローズビルの住人だったのかどうかは、改めて訊けばいい。

「叔母は今、引退して千葉にいる」

「千葉ですか。五頭さんも実家は千葉よね」

ミヤビはいきなり俺にふった。

「そ、そうです。千葉のどちらですか。僕は市川なんですけど」

「勝浦《かつうら》よ」

畑中メイは答えた。

「勝浦。それはまた、だいぶ遠くですね」

「叔母はゴルフが好きで、ゴルフ場が近くて海が見えるところに住むのが夢だったの。その夢をかなえたのよ」

「ゴルフ場のそばで海が見えるなんて、まるで外国みたいですね」

ミヤビがいった。畑中メイは笑い声をたてた。

「確かに響きはそうだけど、庭でキュウリとかナスを育ててる。ごちそうというとアジの開きだし。でも本当においしい干物があるのよ」

「ではお元気なんですね」

「叔母？　とても元気よ。その方のお名前が何とおっしゃるのかわかれば、叔母にも伝えられるのだけど。あなたがいかれたお店の名前を教えて下さる？」

「ええと、連れていかれたお店なので、今すぐにはわからないんです。調べてご連絡しましょうか」

「そうね。そのお客様の名前がわかればいいのだけど」

俺はちょっと罪の意識を感じた。畑中メイは、「夏」の客が俺たちに「エムズハウス」を紹介したと思いこんでいる。

「それも調べてみます」

「いいの？　そんなお願いまでして」

「わたしもまたここにきたいので」

「ぜひいらしてよ」

いって畑中メイはミヤビの手を握った。そして腕時計を見た。

二回めのステージが始まる午後十時になっていた。デニスもいつのまにかピアノの前に移動している。

「あ、ステージですね」

ミヤビがいった。気づくと店の客が増えていた。テーブル席がひとつ残らず埋まっている。

「次のステージも聞いていってね」

俺とミヤビは頷いた。

二回めのステージが終了したらデニスと話そうと俺たちは考えていた。が、それはかなわなかった。

ステージが終わったとたん、デニスは客といっしょに店をでていってしまったのだ。ステージの途中からやってきた男で、同年代くらいの白人だった。

畑中メイも客の席を回るのに忙しいようで、カウンターには戻らなかった。俺たちは勘定を払い、「エムズハウス」をでた。

翌日、俺はミヤビを乗せ、車で勝浦に向かった。東京湾アクアラインを渡って圏央道の市原鶴《いちはらつる》舞《まい》インターチェンジで降り、国道２９７号を南下する。

「調べたら、勝浦市にゴルフ場はふたつしかない。『エムズハウス』のママは、『ゴルフ場が近くて海が見えるところ』といっていたが、海に近いのはひとつだけで、そのゴルフ場は別荘地の中にある」

運転しながら、俺はミヤビにいった。

「そうなの？　勝浦にはゴルフ場がもっとあると思ってた」

俺もそう考えていた。が、ゴルフ場の多い千葉でも勝浦まで離れると、それほど数は多くなかった。

カーナビゲーションだと都心から二時間足らずで到着すると表示されているが、もし東京湾を横断できるアクアラインがなかったら三時間近くかかる距離だ。

ふつうは日帰りするゴルフに片道三時間は遠すぎる。だからそこまで多くのゴルフ場が造られなかったのだろう。俺がそういうと、

「今ならたくさんできるのじゃない？」

ミヤビはいった。

「ゴルフ場の開発にはめちゃくちゃ金がかかるらしい。バブル時代なら造ったかもしれないけど、今は難しいのじゃないかな」

アクアラインを渡ってすぐの袖ヶ浦《そでがうら》市や市原市に、すでにゴルフ場はいくつもある。わざわざ勝浦にゴルフ場を造る会社はないだろうと俺はつけ加えた。

「想一、ゴルフやったっけ？」

「やらないけど、イラストの取材でトーナメント会場のゴルフ場には何度もいってる」

「だから詳しいんだ」

インターチェンジを降りて一時間足らずで、俺たちはめざす別荘地に入った。国道から枝分かれした道を南東に向かい、そこに別荘地への進入路がある。別荘地というから、ゲートでもあるのかと思っていたが、そういうものは一切なく、あっさり中へ入ることができた。

片側一車線のゆるやかな登り坂の両側にカラフルな家がたち並び、ソテツが植えられた歩道が南国の雰囲気をかもしだしている。

途中、金網ごしにゴルフ場の中が見える場所があって、俺は車を止めた。

池と緑のフェアウェイが広がり、それを見おろすように、大きな家がたっている。

「まるで外国みたい。日本にもこんなところがあるんだ。きっとすごいお金持が住んでるんだね」

ミヤビがいった。

「それが、きのうの夜ちょっと調べたら、そうでもないみたいだ。別荘だとすると、二軒めだから大変だけど、永住するのなら、東京に比べてはるかに安く家が買える」

俺は売りに出ていた中古別荘の値段を告げた。東京だったら中古のマンションの、それもけっこう古いか駅から遠い物件くらいしか買えないような値段で庭つきの一戸建てが売られている。

「ただし海が見える物件は特別らしく、希少価値がある」

「そうか。海が近いったって、全部の家から海が見えるわけじゃないものね」

別荘地は高台にあって海に臨んではいるが、ゴルフ場を囲む形で区画が造られているため、すべての家から海が見えるわけではないようだ。海もゴルフ場も見えない位置だと比較的安く、海が見える位置がやはり高額だ。

「何軒くらいあるの？」

「リゾートマンションも含めると約七百軒らしい」

ホームページで調べてあった。

「そんなに？　じゃあ捜すの大変じゃない」

「海が見える場所にあって、庭でキュウリやナスを育てている家はそう多くないのじゃないか」

「そうか！」

ミヤビは頷いた。俺たちは車に戻り、走ってきた道をさらに進んだ。

道はほぼまっすぐで、ゴルフ場のクラブハウスにつながっていた。広い駐車場があり、何台もの車が止まっている。とはいえ、そこで行き止まりになっているわけではない。クラブハウスをはさむように二本に分かれ、別荘地の奥に向かっていた。

別荘地の入口からクラブハウスまでがメインストリートで、それから枝分かれした道が区画のあいだを縫うように走っているようだ。

俺はクラブハウスを通りすぎた場所で再び車を止めた。そこからは右手に海が見える。といっても海岸線は何キロも先だ。高台から眺める雄大な景色に俺たちは見とれた。

晴れているので水平線がくっきり見てとれる。沖をいく船や磯で砕ける白い波、ピーヒョロヒョロと鳴きながら頭上を旋回するトンビ、何時間でも眺めていられそうだ。

すぐ近くには三階だての小さなコンドミニアムがあって、駐車場には車も止まっているが、人の姿はなかった。

静かで贅沢《ぜいたく》な場所にいる気分だった。こんなところで暮らすのもいい。海は見えるが、あたりに人家のない僻地《へきち》というわけではなく、ゴルフ場やテニスコートがあって、買物もそこまで不便ではなさそうだ。

「いいところだね」

ミヤビがいった。クラブハウスの先の坂の上から、犬を二頭連れた女性が歩いてくる。

「こんなところに住めたらいいな」

「そうだね。東京にマンションとかを買うくらいなら、こっちのほうがいいかも」

「でもずっとひとりだと寂しいぜ」

「そっか。夜とか、コンビニもなさそう」

「車がなけりゃ生活できないだろうな」

いって俺は気づいた。何百軒もの家があっても、車が止まっていなければ、そこは使われていない。

すべての家がそうではないかもしれないが、この瞬間人がいるのなら、そこには車が止まっているはずだ。

俺は携帯で別荘地のホームページにアクセスした。区画図がでてくる。

海が見えそうな場所は、車を止めているメインストリートの右手、南側の区画だ。といってもかなりの広さがある。

「どうやって捜す？」

ミヤビが訊ねた。

「まず海が見えそうな場所にあって、車が止まっている家を捜す。車がなけりゃ、そこは使われていない」

「でもたまたま買物にいってる、ということもあるのじゃない？」

「庭に菜園があるかどうかを見る。菜園があって、野菜とか育てていたら、車がなくてもそこは住んでいる人がいる家だ。別荘として使っていたら、野菜なんて育てられないだろう？」

「週末にくるだけじゃ野菜とか育てられないのかな」

ミヤビにいわれ、俺は考えこんだ。昔、市川の家の庭でばあちゃんがトマトやナス、キュウリを育てていたのを思いだした。

「苗のうちは水やりがあって、実がなってからはほうっておくと、すぐにでかくなりおいしくなくなると、ばあちゃんはいってたな」

「そうか。じゃあ週末だけでは無理か」

「野菜にもよるだろうけど」

ミヤビが笑いだした。

「どうした？」

「まさか想一と、ナスやキュウリを育てる話をするとは思わなかった」

俺も笑った。

「確かに。よし、いってみようぜ」

まずはメインストリートの先、クラブハウスをはさんで右側の坂に俺は車を向けた。

おそらくその道のつきあたりが、別荘地の東の外れになる筈《はず》だ。

一番奥から、海が見えて車があり、庭で野菜を育てている家がないか、一軒一軒当たっていくことにする。

登り坂の先はさらに枝分かれしていた。右、右、つまり南、南へと俺は車を走らせた。

車の止まっている家はほとんどない。

あたりは静かで、エンジン音らしきものが聞こえたと思ったら、ゴルフ場を走るカートだった。ゴルフバッグを積んで走る、小さな車だ。ところどころ、ゴルフ場のすぐそばに別荘がたっている。ゴルフ場はフェンスで囲われているので、入ることはできない。

別荘地の外れまでくると、人のいない家がさらに多くなった。車が止まっていないだけではなく、雨戸もたてられ、使われていないとひと目でわかる。

考えていた以上に、海の見える場所は少なかった。南側の区画にあっても、よほど高台にあるか、南向きの崖の上にたっているような家からしか海を臨むことはできない。

ゴルフ場のクラブハウスから先の区画で海が見えそうな家は何軒かあって、人がいるとわかったのはそのうちの二軒だった。が、一軒は明らかに家族で住んでいるらしく、子供用の自転車などが庭にあり、もう一軒は大学生のような若い連中がバーベキューの準備をしていた。

別荘地のつきあたりで車をターンさせ、俺はクラブハウスまで戻った。

「もうひとつ、人がいるかどうか確かめる方法があった」

ミヤビがいった。

「暗くなるまで待つの。家に明りが点《とも》ったら、人がいる証拠」

「そうだろうけど、暗くなったら庭に菜園があるかどうか確かめられない」

俺はいった。今度はクラブハウスの少し手前から南側に枝分かれした道を進む。

そのあたりは別荘地の中心部に近いらしく、ガラス張りやログハウス風の、凝った造りの家が多かった。別荘というより永住している家も多そうだ。

テニスコートを囲むように家がたつ一画は、三軒に一軒くらいの割合で使われている。だが、もっと外れた場所でなければ海は見えない。

南へと車を進めた。

「あっ」

ミヤビが声をあげた。

海の見える場所だった。南に傾斜した区画に家がぽつん、ぽつんと並んでいる。陽当たりはいいが、風も強い。

「見て」

ミヤビが一番奥を指さした。地味な二階屋がたっていて、赤い軽自動車が駐車場にある。

海に面した庭先に、高さ五十センチくらいのネットで囲われた畑があった。

俺たちの車が止まっている道のほうが高いので、庭先まで見えたのだ。

「条件ぴったりじゃない」

「確かに」

俺はいって、車をその家の近くまで進めた。

手前にある家は人がいないらしく、雨戸がたてられている。

俺が車を止めると、ミヤビが降りた。赤い軽自動車のある家の前まで歩みよる。

俺も車のドアを開けた。風にのって人の話し声が聞こえた。それがすぐ音楽にかわり、テレビかラジオの音だと俺は気づいた。

ミヤビが小走りで戻ってきた。

「まちがいない。畑中って表札がでてる」

小声でいった。

「やったな」

俺は時計を見た。午後一時を回った時刻だ。

「これからどうする？」

ミヤビに訊かれ、考えこんだ。望月からは消息を知りたいといわれているが、いきなりピンポンして「お元気ですか」と訊くわけにもいかない。それも望月の名がだせないとなったら、不審者扱いされるだろう。

「昼飯食いながら考えよう。家の場所はわかったのだから時間はある」

腹が減っていたこともあり、俺はいった。

「了解」

車をきた道に戻し、別荘地からでた。まっすぐ南へ下る坂を降りると、海岸線に面した国道にぶつかる。ＪＲ勝浦駅のある左の方角に走らせていると、「定食」の看板を掲げた駐車場つきのレストランがあった。

車を止め、中に入った。客はまったくいないが、壁には芸能人の色紙がべたべた貼られている。

ミヤビが「アジの叩《たた》きとサンガ焼き定食」を、俺が「勝浦タンタン麺《めん》」を頼んだ。他に伊勢海《い せ え》老《び》やアワビのメニューもあったが、高くて手がでない。

やがて料理がでてきた。「勝浦タンタン麺」はやたら辛く、俺は汗だくになった。

サンガ焼きというのは、アジなどの刺身をミンチにして刻んだネギやショウガと混ぜ、味《み》噌《そ》で味をつけて焼いたハンバーグのような料理だった。ミヤビはおいしいを連発して食べている。

食べ終えると、サービスだといってアイスコーヒーがでてきた。

「さて、どうする？」

「考えたのは、道を訊くって方法」

ミヤビがいった。

「道を訊く？」

「別荘地って人があまりいないじゃない。どこかの家を訪ねていっても、道がわからなくなるってことがあると思う。だから道に迷ったといって、ピンポンする。それで適当な話をして、ようすを探るの」

レストランの人が聞いていないかと、思わず俺はまわりを確かめた。

「俺はお前が恐くなってきた」

「どういうこと？」

「きのうの、ママとのやりとりもそうだったけど、よくスラスラと嘘を思いつけるなと思ってさ」

「は？　そんな驚くようなこと？」

ミヤビはあきれたようにいった。

「お前やっぱり小説書けよ」

「あのね、その場しのぎの嘘と小説はまったくちがうものなの」

「そうだろうけど、俺はとてもあんな風には頭が回らない」

ミヤビは首をふった。

「いっておくけど、しょっちゅう嘘をついてるとは思わないでよ」

「お前と知り合って十五年以上になるけど、嘘つきだと思ったことはない。だから逆に恐いんだよ」

ミヤビは目玉をぐるりと回した。

「それはたまたま想一がそういう場面にでくわさなかったから。人間、三十年も生きていれば、嘘つくしかないときもある」

「三十年しか、だろ。まだまだ先は長いぞ」

「そういう話じゃないでしょう。それに嘘をなるべくつかないで生きていけるように、今努力しているのじゃない」

確かにその通りだ。

「よし、いこう」

俺はいって、立ち上がった。

5

畑中夏代の家を訪ねる前に、ミヤビの発案で、俺たちの「捜している家」を決めておくことにした。

別荘地内に実在する家を訪ねてきたことにする。ただ人がいる家だと、携帯で場所を訊《き》けてしまうので、使われていない別荘を借りにきたことにする。

条件は海が見える場所だ。畑中夏代の家の近くだと、近所づきあいがあって嘘がバレる危険がある。

そこでクラブハウスの先の、寂しい区画にたっている家を借りにきたことにした。別荘地内にある家の前は、区画番号を記した札が立っているのだが、中には文字がかすれたり、なくなっているところもあって、そういう家は長いあいだ使われていないようだ。

そんな家の一軒を俺たちは選んだ。庭も荒れているが、雑木のすきまから海が見える。

区画番号の表示は汚れているし、所有者の名前も入っていない。ガラス窓は曇っていて、何年も使っていないとわかる。

「もったいないな。こんなにいいところに家があるのに使わないなんて」

その家を訪ねてきたことにすると決め、区画番号を覚えた俺はいった。

「別荘ってさ、若いときはなかなかもてない。経済的な余裕が必要だから。そうすると買って何十年かしたら、年齢的にいき帰りがつらくなったりするのじゃない?」

ミヤビがいった。

「子供や孫がいたら使うのじゃないか」

「そういう家もあるかもしれないけど、別荘より旅館やホテルのほうがいいって考える人もいると思うんだよね」

いわれて俺は納得した。別荘はホテルとちがって食事の用意を自分でしなければならない。食べにいく手もあるが、別荘地では店の選択肢が限られている。

「それに生ゴミの処分とか、きたとき帰るときの掃除とか、面倒だからもっていても使わないって人も意外に多いのかも」

「なるほどな。そう考えると別荘もいいことばかりじゃないな」

「おさんどんを奥さんにさせたら嫌がるかもね。だったら温泉でもいきましょうよって」

そこまで頭が回るミヤビに俺は感心した。

「それからもうひとつ、別荘ってもってる人は一軒じゃなくてあちこちにもっていたりする。本当のお金持ね。そうすると海の別荘の他に山の別荘とかもあったりして、よくいく場所はどっちかに片寄ったりするかもしれない」

「お前、本当はお金持の娘なのじゃないか」

「そんなわけない。うちはふつうのサラリーマン、別荘なんて夢のまた夢だった」

ミヤビは笑った。

「それなら穴川雅先生が売れっ子作家になったあかつきには、ぜひ一軒いかがですか」

「想一が運転手やって食事の仕度もしてくれるなら考えよう」

「そいつは無理だ」

俺たちは笑い、畑中夏代の家まで戻ることにした。途中、どう話すかを打ち合わせ、警戒されないように、最初に訪ねるのはミヤビということになった。

「あれっ」

止まっていた赤い軽自動車が消えている。

「でかけちゃった？」

ミヤビがつぶやいた。

「しまった。やっぱりすぐ訪ねるべきだったかな」

「買物にいっただけかもしれない。一時間くらいで帰ってくるとか」

俺たちは顔を見合わせた。

「待つか」

「ここでずっと？」

「だってうろうろしてもしかたない」

いいあっていると、坂の上に赤い軽自動車が現われた。

軽自動車は、元あった駐車場に止まり、中から買物用のキャリーバッグを抱えた女性が降りてきた。俺が何かをいうより早く、

「あの、こんにちは」

ミヤビが車のドアを開け、声をかけた。

女性がふりかえった。黒いキャップをかぶり、銀髪をたばね、サングラスをかけている。

年齢は七十くらいだろうか。小柄だが背筋がのびて、いかにもしゃきしゃきした感じがする。

「あら、こんにちは」

女性はミヤビにいった。

「いいお天気ね、今日は」

「とっても。実は道に迷ってしまって」

女性はミヤビから俺の車へと目を移した。運転席の俺は頭を下げた。

「どこかを訪ねていらしたの?」

「ええ。小林《こばやし》さんという方の別荘をお借りすることになって、うかがったのですけど」

「小林さん?」

女性は訊き返した。

「区画番号は聞いてるのですけど――」

「待って、どこの区画番号?」

「え?」

「ここの別荘地は、いくつかブロックに分かれていて、サニーヒルとか名前がついているのよ。どこのブロックの区画かわかる?」

「いえ」

ミヤビが首をふると、

「あら、それは困ったわね」

女性はいってサングラスを外した。

「海が見える場所と聞いたので、このあたりじゃないかと思ったのですけど」

「海が見える場所は、ここ以外にもあるのよ。この別荘地はけっこう広くて」

「そうなんですか……」

女性は俺の車のナンバープレートを見た。

「東京からいらしたの？」

「はい」

俺は車を降りた。

「すみません。知り合いの知り合いの方からお借りすることになったのですけど、詳しいことを聞かなかった僕が悪いんです。こんなにたくさんの別荘があるところだとは思わなくて」

女性は微笑《ほほえ》んだ。

「知らない人はそうよね」

「ゴルフ場をめざしてきて、海の見える南側の区画だからすぐわかるっていわれたのですけれど」

「このあたりに小林さんて方のお宅はないわよ」

「参ったな」

「管理事務所に訊いてみましょうか」

「そんな場所があるんですか」

俺はちょっとあわてた。

「あるわよ。事務所なら、小林さんて名前でわかるかもしれない」

俺はミヤビと目を見交わした。小林というのは思いつきの名前だ。

「そんなお手間をかけていいのでしょうか」

ミヤビがいうと、

「大丈夫よ。こっちは毎日が日曜日なのだから」

女性は笑い声をたてた。

「すみません。わたしは穴川といいます」

「五頭です。五つの頭と書きます」

俺がいうと、

「あら、有名な占い師の先生と同じね」

女性がいった。

「よくいわれます」

「もしかしてご親戚《しんせき》か何か？」

「五頭壮顕でしたら、祖父です」

「まあ」

女性は目を丸くした。

「昔、五頭さんの本をいっぱい読んでいた。こっちにくる前、東京にいた頃だけど」

またじいちゃんの名前に助けられた。

「東京にいらしたんですね」

「そうなのよ。わたしは畑中といいます。家にあがって。管理事務所に電話をするから」

「いいんですか」

「いいわよ。とっちらかってるけど別に見られて困るものなんてないから」

いわれるまま、俺とミヤビは家の玄関をくぐった。

板張りの広間があって、海の見える窓ぎわに安楽椅子がおかれていた。壁にドレスを着た若い女の写真が飾られている。

女性はテーブルの上の固定電話の受話器をとりあげ、ボタンを押した。

「あ、畑中です。ごめんなさいね、お忙しいところ。実は道に迷った方がいらして、小林さんて方の別荘を捜しているらしいの。それがどこのブロックだか知らなくて、海が見える場所にあるってことしかわからないらしいの。ええ、ちょっと待って――」

いって、女性はミヤビに受話器をさしだした。俺は心がとがめた。親切なこの女性を、俺たちはだましている。

ミヤビも同じ思いなのか、複雑な表情で受話器をうけとった。

「もしもし。お電話かわりました――」

はいはい、とあいづちを打ち、いった。

「そうなんです。ブロックとかはまったく聞いてなくて。持ち主の方のお友達から借りたものですから……」

管理事務所の人が何かをいい、

「いえ、下のお名前までは。はい。いけばわかるということだったので……。すみません。お手間をかけました」

ミヤビは答えて、受話器を女性に戻した。

「もしもし――。え、そうなの？　まあ、それは困ったわね。いいわ。こっちで相談してみる。ありがとうございました」

女性はいって電話を切った。

「オーナーのフルネームがわからないと難しいって」

ミヤビがいった。

「え？　下の名まで聞いてなかったな」

「少なくとも海の見える場所に、そういうお宅はないみたい。困ったわね」

女性は顔を曇らせた。本当にいい人だ。

「オーナーの方と連絡はつかないの？」

「それが電話番号とかをうかがってなくて」

「まあ、どうしましょう」

「いえ、きちんと場所を聞いてこなかったこちらが悪いんです」

ミヤビがいった。

「まあいいわ。ちょっと冷たい麦茶でも飲んで考えましょ」

女性はいってバッグを台所にもっていき、冷蔵庫からペットボトルをとりだした。

「そんな。申しわけないです」

「いったでしょう、暇なのだからって」

冷たい麦茶を注いだグラスを丸いテーブルの上においてくれた。安楽椅子のかたわらにイーゼルがあり、描きかけの油絵がのっている。

俺がそれを見ていることに気づくと、

「恥ずかしいから見ないで」

女性は笑った。そのようすがかわいらしくて、俺も思わず笑った。

「ここから見た景色ですね」

「そう。最近、油絵教室に通ってるの。本当は夜の海が描きたいのだけど、わたしが描くとただのまっ黒になっちゃって……」

「いただきます」

ミヤビがいって麦茶を飲んだ。

「濃淡だけで輪郭をつけるのはすごく難しいです。月とかを中に入れて、そこから光がさしているように描いたらどうでしょう。波で、光を反射している水面としていない水面とかもあるし」

俺はいった。

女性は目をみひらいた。

「そうか、光の反射。そうよね。月を描くことは考えても、波が光を反射しているところまでは考えてなかった。写真みたいに描こうと思っても、うまく描けないし」

「見たままの通りに描くのはかえって難しいと思います。目からとりこんだ画像が写真と同じとは限りません。頭の中でいろいろな情報に変換されますから」

俺は昔、先輩のイラストレーターにいわれた言葉を思いだし、いった。

「強調したいところを少しデフォルメするくらいのほうが、絵としては見た人に伝わると思います」

「あなた、画家なの?」

「売れないイラストレーターです」

「でも今のお話、すごく参考になったわ」

「とんでもない」

ますますつらくなって俺は首をふった。壁にかかった写真を見る。

「これは——」

「若いときのわたし」

「すごくおきれいですね。何かのパーティーですか」

ひきのばされている写真なので、背景がぼやけている。

「お店よ」

女性は笑った。

「昔、銀座でお店をやっていたの」

「すごい」

女性は首をふった。

「時代がよかったのね。あと、いいお客様とスタッフに助けられた。『夏』っていうクラブだった。わたしの下の名前が夏代というのと、季節の中では一番夏が好きで、お店にいつも夏みたいな熱気があってほしいと思ってつけた名前」

「きっとすごくいいお店だったのでしょうね」

ミヤビがいった。

「そうね。子供のことがあって閉めたのだけど」

「お子さん？」

「そう。娘が年頃になってきて、お店をやりながら育てたくないって思ったの。夜の仕事でも立派に子供を育てている人はたくさんいるけれど、わたしは自信がなかった」

俺とミヤビは再び顔を見合わせた。

「そうなんですか……」

「そう。世間的には姪《めい》ってことになってる。ずっと独身でママという触れこみだったから。でも、その娘が今、六本木でお店をやっているのよ。ジャズシンガーになって」

俺たちは何もいえなかった。女性は不意に笑った。

「いやだ。どうしてあなたたちにこんな話をしているのだろう。まるで知らない人なのに」

本当のことをいおうかと思っていたが、それを聞いて俺は話せなくなった。

「知らない人間だから話せたのかもしれませんね」

ミヤビが俺の目を見ながらいった。

「娘さんはここにはいらっしゃらないのですか」

「あの子はまだ都会がいいのよ。めったにこない。それに、二人でずっといると喧嘩《けんか》になっちゃう。お互い、気が強いから」

「そ、そうだな」

「そうなんですね。お父さんは――」

「お父さんはいない。愛人とかそういうのじゃないのよ。好きな人ができて、その人の子を産んだ。でもその人はまだ若かったし、わたしもお店をやっていたから結婚するわけにもいかなかった。盲腸をこじらせて腹膜炎を起こしたことにして産んだのよ。今から考えると、お客様によくバレなかったと思うわ」

女性は笑い声をたてた。ミヤビが訊いた。

「お父さんはお客さんじゃなかったのですか」

女性は首をふった。

「従業員。御法度よね。使っている従業員と仲よくなっちゃうなんて」

俺はそっと息を吸いこんだ。望月が、自分の名はださずに畑中夏代の消息を知りたいといったわけがわかった。

畑中メイは、望月と畑中夏代のあいだに生まれた娘にちがいない。

それがわかった瞬間、頭の中がまっ白になった。もうどんな嘘もつけそうにない。ミヤビを見ると、彼女もひどく真剣な表情を浮かべている。

「嫌ね。そんな深刻な顔をして。おばあちゃんの昔話よ」

いって、女性は再び笑い声をたてた。

「それで、どうするの？　あなたたち」

「一度、帰ります。お借りする別荘の場所をちゃんと聞いて、出直します」

ミヤビがいった。

「そう。そうするしかないか。お役に立てなくてごめんなさいね」

「とんでもない」

ミヤビは首をふった。

「あの、畑中さんはふだんはおひとりでここにいらっしゃるんですよね」

「そうよ」

「寂しくないですか」

「昼間はぜんぜん寂しくない。特に今日みたいに天気のいい日は、景色を眺めているだけで幸せな気持になれる。夜はね、ちょっと。何もないところだから」

「そうですよね。昔、銀座でお店をやっていらしたのなら尚《なお》さら……」

「だから今は早寝早起きよ。明るい時間をなるべく有効に使って、夜は早寝する。退屈でしかたがないときは、衛星放送で外国のドラマとかを見てる。もともと海の近くでのんびり暮らすのが夢だった」

ミヤビが俺を見た。

「うらやましいです。こんな風に生きられたら理想です」

考えに考えたあげく、俺はいった。

「何いってるの。あなたたちはまだまだ若いのよ。世間を相手にいっぱい戦わなきゃ」

「戦う?」

「そうよ。生きることは戦いよ。戦って戦って、最後にこういうところでのんびりするの。戦ってもいないのにのんびりしようなんて、人生の無駄遣い」

思わずため息がでた。

「勉強になります」

「やめて。そんな立派な人間じゃないのだから。帰るのなら、明るいうちに出発したほうがいいわよ。次、勝浦にきたら、お友だちとして遊びにいらっしゃい」

女性は微笑んだ。

「はい!」

俺たちは声をそろえていた。

女性は、俺たちの車を玄関先で見送った。

「参ったな」

車内で二人きりになると俺はつぶやいた。

「手を振ってくれてる」

ミヤビがいった。

手を振り返し、車をターンさせ、遠ざかった。メインストリートに戻ると、別荘地を抜けた。

俺もミヤビもしばらく無言だった。

「途中、すごく心がとがめてさ。本当のことをいっちゃおうかと思ったら、あの人が娘さんのことを話しだした」

俺は口を開いた。

「想一も同じことを思ったんだ」

ミヤビがいった。

「見ず知らずの俺たちにあんなに親切にしてくれて、だませないって思ったよ」

「そうだよね。それがいきなり、あんな話になっちゃうなんてびっくり」

「父親は、やっぱり望月さんかな」

「他に考えられないでしょ」

ミヤビは大きなため息を吐《つ》いた。

「何て報告する？」

俺は訊《たず》ねた。

「ありのままの話をするしかない。元気そうといえば元気そうだけど、心の中のことまではわからないし」

「そうだな。本当はすごく寂しがっているとしても、どうすることもできないしな」

「わたしたちが考えることでもない」

ミヤビはきっぱりといった。

「それで、デニスのほうはどうする？　明日にでも『エムズハウス』にいってみるか」

「望月さんに報告してからにしよう。畑中メイさんが望月さんの娘なら、もしかしたら望月さんはデニスについても何か知っているかもしれない」

「そうだな。ピアニストのデニスがローズビルに住んでいたデニスなら、望月さんと知り合いだとしてもおかしくない。もしかしたらデニスを娘に紹介したのかもしれない」

答えて、俺はミヤビを見た。

「なあ、ローズビルに住んでいたのが望月さんていう可能性もあるかな」

「わたしもそれをずっと考えてた。どうなんだろうって」

「だけどそうだとしたら、食えないおっさんだぜ。そうだって認めればすむのに、俺たちに畑中さんの調査をさせた」

「ただで教えてやる義理はないってことじゃない？」

確かにその通りではあるが、どこか俺は納得できなかった。

勝浦から日帰りしたあとしばらく、俺とミヤビは会わなかった。互いに抱えている仕事が忙しかったのだ。

望月との約束の日、俺は「パンドラ」に向かった。一週間後の同じ時間、と望月はいった。

七時少し前に「パンドラ」に俺は到着した。入口をくぐる前にミヤビの携帯を呼びだす。

「あと十メートル」

でるなりミヤビがいった。ふりかえると銀座の並木通りを歩いてくる姿が見えた。珍しくワンピースを着ている。すらりとしているのでよく似合う。こんなにスタイルがよかったかな、と俺は見とれた。

「嫌になっちゃう。ここにくるまで何人にも声かけられて」

いきなりミヤビはいった。

「ナンパか」

「スカウトみたい。銀座のお店で働かないかっていうのよ。わたしにできるわけないじゃんね」

いわれて返事に困った。スタイルがいいと思ったことは口が裂けてもいえない。

「でも酒に強いのは役に立つのじゃないか」

「それくらいだね。お愛想できないし、色気のカケラもないし」

「それがいいっていう人もいるかもしれない」

ミヤビは首をふり、「パンドラ」の扉を押した。俺たちの姿を見るなり、

「いらっしゃいませ。こちらへどうぞ」

カウンターにいたタキシード姿の女がいって、先頭に立った。

一週間前と同じく、望月はバースペースにいた。ただし今日はカウンターではなく、革張りのソファに腰かけている。

「やあ、いらっしゃい」

望月は立ち上がり、向かいのソファを俺たちに勧めた。

「飲みものはビールでいいかな？」

俺たちは無言で頷《うなず》いた。ビールとシャンパンが届けられ、望月はフルートグラスを掲げた。

「何に乾杯する？」

「『夏』の思い出に」

ミヤビがいうと、望月は破顔した。

「すばらしい。いいセンスをしている」

シャンパンで唇を湿らせたところで、

「早速聞こう」

望月はいった。

「畑中夏代さんは、勝浦の別荘地に住んでいらっしゃいます。ひとり暮らしで、赤い軽自動車に乗り、庭で家庭菜園をしたり、窓から見える海を油絵に描いたりされて、とてもお元気そうでした」

ミヤビが口を切った。

「直接、話をしたのかね」

「しました。訪ねていった別荘地の家がわからないフリをして。とても親切にして下さいました。あまりに親切にして下さるので、嘘をついているのが心苦しくなりました」

ミヤビがこっちを見た。俺はいった。

「良心の呵責《かしやく》にたえかねて、本当のことをお話ししようと思ったとき、畑中さんは娘さんの話を始めました」

望月の顔が曇り、そして真剣になった。

「娘さん……」

「世間的には姪ということになっているが、自分の店で働いていた男性とのあいだにできた子供だ、と。盲腸をこじらせて入院したといって産んだ、とおっしゃっていました。好きな人ができて産んだのだけど、その人はまだ若いし、自分もお店をやっているから結婚するわけにはいかなかった。その娘さんはジャズシンガーになって、六本木でお店をやっている。話されたあと、どうしてこんな話をしているんだろう、と笑いました。もう何もいえませんでした。見ず知らずの俺たちだから秘密を打ち明けてくれた。そう思ったら、絶対に本当のことはいえない」

「なるほど」

望月は息を吐いた。

「お元気なんだね」

「どこかが悪いとは感じませんでした。早寝早起きをして明るい時間を有効に使う。夜は寂しいときもあるけど、衛星放送で海外ドラマを観る、とおっしゃっていました」

ミヤビが答えた。

「そうか」

「畑中メイさんにもお会いしました」

俺がいうと、望月は俺を見た。

「先週、ここをでて六本木のお店にいってみたんです」

「『エムズハウス』に?」

「はい。すごくいいお店でした。メイさんは若いお客さんは大歓迎だとおっしゃって下さって」

望月は息を吸い、目をそらした。無言で遠くを見ている。

「これで約束を果たしたことになりますか」

ミヤビが訊ねた。

「なるよ、もちろん。たいしたものだ。短時間でよく調べたものだ」

「お二人がとても親切だったからです。夏代さんもメイさんも、気さくに接して下さいました」

俺はいった。自然にとがめるような口調になっていた。それに気づいたのか、望月は俺に目を戻した。

「私だと思っているのかね」

「ちがうんですか」

望月は苦笑した。

「そうだな。そう思われても不思議はない。だがちがう。畑中メイの父親は私ではない」

俺とミヤビは望月を見つめた。

「私が『夏』で働くことになったのは、『キャスティーヨ』で同じボーイをしていた三村《みむら》という男に誘われたからだ。『ディスコの時代は終わる。銀座のクラブで水商売をもう一度勉強し直そう』と」

「じゃあその三村さんが――」

望月は頷いた。

「三村は男の私から見ても惚《ほ》れ惚《ぼ》れするような男前だった。モデルや俳優にと何度もスカウトされていたが、顔で仕事をするのは嫌だと断っていた。堅物とまではいわないが、女性客にいい寄られてもめったになびかなかった。水商売が好きで、水商売を究めたいというのが口癖だった。アルバイトに毛が生えたような気持で『キャスティーヨ』につとめていた私は、三村によく叱られた。『夏』につとめだしてからも、三村は熱心に働いた。ママの教えもあって、一度でもきた客の名前と顔は忘れなかった。客にもママにも気に入られ、あっというまにつけ回しの仕事を任されるようになった」

「つけ回しというのは何ですか」

ミヤビが訊ねた。

「つけ回しというのは、どのホステスをどの席につけるかを算段する仕事だ」

「そんな仕事があるんですね」

「客の要求にしたがってばかりだと、人気のある女の子のとりあいになる。といって人気のない子を長いことつけているとお客が怒りだす。気に入っている子がなかなかつかないと客が文句をいえば、女の子はつけ回しのせいにする。『わたしは早くつきたかったのに、つけ回しが動かしてくれなかった』とな」

「大変な仕事ですね」

「つけ回しがうまくできる人間は必ず出世する。それくらい難しい」

「三村さんはそのつけ回しを上手にできたのですか」

「完璧だった。ホステスが悪口をいわないつけ回しなどめったにいないが、三村はそうだった。そして誰より三村を気に入ったのが夏代ママだった。店が終わったあと、客とのアフターで午前五時、六時になっても三村は店に残っていて、酔ったママから連絡があると迎えにいってタクシーに乗せるか、泥酔しているときは家まで送っていった。二人が男女の仲になったのは不思議ではない」

アフターというのが、閉店後ホステスが客につきあって飲んだり食べたりすることだというのは、俺も知っていた。

「妊娠したとき、夏代ママは三十代の半ばだった。産みたい、と三村にいったそうだ。『結婚はできないし、いっしょに育ててくれともいわない。でも産みたい』と」

ミヤビが大きく息を吸いこんだ。

「すごい勇気」

「今もそうだろうが、あの時代はシングルマザーになるには大変な勇気がいった筈《はず》だ。客にバレたら一巻の終わりだ。下手をすれば店が潰《つぶ》れる。妊娠していることを、ママは三村以外のスタッフにも秘密にした。ただひとり、私を除いて」

「でもお腹がでてきたら……」

「それを見越し、ある時期からママは体の線がでない、ゆったりしたドレスを着るようになった。肝臓の具合が悪いといって酒を控えた結果、顔などはむしろほっそりしたくらいだ。そして出産前後の三カ月を、虫垂炎をこじらせたことにして店を休んだ」

「三村さんは？」

「ずっと『夏』で働いていた。が、メイさんを産んだママが店に復帰した翌月、退職願をだしてひっそりといなくなった」

「その後はどうしたんです？」

「しばらくは東京にいたが、『夏』の常連客の紹介で、大阪、北新地《きたしんち》のクラブで働くようになった。銀座で働いたのでは、『夏』への恩を仇《あだ》で返すことになる、と。以来ずっと大阪だ」

望月がいい、俺は息を吐いた。

「夏代さんはそれをご存じなのですか」

「さあ。それは私にもわからない」

望月は首をふった。

「今もつづいているとは思わないが、メイさんを産んだあとしばらくは、三村と夏代ママのつきあいはつづいた筈だ。が、ふつうの男女と違い、結婚には結びつかない関係だった。夏代ママは店と結婚していたわけだからね」

「でもお店を閉めたあとは――」

ミヤビがいいかけた。

「店を閉めたときには、ママと三村の関係は終わっていた。親子三人で暮らすことなどありえなかったろう」

「それって何だか……」

「あるとき三村が私にいった。自分のことを気に入ってくれていたのはまちがいないが、娘が生まれたあとは、まるで必要とされていないように感じた、と」

「子供を作るために利用された？」

俺がいうと、ミヤビがにらんだ。

「そんないいかたはないよ。そんな人じゃなかったじゃない」

「そうだけど結果として、三村さんという人は捨てられたのじゃないか」

「まあまあ。どちらの考えもある意味当たっている。夏代ママは決して三村を利用したわけではないだろうが、ひとりでメイさんを育てる道を選んだのには、彼女なりの理由があったのだろう」

割って入るように望月がいった。

「三村とは今でもときどき連絡をとりあっていてね。夏代ママやメイさんのことを気にかけている。今回、あなたたちに調査を頼んだのも、三村の願いがあってのことでもある」

「三村さんは今、何をしていらっしゃるのですか」

「飲食店を相手にしたコンサルタントをやっている。大阪では一番頼れるという評判だ」

「結婚はされたのですか」

ミヤビが訊ねると、望月は答えた。

「している。子供もふたりいる」

ミヤビは不満そうな顔になった。それに気づいたのか望月が首をふった。

「三村を責めるのはちがう。出会ったときからメイさんを産んだあとも、夏代さんと三村とでは、常に夏代さんの立場のほうが強かった。いっしょに暮らせなくてもいいから自分の子を見守りたいといった三村を拒絶したのは夏代さんだ。それがあって、三村は大阪に去った。自分は捨てられた、といってね」

俺はミヤビを見た。ミヤビはまだ納得のいっていない表情だ。

話をかえようと、俺はいった。

「それで六本木のローズビルに住んでいたというのは――」

望月は頷いた。

「お察しのとおり、三村だ。『夏』につとめだしてからも三村はローズビルに住んでいた。大阪に移るまで、三村はローズビルにいた」

「三村さんとお話しできますか」

俺は訊ねた。

「ローズビルのことを知りたいのなら、直接聞いてみなさい。明日、三村は東京にくる。私がやっている『花筏』という店で飯を食う約束になっている。あなたたちもくるといい。招待しよう」

「えっ。いいんですか」

「これでも人を見る目はあるつもりだ。あなたたちの対応には感心した。穴川さんの、夏代ママを思う気持も立派だ。あなたたちの目で見た夏代ママの今の姿を三村に話してあげてほしい。それに『花筏』のあと三村は『エムズハウス』にいく。私もいっしょだ。あなたたちもどうかな」

俺とミヤビは顔を見合わせた。望月がいった。

「もちろんメイさんは三村を父親とは知らない。あなたたちにもその秘密を絶対に守ってもらわなければならない」

「守ります、もちろん」

ミヤビがいい、俺も無言で頷いた。

「では明日七時、『花筏』で待っている」


『花筏』は、銀座六丁目のビルの地下にある懐石料理店だった。男性従業員は黒スーツ、女性従業員は和服を着ていて、入口に立っただけで高級店だとわかる。

「いらっしゃいませ」

いかにも場ちがいな（と自分では思う）俺とミヤビを見ても、受付に立っている男性従業員はまるで表情をかえなかった。

「穴川といいます。望月さんにお招きいただきました。こちらは五頭さんです」

ミヤビがいうと、男性従業員は重々しく頷いた。

「うけたまわっております。如月《きさらぎ》の間のお客様です」

あとの言葉は控えていた和服の女性に向けたものだ。ご案内します、といって女性は広い店内を抜け、奥の個室へと俺たちを連れていった。

手前には鮨屋《すしや》のような、大きな白木のカウンターがあり、カップルの客ばかりだ。

「失礼いたします。お連れ様がおみえになりました」

女性がいって、個室の引き戸を開いた。内装は和風だが、大きなテーブル席がおかれた部屋だ。八人はすわれそうなテーブルに間隔をおいて四脚の椅子がおかれ、望月と白髪頭の男がすわっている。

白髪頭の男は細身で、体にぴったりとしたスーツを着け、ネクタイを締めている。年齢は六十を過ぎていそうだが、陽焼けして整った顔立ちの、いかにも女性にもてそうな雰囲気だった。

「いらっしゃい」

望月がいった。細身のスーツを着た男が立ちあがった。

「初めまして。三村です」

低いがよく通る声でいって、右手をさしだす。

「このたびは面倒なお願いを聞いていただき、感謝しています」

俺とミヤビはかわるがわる三村の手を握った。あたたかく乾いた手には力がこもっている。

「穴川です」

「五頭です」

「ゴズ？　牛の頭と書かれるのですか」

たまに訊かれる。「牛頭馬頭《ごずめず》」という獄卒が地獄にはいるといわれていて、ゴズというとそっちを思い浮かべるひとも多い。

「いえ、五つの頭と書きます」

「ほう」

三村は切れ長の目を細めた。じいちゃんのことをいわれるかと思ったが、

「お二人の本業はライターとイラストレーターで、六本木を舞台にした都市伝説について調べているのだそうだ」

望月がいった。

「六本木。なるほど」

三村は口元をほころばせた。

「早速なのですが――」

ミヤビがいいかけると、望月が手を上げてそれを止めた。

「まあまあ。夜は長い。食事をしながら、ゆっくり話してはどうかね？」

「あ、はい」

控えていた女性が口を開いた。

「何かお口に合わないもの、アレルギーなどがございましたらうかがいます」

俺たちは首をふった。

「お飲み物は何を？」

女性が訊ねた。

「ビールを下さい」

ミヤビが答え、俺も無言で頷いた。

「ではまず生ビールで乾杯して、そのあと好きな酒を飲もう」

望月がいうと、承知いたしましたといって女性は部屋をでていった。

「畑中夏代さんに会われたそうですね」

三村が口を開いた。

「はい。お会いしました。とてもお元気そうでした」

ミヤビが答え、勝浦にいったときの話をした。俺も感心するほど細かく覚えている。

三村は無言で聞いていた。

途中、ビールが届いた。

「夏の思い出に乾杯しよう」

グラスを掲げ望月がいった。

「夏の思い出？」

三村が訊き返した。

「いい言葉だろう。この穴川さんが昨晩、『パンドラ』で口にした。この場にぴったりだと思わないか」

三村は微笑んだ。微笑んではいるが、どこか悲しげでもあった。

「なるほど。ぴったりだな」

俺たちはグラスを合わせた。

ミヤビの報告が再開され、それは料理が運びこまれてからもつづいた。途中で気づいたが、各席に懐石料理の品書きがおかれていた。

俺は初めて食べる料理もあったが、どれもおいしかった。こんな食事を毎日していたら、ぶくぶく太るだろうと思いかけ、いやふだん食べている炒飯《チャーハン》や餃子《ぎょうざ》よりよほど健康的だと気づいた。

ビールのあとは、望月が冷酒、三村が焼酎《しょうちゅう》を頼み、俺とミヤビは生ビールをもう一杯ずつ飲んだ。

ミヤビの話が終わった。

「なるほど。昔とはまるでちがうが、充実した毎日を送っているようだね」

わずかに間をおき、三村がいった。

「はい。本当のことはわかりませんが、今の生活に満足していらっしゃるようには思いました。ただ――」

ミヤビがいいかけ、黙った。

「ただ?」

望月が訊ねた。三村は無言でミヤビを見ている。

「話し相手があまりいらっしゃらないように感じました。なので、初めて会ったわたしたちについメイさんの話をしてしまわれたのではないか、と」

「そうかもしれないね。でもずっと親子二人でいると喧嘩になる、というのも本当だろう」

三村がいった。そしてすわったまま頭を下げた。

「いや、本当にありがとう。いい話を聞かせてもらった」

「とんでもない」

ミヤビは首をふった。三村は頭を上げ、

「次は私の番だね」

とミヤビを見た。

「ローズビルのことをお聞かせいただけますか」

ミヤビは三村を見返した。

「もちろん。何ぶん大昔のことだから、役に立つ話ができるかどうか、わからないが……」

「録音してもよろしいでしょうか」

俺はいった。三村は頷いた。

「どうぞ」

ＩＣレコーダーをテーブルにおき、ミヤビは小型のノートを開いた。

「何だか恐いね」

三村はいたずらっぽくいって笑った。

「すみません。何度もお会いできる方ではないので。まず、三村さんはいつからいつまでローズビルにお住まいだったのでしょう?」

ミヤビはにこりともせず訊ねた。

「えーと、昭和でいいかな? 西暦だと計算が面倒なので」

「もちろんです」

「昭和五十七年の十一月から、六十二年の七月まで、かな。六十二年の八月に大阪に移ったので」

ローズビルの屋上で死体が見つかったのは、昭和六十年の三月だ。ちょうどそのとき住んでいたことになる。

「お部屋は何階でしたか」

「三階の302だった」

「同じビルの住人の方とおつきあいはありましたか」

「顔を合わせたら挨拶《あいさつ》くらいはしていたが、ひとり、『キャスティーヨ』にきていた客がいて、あるとき互いにそれがわかってびっくりした。デニスというアメリカ人だった」

「デニスさんは何のお仕事をしてらしたのでしょうか」

三村は首を傾げた。

「さあ、何の仕事をしていたのかな。不思議な人物だった。昼間からふらふらしていると思ったら、あるときぴしっとスーツを着て、妙にカタいアメリカ人のグループと『キャスティーヨ』にきたことがあったな」

「カタい？」

「大使館関係者とか、外資系企業の社員も『キャスティーヨ』には遊びにきてたけど、デニスがそのとき連れてきたのは、髪が短くてやけに姿勢のいい兵隊みたいな連中だった。もちろん軍服とかは着ていないから、わからないのだけど、年もけっこういってて、音がでかいんで耳を塞《ふさ》いでたな」

「音がでかいというのは？」

「昔のディスコだからね。大音量で音楽がかかっている。あまりそういう場所には出入りしていないようすだった」

「その人たちはデニスさんのお友だちだったのですか」

「友だちか仕事仲間か。デニスはまるでカタい感じじゃなかったけどね。普段はアロハシャツとかジーンズだし、『キャスティーヨ』でもしょっちゅう白人好きの女の子をナンパしてた」

「今、どこで何をされているかご存じですか」

「まだ日本にいて、趣味のピアノで食べている」

「趣味のピアノ？」

「ピアノが好きで、半分本職にしていた」

「ピアニストですか」

「ジャズピアノだよ。子供の頃から弾いていたらしくて、私も一度、六本木のライブハウスで聞いたことがあったが、玄人はだしだった。ただ当時はジャズピアノだけで食ってはいけなかったのじゃないかな」

「するとピアノは趣味で、本業は別にあったんですね」

「当然あった筈だ。今も東京にくるとたまに会うけど、若い頃何をやっていたかを訊いても教えてくれない」

「畑中メイさんがやっていらっしゃる『エムズハウス』でピアノを弾いているデニスさんですか」

俺は訊ねた。

「会ったんだね」

驚いたようすもなくいって三村は頷いた。

「そう。彼だよ。年に一、二回、メイのようすをこっそり見にいってるのだけど、初めていった三年前にばったり会って、お互い驚いた」

「デニスさんはメイさんと三村さんの関係をご存じなのですか」

「もちろん知らない。メイ本人が私を父親だとは知らないからね」

「デニスさんは三村さんより長くローズビルに住んでいたのでしょうか」

ミヤビが訊ねた。

「デニスが移ってきたのは私より後で、私が引っ越したときはまだ住んでいた。さすがに今は住んでいないだろうが、一度部屋に入ったことがあって、何もないのに驚いた。本当に住んでいるのか疑ったな。ベッドとテーブル、冷蔵庫くらいで」

「何か怪しい仕事をしていたとか」

望月がいった。

「犯罪にかかわっている外国人は、いつでも逃げ出せるように家財道具をもたないと聞いたことがある」

「それはどうかな。女に関しちゃ盛んだったけど、金とかそういう面ではしっかりしていたよ。

タカられたこともなかったし」

三村は首を傾げた。

「話をかえていいでしょうか。昭和六十年の三月に、ローズビルの屋上で男性の死体が見つかったことはご存じですか」

ミヤビがいった。

「もちろん。大騒ぎになったからね。パトカーはいっぱいくるし、ヘリが何機も飛んでた」

三村は頷いた。

「三村さんはその現場をご覧になりました？」

「いや。見にいったら見張りの警察官に『入れません』といわれた。そうそうデニスもいて、デニスは死体を見たっていってた」

「見た、というのは？」

「最初に死体を見つけたのは五階に住んでいたおばさんでね、大騒ぎをして、隣のデニスにも知らせたんだ。だから警察がくる前にデニスは屋上に上がったんだ」

「デニスさんは何と？」

「ただ首をふって『テリブル』と。死後だいぶたっていたらしいね」

「三カ月くらい経過していたようです」

ミヤビが答えた。

「三カ月も。そうするとかなり傷んでいたろうね」

「行旅死亡人として官報に記載された記事によれば、本籍、住所、氏名不詳、男性、推定年齢五十代から七十代、紺スーツ、白色シャツ、現金一万八千五百円所持。発見されたのは昭和六十年の三月十日ですが、死亡推定日は前の年の十二月頃だったようです。検視の結果外傷はなく、死因は病死と見られる、と」

ミヤビが告げると、三村は息を吐いた。

「なるほど」

「なくなっていた男性がローズビルの住人でなかったことは明らかです。ならばどうしてローズビルの屋上で死んでいたのか」

「ホームレスだったと聞いた気がする」

三村はいった。

「死体のかたわらに、身の回りのものを詰めた紙袋があり、それがホームレスだと思われた理由だと思います」

ミヤビがいうと、

「その中には身許《みもと》のわかるものはなかったのかね」

望月が口をはさんだ。

「なかったようです」

「するとホームレスがそのローズビルの屋上に入りこみ、暮らしているうちに病気でなくなった、そういうことか」

望月の言葉に三村がいった。

「私はそう聞かされた。ローズビルにはオートロックなどなかったからね。屋上に入ろうと思えば、誰でも入れた筈だ」

「そうだったかもしれません。でもこの人はなぜローズビルを選んだのでしょうか。雨露をしのげる場所は他にもあった筈です。ホームレスには縄張りがあり、どこでもいいわけではなかったのかもしれませんが、ローズビルの屋上が暮らしやすかったとは思えないのです。住人に見つかれば通報される可能性もあるわけですから」

ミヤビがいった。

「なるほど。確かにそうだ」

三村が頷いた。望月がミヤビを見た。

「あなたはどう思っている？　何か仮説があるのではないかな」

ミヤビは望月を見返し、大きく息を吸いこんだ。

「あくまでもわたしの想像です。この人は自分の死期が近いことを知っていた。そして病院にいったとしても助からないとわかっていた。どこで最期を迎えるかを考え、ローズビルの屋上を選んだ」

「確かに見晴らしはよかった。当時は周りに大きな建物がなく、六本木の街が一望できた。夏の天気のいい日など、デニスとよく屋上でビールを飲んだ。今、思いだしたよ」

三村がいった。

「眺めがいい場所で死にたいと思ったわけか」

望月が頷いた。

「それが仮説その一です」

ミヤビがいった。

「仮説その一？　その二があるのかね」

望月が訊ねた。全員がミヤビを見た。

「仮説その二は、亡くなった人にとってローズビルの屋上には何か特別な理由があった、というものです」

ミヤビが答えた。

「特別な理由？」

望月が訊き返した。

「住んではいなかったけど、ローズビルを訪れたことがあり、思い出の場所だった。あるいは思い出の場所がローズビルの屋上から見えた」

三村が唸《うな》り声をたてた。

「思い出の場所か」

「亡くなったときには住人ではなかったかもしれないが、それ以前にローズビルに住んでいたとは考えられないかな」

望月がいうと、三村は首をふった。

「いや、昔の住人ということもなかった筈だ。警察が訊ねて回ったし、大家にも当たったと聞いた」

「住人ではなくても、訪ねてきたことはあったかもしれません。住人の中に親しい人がいたとかで」

ミヤビがいった。三村が首を傾げた。

「だったら警察が身許をつきとめられたのじゃないか」

「もう住んでいない人だったら？　その当時でもローズビルはできてからかなり時間がたっていたのではないでしょうか」

「私が住んでいたときでも、建ってから十年はたっていた。昔住んでいて引っ越していった人を訪ねてきたことがあった程度なら、それはつきとめようがないな」

三村が答えた。

「確かにその可能性はある。まして屋上から見える中に思い出の場所があったとなれば、もう見当もつかない」

望月がいった。

「ちなみに仮説その三はあるのかね？」

おもしろがっているような表情で三村が訊ねた。

「それは――」

いいかけ、ミヤビは首をふった。

「ありません」

妙だと俺は思った。あるにはあるのだが、この場所ではいいにくいので、ないことにしたように見える。

気づくと料理のコースは終わりにさしかかっていた。

締めの食事がでて、フルーツ、デザートの菓子とつづき、コースが終わった。決して脂《あぶら》っこい内容ではなかったが、俺は満腹になった。

「いや、うまかった。満足させてもらった」

三村がいい、俺とミヤビを見た。

「若い人たちはどうだい」

「おなかいっぱいです。とてもおいしかった」

「よかった。ではひと休みしたら、六本木に向かおうか」

望月がいった。

「『エムズハウス』では、今日もデニスが弾いている筈だ。話を聞かせてもらうといい」

三村がいい、ミヤビはとまどったような顔になった。

「でも、あの、わたしたちがいっしょで大丈夫でしょうか。先週は、調査でうかがったとはひと言もいいませんでした」

「気にする必要はない。メイもデニスも細かいことにはこだわらないタイプだ。特にメイにとって私は、二、三カ月に一度関西からくる客に過ぎない」

「でもクラブ『夏』のお客様に『エムズハウス』のことを教わったといってしまいました。メイさんはそのお客様が誰だか知りたいとおっしゃっていて……」

「それは私が教えたことにしよう」

望月がいった。

「メイさんには、以前『夏』で働いていたと話したことがある」

ミヤビは不安そうに俺を見た。

「どう思う？　大丈夫かな」

「大事なのはデニスさんから話を聞くことだ。もしかしたら、何か新しいことがわかるかもしれない」

俺はいった。ミヤビは考えていたが、やがて頷いた。

「そうね。デニスさんは死体も見ているし」

「『エムズハウス』のテーブルを予約してある。デニスは我々の席にきてくれるだろう。メイは他の客の相手もある。だからそれほど心配することはない」

三村がいって、首を傾げた。

「ただデニスは大酒飲みだから、昔のことをちゃんと覚えているかどうか心配だ」

ピアノの上にもウイスキーの入ったグラスをおいて弾いていたのを俺は思いだした。

「タクシーが参りました」

声をかけられ、全員が立ち上がった。

「エムズハウス」に着くまで、タクシーの中でミヤビは無言だった。その気持は俺にもわかった。望月も三村も気にする必要はないといったが、嘘をついたのは俺たちだ。畑中メイと夏代の親切心につけこんで、あれこれ調べたのだと知られたらどう思われるか。

交換条件だったとはいえ、ローズビルの住人について知るために、畑中メイにも夏代にも、嘘をついた。その俺たちに、二人は疑うこともなく接してくれた。

これはもともと、俺たちが始めたことだ。嘘がばれ、どう咎《とが》められても、それは甘んじて受けるほかない。

「いらっしゃいませ」

「エムズハウス」の扉をくぐると、リョウ君と畑中メイに呼ばれていたボーイが迎えた。

畑中メイはステージで歌っている。

「予約した望月です」

「お待ちしておりました。どうぞ」

俺たちが案内されたのは、ステージのまん前のテーブル席だった。スコッチウイスキーのボトルが二本おかれていて、それぞれ「望月様」「三村様」と書かれたタグがさがっている。

他のテーブルも今日はすべてが埋まっていた。

「いらっしゃいませ」

曲の合い間に畑中メイがマイクを通していった。胸のふくらみが見えるラメのロングドレスを着ている。

ピアノを見た。蝶《ちょう》ネクタイを締めたデニスが俺にウインクした。

畑中メイが曲に戻った。リョウがテーブルにきて飲みかたを訊ねた。三村がオンザロック、望月がソーダ割りを頼み、俺とミヤビは水割りにした。

曲が終わり、拍手が湧いた。

「今日はたくさんのお客様にお越しいただいて、とっても幸せ。次はシナトラの名曲で『アイブ・ガット・ユー・アンダー・マイ・スキン』です」

そういって畑中メイが歌いだしたのは、俺の知らない曲だった。

「夏の思い出に乾杯」

三村がいってグラスを掲げた。ミヤビが複雑な表情でグラスを手にし、俺もグラスをもった。

四人で乾杯した。

席とステージが近すぎて、大声をださなければ話ができない。演奏中にそれはできず、俺たち四人はしばらく無言でステージを見ていた。

前に会ったときより畑中メイは生き生きとして見えた。テーブルがすべて埋まっているからだとしたら、人前で歌うことが本当に好きなのだろう。

「アイブ・ガット・ユー・アンダー・マイ・スキン」という曲が、一回めのステージの最後の曲だった。

歌い終えた畑中メイは拍手に一礼しステージを降りると、カウンターに向かった。

「ハイ！」

かわりに俺たちのテーブルの横に立ったのがデニスだった。グラスを手にしている。

「ミムラ、久しぶりだね。あいかわらず儲《もう》かってますか」

「よう、デニス。すわって、すわって」

三村がいって、手招きした。デニスは空いていた椅子に腰をおろすと、テーブルのメンバーを見回した。

「おもしろい組合せですね。アーティストとコンサルタント。ミムラは彼の絵を売るの？」

デニスは俺を示し、いたずらっぽくいった。

「何だ、デニス。五頭さんを知っているのか」

「ゴズ？　名前は初めて知った。彼と彼女には先週会った」

「こちらは穴川さん。ライターの仕事をしている」

三村はいってミヤビを示した。

「もちろん覚えている。二人がミムラの知り合いだったのはびっくりよ」

「知り合いだったわけじゃない。二人はローズビルのことを調べている」

「ローズビル？」

デニスが驚いたようにいって、目をみひらいた。

「私とミムラが住んでいた、あのビルか」

「そうなんだ」

三村が頷いたとき、

「ねえ、どういう組合せなの？　どうしていっしょにきて下さったわけ？」

畑中メイの声がした。いつのまにか、俺たちのテーブルのかたわらにいる。

「メイさん、久しぶり」

三村がいった。

「三村先生に望月社長、それに先週お会いしたばかりの若いお客様二人がいっしょにきて下さるなんて、どういうサプライズ？」

「えーと」

「それは――」

俺とミヤビがいいかけると、望月が目配せした。

「ここは私が説明しよう。穴川さんにこの店のことをお教えしたのは私なんだ」

「望月社長が？」

デニスの隣の席に畑中メイは腰をおろした。

「そう。ひょんなところで、新進気鋭の作家だと穴川さんを紹介されてね。穴川さんは『籠城の鬼』という作品で芸映社ノンフィクション新人賞を受賞されているんだ」

俺とミヤビは顔を見合わせた。望月はミヤビのことを調べたようだ。

「あら、そんなすごい方だったの。ライターをしてらっしゃるとしかおっしゃらなかったから」

畑中メイはいってミヤビを見つめた。ミヤビは首をすくめた。

「いえ、そんな。まだ本当に駆けだしなので……」

「誰にだって駆けだしの時代はある。でもそんなときに知りあえるのが素敵なんじゃない。有名になったらいくらでも人は寄ってくるけど、無名のときに知りあう人のほうが大切よ」

畑中メイがいった。ミヤビの顔が赤くなった。

「それは……。はい、本当にそう思います」

「じゃあここのことを穴川先生に教えたのは望月社長なのね」

「そうなんだ」

「お願いですから先生はやめて下さい」

望月の言葉にかぶせるようにミヤビがいった。

「あら、先生は駄目?」

「困ります」

本当にミヤビが困っている顔を俺は久しぶりに見た。

「じゃあなんて呼べばいい?　穴川さん?」

「ミヤビで」

「ミヤビちゃん?　いいの、本当に?」

ミヤビはほっとしたように頷いた。

「実は今日、四人でここにうかがったのは、穴川さんの取材に協力するためでもあるんだ」

望月がいった。

「取材?」

「そう。穴川さんとこちらの五頭さんは、六本木の都市伝説についていろいろ調べていてね。その舞台となっている場所が、偶然にも三村とデニスがかつて住んでいたアパートなんだよ」

「まあ。同じところに住んでいらしたことがあるとは聞いてましたけど」

「ローズビル。私の青春の思い出ね」

デニスが頷き、ウインクした。

「女の子を連れこみまくった部屋だろ」

三村がいった。

「オーノー。純粋に理解を深めあおうとした結果です」

デニスは首をふった。

「よくいうよ」

「あらあら、あたしがいないほうがいいわね。そんなお話なら」

畑中メイはいって、俺とミヤビに目配せした。

「ゆっくりしていらして。三村先生も。久しぶりにいらしたのだから」

三村は何ともいえない表情で頷いた。微笑んでいるのに、どこか寂しげだ。

畑中メイがいなくなると、俺はほっと息を吐いた。

「すみません。話が途中になってしまって。穴川さん、デニスに訊いてみて下さい」

三村がいった。

「都市伝説って、フォークロアのことだね？」

デニスがミヤビを見つめた。

「そうです。あの、デニスさんはローズビルの屋上で人が亡くなっていたのを覚えていらっしゃいますか」

デニスがまばたきした。

「え、何？」

「ローズビルの屋上で男の人が亡くなっていたんです。昭和六十年の三月に、当時５０２号室に住んでいた渡辺さんという女性が見つけました」

「ワタナベさん、覚えてます。うるさいってよく叱られた」

デニスがいった。

「その、亡くなっていた男性のことは？」

ミヤビが訊ねた。デニスは首をふった。

「まったく知りません」

「え、そんな筈ないよ。渡辺さんに知らされて、デニスもその死体を見たっていってた。俺が訊いたら、『テリブル』って首をふってたじゃないか」

三村がいった。

「そう？」

デニスはまったく表情をかえず、首をひねった。

「まるで覚えてないね。屋上といったら、私の部屋の上です。そこで人が死んだ？」

デニスは首をすくめた。

「知らない。本当にローズビルの話ですか」

「おいおい、覚えてないのか。すごい騒ぎになったじゃないか。パトカーが何台もきてヘリコプターも何機も飛んでた」

三村がいうと、

「ヘリコプターは覚えている。毎日、頭の上を飛んでうるさかった。『スターズ・アンド・ストライプス』にくるヘリコプターでしょう」

デニスは頷いた。

「いや、米軍のヘリじゃなくて、テレビとかの取材のヘリだよ。ローズビルの屋上を写そうと飛んでいた」

デニスは首を傾げた。

「そんなことあった？」

「そんな筈ないだろう」

デニスは首をふり、俺とミヤビを見た。

「ごめんなさい。私は覚えてないね。でもどうしてあなたたち、そんなことを調べているのですか」

「六本木という盛り場にたっているビルの屋上でいつのまにか人が亡くなっていたなんて、不思議じゃありませんか」

俺はいった。

「人はどこでも、いつでも死ぬよ」

デニスがいった。思わずどきりとするほど冷静な口調だ。

「それはそうですけど、亡くなっていた人はローズビルの住人ではありませんでした。死因は病気だったようなのですが、どうしてローズビルの屋上で最期を迎えたのか、それを知ろうと思っているんです」

ミヤビが答えた。

「ふーん」

デニスは唸り声をたてた。

「それを知ってどうするの？　ストーリーを書くの？」

ミヤビをまっすぐ見つめる。

「はい。書けるようなら書きたいと思っています」

「そうですか」

難しい顔で頷いたあと、ぱっと笑顔になった。

「ごめんなさいね。私、本当に覚えていないんだよ。あなたの役に立てない」

こちらも思わずつられてしまいそうな、開けっぴろげな笑顔だった。

「何だ、ショックだな。デニスが覚えていないなんてな」

三村が首をふった。デニスは息を吐いた。

「私、お酒いっぱい飲んだからね。昔の記憶、耳から全部、流れちゃったかもしれない」

三村と望月は笑い声をたてた。

「参ったね」

「まさかデニスが本当に忘れちゃってるとは」

俺とミヤビは笑わなかった。

「ごめんなさい」

それに気づいたのか、デニスがいった。気まずい空気になりそうで、

「いえ、とんでもない」

とミヤビがいい、俺も作り笑いを浮かべた。

「デニス――」

カウンターにすわる客と話していた畑中メイが呼んだ。

「ちょっと失礼」

デニスはいってテーブルを離れた。

「残念だったね」

望月がいった。

「いやあ、まさかデニスがあそこまで覚えていないとはな……」

三村も首をふっている。

「いえ。何か空気を壊してしまったようで、申しわけありません」

ミヤビが頭を下げた。

「そんなことは気にしなくていい。あなたたちにはあなたたちの目的があってきたのだから。だけど、これじゃあ役に立てなかったなあ」

望月がいった。

「あのう、こんなことをいっていいかどうかわからないのですが、デニスさんは昔のことを忘れやすい人なのでしょうか」

俺はいった。望月と三村は顔を見合わせた。

「いや、そんなことはないと思うけどな。たまに会うだけだが、むしろ記憶力はいいほうだと思うな」

三村がいった。望月が俺を見つめた。

「五頭さんがいいたいのは、デニスが忘れたフリをしているのじゃないかってことだね」

俺は頷いた。

「デニスさんには失礼なんですが」

望月と三村は真顔になり、カウンターのデニスを見やった。カップルの客を畑中メイとはさみ、にこやかに話している。

「なぜ、そんな嘘をつく必要があるのかな」

望月がつぶやいた。

「わからないな。あのときも亡くなった人のことは知らないような感じだったんだが」

三村は首を傾げた。望月がいった。

「もし嘘をついたのなら、亡くなった人とデニスには関係があって、あのときも今もそれを隠している、ということになる」

「それは――」

ミヤビがいいかけ、言葉を呑《の》みこんだ。

「難しい問題だね。嘘をついているのだとしたら、ここで何をいっても真実を話すとは思えない」

望月がいった。

「当時、デニスさんが何をしていたかじゃないでしょうか」

俺はいった。三村が俺を見た。

「何をしていたか？　それはデニスの仕事、ということかね」

「そうです。親しくされていた三村さんもご存じじゃなかった。犯罪にかかわっていたかどうかまではともかく、職業が何だったのかがわかれば、何かまた調べる材料が見つかるのではないでしょうか」

「だが今、本人に訊ねても、本当のことを答えるかは疑問だ」

望月が腕組みをしていった。

「そうですね」

「不動産屋さんならわかるかもしれません」

ミヤビがいった。

「ローズビルを借りたときに勤務先を届けた筈です。抜海不動産かローズビルのオーナーの手もとに、デニスさんの書類が残っているのじゃないでしょうか」

「なるほど。さすがはノンフィクション作家だ」

感心したように望月はいった。ミヤビの顔が赤くなった。

「麻布十番の抜海不動産がずっとローズビルの管理をしているようなのですが、三村さんはご存じですか」

俺は訊ねた。

「抜海不動産。何となく覚えている。珍しい字を書く不動産屋だよね。海を抜く、という」

三村がいった。

「そうです。韓国大使館近くの、昔からあるらしい不動産屋です」

「場所までは覚えていないが、名前に聞き覚えがある。たぶん私もそこでローズビルの契約をしたのだろう」

三村が頷くと、

「五十年以上前のビルが今も賃貸にだされているのか」

望月が驚いたようにいった。

「六本木という土地柄を考えれば、とっくに再開発されていておかしくないのに、オーナーはかわってないのかな」

「それはわかりません。ミヤビは電話で話したのだよな」

俺はミヤビを見た。ミヤビは頷いた。

「屋上にでる許可をもらいました。年齢の見当がつきにくい声の男の人でした」

「契約のときの大家の名とか、覚えているか？」

望月が三村に訊ねた。三村は首をふった。

「それはさすがに覚えてないな。でていったのだって三十年以上前の話だ。だがあの頃と今が同じオーナーとは思えないな。個人だとすれば、四十歳でローズビルを建てたとしても九十をとっくに過ぎている」

「抜海不動産のお爺ちゃんなら、知ってるのじゃないか」

俺はミヤビにいった。

「年配なのかね」

望月が訊ねた。

「七十は越えている感じです。デニスさんが住んでいたことも覚えていました」

「デニスのことを？」

「ローズビルはアメリカ人に人気があったっていっていましたから」

俺は答えた。

「なるほど」

「近くに『スターズ・アンド・ストライプス』があったからだ、と」

つぶやいて望月はデニスを見やった。カウンターからピアノの前に移動していた。次のステージの始まりが近いようだ。楽譜らしき紙の束を整理している。こちらのほうは見ようともしない。

「妙だな」

三村がつぶやいた。

「私がくるといつもテーブルから離れないのに。いくらでも飲めるから。なのに今日は寄ってこない」

「やはり昔の話をしたくないようだな」

望月がいい、俺たちは顔を見合わせた。

「わたしたちはお暇《いとま》したほうがいいかもしれません」

ミヤビが俺を見ていった。

「そうだな。ずっといたら、デニスさんがここにきづらい」

俺もいった。

「そんな遠慮はしなくていい」

三村がいった。

「遠慮だけじゃないんです。わたしたちが帰れば、安心したデニスさんが何か喋《しゃべ》ってくれるかもしれません」

ミヤビが首をふった。

「なるほど。その可能性はないとはいえないな。よし、君たちが帰ったあと、もしデニスから何か話を聞けたら連絡してあげよう」

望月がいった。

「ありがとうございます」

「そうか。その手があるか」

三村も頷いた。三村はもっと畑中メイと話をしたい筈だ。それも俺たちがいたのでは邪魔することになりかねない。

「わかった。勘定のことは心配しなくていいから、先にでなさい」

望月がいった。

「ありがとうございます。何から何まで申しわけありません」

俺とミヤビは口々に礼をいって、立ち上がった。

6

「エムズハウス」をでた俺たちは、六本木の交差点に近いコーヒーショップに入った。

「デニスさんは絶対嘘をついてると思う」

カフェラテのカップを手にミヤビは断言した。

「確かに怪しい。けど、その理由は何だ?」

俺はアイスコーヒーだ。

「それが問題。屋上で亡くなっていた人のことをデニスさんは知っていて、ずっと黙っていたからじゃないのかな」

「四十年前も今も、か」

ミヤビは頷《うなず》いた。

「亡くなっていたのが女性だったというのなら、その可能性は高いかもしれない。デニスさんはかなり女性にもてたみたいだから。でも男だぜ。黙っていた理由は何だ」

俺がいうと、ミヤビの顔が深刻になった。

「これは簡単に口にしていいことかどうかわからないけど、亡くなった原因が病気じゃなかったとしたら?」

　俺はミヤビを見つめた。

「それって――」

　ミヤビは頷いた。

「新聞の記事だと、外傷がなかったという理由で、警察は病死だと判断している。解剖までして調べたわけじゃない。死因が病気じゃなく、その理由にデニスさんが関係していたとしたら、黙っている理由になる」

「おいおい――」

　ミヤビはつづけた。

「二〇一〇年に法律がかわるまで、殺人罪の公訴時効は二十五年だった。亡くなったのが一九八四年だとしたら時効は成立している」

「ちょっと待てよ」

　ほがらかにウインクするデニスの顔が思い浮かんだ。あんなに陽気で感じのいいデニスが殺人者だとは考えたくない。

「たとえデニスさんが犯人だとしても、殺した相手を自分の家の屋上に放置しておくのはおかしくないか。見つかったらまっ先に疑われるのはローズビルの住人だ」

「わたしもそう思う。でもローズビルにエレベーターはない。死体を抱えて一階まで階段を降りるのは大変よ。自分の部屋以外におこうと思ったら、屋上なら一階だけ階段を上るだけですむ」

「そうだけど……」

俺は唸《うな》った。何だかとんでもない話になってきた。

「殺したというのは極端な仮定で、デニスさんの部屋で急に具合が悪くなり亡くなったという可能性もある。警察や救急車を呼んではまずい事情があって、死体を屋上に運んだのかもしれない」

ミヤビはいった。

「まずい事情って何だよ」

「たとえば何か悪い薬をやっていて、それで心臓がおかしくなったとか」

「死んだのは今から四十年前で、デニスさんはその頃二十代の終わりか三十代の初めだろ。死体の年齢はいくつってなってた?」

「新聞は四十代から六十代。官報だと五十代から七十代」

「およそ五十代だとして、そんな人間が若いアメリカ人の部屋で悪い薬なんてやるか?」

「でもつながりがあったからこそ、デニスさんは知らないっていったんじゃない」

「そうかもしれないが、薬じゃないだろう」

「じゃあ心臓発作でも起こしたとか。けどそれなら救急車呼ぶか」

ミヤビはいって口をすぼめた。

「死体は金の入った財布はもっていたけど、身許《みもと》のわかるものはもっていなかったっていったよな」

俺がいうとミヤビは頷いた。

「死因はともかく、デニスさんの部屋で死んだとしよう。自分との関係が警察にバレたら困ると思ったら、免許証とかを隠すことは考えられる」

「身許のわかりそうなものを奪った上で、屋上に放置した？」

ミヤビの言葉に俺は頷いた。

「じゃ死体のそばにあった、身の回りのものを入れた紙袋というのは？　デニスさんはホームレスの面倒をみていたっていうこと？」

「たまたま行き場のない知り合いが転がりこんでいて、亡くなってしまったとか」

「それなら警察に届けるでしょう」

「そうか。じゃあホームレスに見せかけるために、それっぽい古着を用意したとか」

「そっちならありえるけど、やっぱり犯罪の匂いがするよね」

「死んでいた知り合いを知らないといった時点でふつうじゃないよ。しかも亡くなってから三カ月くらい放置していたのだから。もし俺だったら気が気じゃない。誰か早く見つけてくれって思う」

俺はアイスコーヒーを飲み干していった。話の内容のせいか、やけに喉《のど》が渇く。

「明日、抜海不動産にいってみよう。入居申し込みをしてから何の連絡もきてないし、訪ねていく口実になる」

ミヤビがいい、俺たちはここで解散することにした。


翌日午前十一時に、俺とミヤビは麻布十番の抜海不動産の前で待ち合わせた。

抜海不動産では、今日も古文のかいい先生がひとり新聞を読んでいた。

「こんにちは」

俺たちがガラス戸を開けると、老眼鏡から上目づかいでこっちを見た。

「ああ。あんたたちか」

「その後、オーナーの方からお返事はありましたか」

「それがないんだよね」

ミヤビが手にしていた紙袋をさしだした。有名な和菓子屋のものだ。

「これ、いろいろお世話になっているので、ご挨拶《あいさつ》にもってきました」

「いやいや、こんなことされては困るよ。こっちも商売なんだから」

いいながらも、先生は嬉《うれ》しげに紙袋を受けとった。

「オーナーさんてご年配なのですか」

「いやあ、そんな年じゃないんだよ」

「じゃあ二代目だ」

俺はいった。

「ローズビルは古いでしょう。たてた方がオーナーなら、それなりのお年だと思うんですが」

「うーん、どうかな。オーナーさんはずっとかわってないんだけどね」

「え、でも五十年以上前ですよね。ローズビルができたのって」

「そうなんだけどね。オーナーさんはずっとかわらない」

「何という方ですか」

ミヤビが訊《たず》ねた。

「オーナーかい？　ええと、どうしたものかな。まあ、あんたが入居するなら、オーナーと契約するわけだから、名前を教えてもいいのだろうが」

「個人の方なのですよね。会社とかじゃなくて――」

「個人だよ。岩田《いわた》さんとおっしゃる」

「岩田さん。六本木にお住まいなんでしょうか」

「いや。日本に住んでない」

「えっ」

俺とミヤビは思わず声を上げた。

「外国にお住まいなんですか」

「そう。アメリカに住んでる」

「じゃあ先日、屋上にでていいかうかがった件でお電話を下さったのはアメリカからだったんでしょうか」

ミヤビが訊ねた。

「そうじゃないかな。あんたのことを伝えるんで、ここからかけたのもアメリカだったから。直通でつながるからね。あのあと、あんたの電話番号を教えたから、直接かけてきたのだろう」

あたり前の顔で先生は答えた。

「屋上にでたときもオーナーはかけてきたよな」

俺はミヤビを見た。

「うん。まるで見てたみたいなタイミングでかかってきて、屋上からの眺めはどうですかって訊《き》かれた」

はっはっはと先生は笑った。

「もし見ていたのなら千里眼だな。アメリカからローズビルが見えるなんて」

「アメリカのどこにお住まいなんでしょう」

「ロサンゼルスだよ」

「ロサンゼルス……」

「あのう、もしかして昔アメリカ人が住んでいたというのも、オーナーがアメリカにいらっしゃるのと関係あるのでしょうか」

ミヤビが訊いた。

「アメリカ人？　それはどうかな」

「つかぬことをうかがいますが、住んでいたアメリカ人の方は、何をされていたのでしょう」

「え？」

「今はもうアメリカ人は住んでないっておっしゃってましたけど」

ミヤビはじっと先生を見つめた。

「何だったっけな。ふつうの仕事だったよ、確か」

先生は思いだそうというように顔をしかめた。俺はいった。

「軍人さんじゃなくて？」

「いやいや兵隊じゃないよ。会社勤めだった」

「会社勤めですか」

「そう。何つったっけな。会社の名前がここまでかけてるんだ。漢字四文字だ」

「漢字四文字ですか」

「えーと、えーと……」

先生はいって立ち上がり、背後の本棚をのぞきこんだ。昔ながらのファイルがさしこまれている。年季の入ったファイルの一冊を抜きだすと、机に広げた。

指をなめページをめくる。

「あった、あった。これだ。デニス・モーガン。勤め先は『加州交易』」

「カシュウコウエキ?」

「カシュウってのはね、カリフォルニア州の昔のいいかただよ」

「日本の会社ですか」

「いや。たぶんアメリカとの合弁会社じゃないかね。昔はね、貿易をやる合弁会社がけっこうあったんだ。今は大きな商社ばかりになっちゃったけど」

「そのアメリカ人は『加州交易』という貿易会社に勤めていたんですね」

「そうみたいだな」

バタンとファイルを閉じて先生はいった。

ミヤビがいった。

「でもオーナーが住んでいらっしゃるロサンゼルスもカリフォルニア州ですよね」

「そうなの? そういや、そうだな。あまり考えたことなかったけど」

「オーナーは昔からアメリカにお住まいなんですか」

「そうみたいだよ。世界中あちこちにいくので、アメリカにいるほうが便利だみたいなことを、前にいっていた」

「世界中あちこちにいかれるお仕事なんですか」

「本業が何なのかはわからないね。もしかしたら世界中に不動産をおもちなのかもしれないし」

「だったらすごいお金持じゃないですか」

「さあねえ。私も何十年か前に一回会ったきりで、ほとんど電話かファックスのやりとりしかしていないんだ」

「それでわたしの入居については、まだ何の返事もないのですね」

ミヤビが訊ねた。

「そうなんだよ。なんだかお忙しいみたいで、あれからずっと連絡がない。こちらから電話をかけてもでないんだ」

困ったように先生は眉《まゆ》をひそめた。

「じゃあどこか別の国にいってしまったとか」

俺がいうと先生は頷いた。

「かもしれないね。でもいい加減な人じゃないから、入居の申し込みに関しては必ず何か返事があると思うんだ」

「もう新しい人を入れたくないから先のばしにしているということはありませんか」

ミヤビが訊ねた。

「まあ、入れたくないは入れたくないかもしれないが、それならそうとはっきりいうだろう。入居希望者にも都合があるからね」

「あの、岩田さんでしたか。オーナーのアメリカの連絡先を教えていただくわけにはいきませんか。直接お願いをしてみようと思うのですが」

ミヤビがいうと、先生は顔をしかめた。

「うーん、それは私の一存じゃできないね。連絡先を教えていいか、うかがった上じゃないと」

「そうですか」

「とにかく連絡がついたら、あなたにすぐ知らせるから。申しわけないけれど、もう少し待ってもらえませんかね」

「わかりました。お手数をかけますが、よろしくお願いします」

ミヤビが頭を下げ、俺たちは抜海不動産をでた。

「想一、車？」

俺は頷いた。近くのコインパーキングに止めてある。

車に乗りこむと、ミヤビは早速、加州交易をインターネットで検索した。

「あった」

『加州交易　東京都港区東麻布《ひがしあざぶ》に本社をおいていた自動車部品専門の輸入商社。一九六一年に合弁会社として設立され、一九九〇年ヨーカ物産に吸収合併された』

ネット上にあるのは、たったこれだけの記事だ。

「一九六一年から一九九〇年。二十九年しかなかった会社なんだ」

俺はつぶやいた。ヨーカ物産という会社名も初めて見る。ミヤビがヨーカ物産を検索した。

「ヨーカ物産　東京都港区東麻布二ー×ー×に本社をおく商社。主に自動車部品、アクセサリーなどを扱っている。株式の公開はおこなっていない」

「たったこれだけかよ。ホームページとかないのか」

ミヤビはパソコンのキィボードに指を走らせていたが、

「ないみたい」

といった。

「怪しくないか」

「怪しいとまではいえないと思うけど、会社の実体がどうなのか、これじゃあわからないよね」

「加州交易も東麻布にあったって書いてあったよな。このヨーカ物産も東麻布二丁目だ」

「吸収合併したときに、同じ場所にしたのかも」

「とりあえずいってみよう」

俺はいってカーナビゲーションにヨーカ物産の住所を入力した。麻布十番からは目と鼻の先だ。

五分とかからず、ヨーカ物産の所在地に到着した。

「え、どういうこと」

コインパーキングだった。

「なくなったか移転したんだ」

俺はいった。一九九〇年だって、今から三十年以上前だ。潰《つぶ》れてしまったか別の会社に吸収されたかして、その記事すらインターネットにはでていないのかもしれない。

俺は車を降りた。あたりは静かな住宅街だが、通りをはさんだ反対側に八百屋と魚屋が軒を並べていた。どちらもずっと昔から同じ場所で商売をしている感じだ。

八百屋の店先では、六十くらいの女性がバナナの入ったザルを並べている。

「こんにちは」

俺は歩み寄った。

「はい、いらっしゃい」

「バナナ下さい」

三本で二百円のバナナを俺は買った。

「あのう、この向かいにあったヨーカ物産って会社、覚えていらっしゃいますか」

「え、会社？」

「知り合いが勤めてたんできてみたんですけど、いつ駐車場になっちゃったんですか」

「駐車場になったのはおととしだけど。ヨーカ物産っていったっけ」

「なんか自動車の部品とかを外国から輸入している会社だったみたいなんですけど」

俺がいうと、女性は店の奥に叫んだ。

「ヨーカ物産て覚えてる⁉」

これは駄目かもしれないと思っていると、奥から前掛けをつけたおじさんがでてきた。背が高くて妙に姿勢がいい。

「何だよ、うるせえな」

いかにも東京育ちらしい歯切れのいい口調でいい返した。

「ヨーカ物産ってあれだろ。昔っからあった加州交易が看板つけかえただけのとこだ」

「そうなんですか。友だちが勤めてたんですけど、今寄ろうと思ったらいつのまにかなくなってたんでびっくりしたんです」

おじさんは俺を頭の天辺《てっぺん》から爪先《つまさき》まで見たあげく、

「加州交易は、俺が生まれた頃からここにあった会社でな。このあたりは昔、自動車の修理工場や外車を扱う商社が多かったんだ」

といった。

「昔っていつ頃ですか」

「昭和だよ、昭和。大使館が周りに多かったのと、GHQの施設か何かがあったかららしい」

「GHQって、日本が占領されていたときの話ですよね」

俺はびっくりしていった。

「まあ俺もオヤジから聞いた話だからさ。でもそのなごりで、まだぽつっぽつっと修理工場とかがあるんだ。年寄りばっかりだから、もうほとんどやっちゃいないけどな」

「それで加州交易というのは、どんな会社だったんでしょう」

口調は乱暴だが、意外に人がよさそうだ。

「どんな会社っていわれてもな。潰れてんのかと思うくらい静かだと思ったら、夜中にやたら人が出入りしたり、妙なとこだったよ」

「こちらのお客さんはいなかったんですか」

「いないよ、そんなもん。何せほとんど外国人ばかりだったから、八百屋に用はなかったよ」

「外国人ばかりだったんですか」

「そうそう」

「あんた、あんまりペラペラ喋《しゃべ》んないほうが——」

女性がいった。

「バカ。もうなくなっちまった会社なんだから、何いったってかまやしねえよ。そうだ、いつだったかオヤジが交番のお巡《まわ》りに、怪しい外国人ばっかりで大丈夫なのかって訊いたことがあった。知り合いのお巡りだよ」

「はい」

「そうしたら、あそこはさわるなっていわれてるって」

「さわるな?」

「だからGHQじゃねえけどよ、アメリカ大使館か何かが関係してるんで、見て見ないフリしろって、いわれたんだと」

なんだか大きな話になってきた。

「加州交易が、アメリカ大使館に関係していたんですか」

「はっきりとは知らねえよ。けどそういうのに関係してる会社だってことだったらしい。ほら、この上にはソビエト大使館もあるだろ、今はロシアか。だから、警察とかもよく訊きこみにきたんだ」

おじさんは店の裏手を示していった。

「そうなんですか」

「坂を上がっていったらロシア大使館だよ。あとアメリカンクラブっていうのもあるけど。くっついてんだぜ、アメリカンクラブとロシア大使館が。わざと造ったに決まってんだろうって話だよ」

「え？　何をわざと造ったんですか」

「アメリカンクラブだよ。大使館はそこにあったんだから。まあ、俺の考えじゃスパイするためだね。ソビエト大使館を見張るためにアメリカンクラブを隣にこさえたに決まってるんだ」

おじさんの話は思わぬ方向に暴走し始めた。

「あのう、それで加州交易のあとにあったヨーカ物産ていうのは――」

「ヨーカはね、ふつうの会社だったわよ。外国の人もいなかったし」

女性が口をはさんだ。

「でもさっき、看板つけかえただけだって……」

「それは居抜きで建物を買ったからだよ。ヨーカ物産は、ふつうに車の部品とかを売ったり買ったりしている会社だったな。まあ、あれだ。ソビエト連邦がなくなっちまったんで、加州交易も仕事する相手がなくなり、建物を売っぱらったんじゃないのかね」

「なるほど……」

「もう潰れちゃったのだと思うわよ。お友だちの会社も」

気の毒そうに女性がいった。

「そうだったんですね。ありがとうございます。いろいろ勉強になりました」

俺はいって、バナナを手にその場を離れた。

車内で待っていたミヤビのもとに戻る。

「どこまで本当かわからないのだけど――」

聞いた話をした。ミヤビは聞きながらパソコンを操作した。

「GHQが日本にあったのは一九四五年から五二年まで。ネット情報だと加州交易は一九六一年に設立されてるから、直接の関係はないよね。でも交番のお巡りさんが上司にさわるなっていわれてたって話は気になる」

「大使館に関係しているからってやつか」

「アメリカ大使館ていうより、アメリカ政府に関係していたのじゃないかな」

「アメリカ政府？」

「あるいは軍とか」

「どういう意味だよ」

俺はミヤビを見つめた。

「八百屋であんたが聞いてきたように、ここはロシア、旧ソビエト連邦の大使館もすぐ近くにある。諜報《ちょうほう》関係の施設があってもおかしくないよね。そしてそれがアメリカの施設だったら、日本の警察は見て見ないフリをするしかないでしょう。アメリカには逆らえないのだから」

「それって、デニスさんはスパイだったたってこと？」

俺がいうと、ミヤビは小さく頷いた。

「覚えてる？　きのうデニスさんがいった言葉。『人はどこでも、いつでも死ぬよ』」

「覚えてる。どきっとした」

「ただの遊び人のピアニストだったら、そんなことといわない」

俺は唸った。一度に多くの情報が入ってきて頭が混乱している。それも想像をはるかに超えるスケールの情報ばかりだ。

「話を整理しようぜ」

俺は宙をにらんだ。

「まずデニスさんのことだ。デニスさんはローズビルに三村さんよりあとに移ってきた。退去したのはいつだかはわからないけど、少なくとも三村さんがでていったときにはまだ住んでいた」

俺はいった。

「いつ退去したのかは５０２に住んでいた渡辺さんに訊くとわかるかもしれない」

ミヤビがいった。

「オーケー。デニスさんがローズビルに入居する際に届けた職場が加州交易という、今はもうなくなった会社だ。加州交易は表向きは自動車部品の貿易をおこなっていたが、アメリカの諜報機関の隠れミノだった可能性があるという。そのデニスさんは、昭和六十年にローズビルの屋上で死体が見つかったというできごとをまるで知らない、覚えていないといい張っている」

「昭和六十年は西暦でいうと一九八五年。ネット情報によれば、一九九〇年まで加州交易は存在してたから、当時デニスさんは加州交易の社員だった可能性が高い」

ミヤビがつけ加えた。

「つまりデニスさんがスパイだったとしたら、そのときに、ローズビルの屋上で死体が発見された」

俺とミヤビは互いを見た。

「スパイだからって、人を殺すとは限らない。むしろ、人目を惹《ひ》くのはスパイにとっては好ましくない筈」

ミヤビがいった。

「そうなのか」

「だってスパイの目的は情報を集めることでしょう。目立ったりスパイだと疑われたりしたら、目的を果たせない」

「でも映画のスパイはけっこう人を殺すぜ」

「それは映画だから。人を殺すにしたって、自分が疑われないように病気や事故にみせかけると思うんだよね」

「詳しいな。お前、スパイの知り合いいるのか」

「バカじゃないの。いるわけない」

「冗談だよ。話を戻そう。デニスさんがスパイで、屋上で死んでいた男と何か関係があったから、知らない覚えてないといい張っているのかな」

「デニスさんがそういう理由はいくつか考えられる。ひとつ目はデニスさんが死因に関係している。殺したか、殺していないにせよ、苦しんでいるのに病院に連れていかず放置した」

「最悪のケースだ。ふたつ目は？」

「デニスさんの部屋にいるときに男が急死したが、警察や救急車を呼ぶとスパイという自分の立場が危うくなる。そこでとっさに死体を屋上に運んだ」

ミヤビがいった。俺は気がついた。

「待てよ。加州交易には複数の外国人が出入りしていたようなことを八百屋のおじさんはいっていた。つまりデニスさんには仲間というか同僚がいた。もしそうなら、殺したにせよ急死したにせよ、もう少し穏便に死体を処理できたと思わないか。死体を箱か何かに詰めて同僚と運びだすことだってできたろう」

ミヤビは目をみひらいた。

「そうだ。確かに助けてくれる仲間はいた。ひとりだったら屋上に運ぶしかなかったかもしれないけれど、仲間がいるならローズビルの外に運びだすこともできる」

「ただしデニスさんと死んだ男の関係が、同僚にも知られたくないものだったら、デニスさんがひとりで屋上に運んだという可能性は残る」

俺がいうと、ミヤビは首をふった。

「その可能性はひとまずおいておこうよ。デニスさんが仲間に頼れたにもかかわらず、男の死体が屋上にあった理由は他にも考えられる。本人が自分の意志でローズビルの屋上にいて、そこで死んだというもの」

「最初に俺たちが考えたパターンか。知り合いを訪ねてきたか、死に場所を求めて、ローズビルの屋上に上がった」

「そう。でもそれだけだったらデニスさんが知らないといい張る理由はない」

「つまり男はデニスさんを訪ねてきた。そして会えないまま屋上で死んだ」

　ミヤビは頷いた。

「デニスさんはそれを知らなかった」

「デニスさんが知らないうちに知り合いの男が屋上で死んでいたってことか」

　俺がいうと、ミヤビは考えながら喋った。

「季節は冬で、屋上に上がる人はいなかった。そんな中、最初にデニスさんが死体を見つけた。死後かなり時間がたっていたけれど、知り合いだというのがわかったので、身分のわかるものだけを死体から奪い、同僚に応援を頼んだ上で死体を処分しようと考えた。ところがそうする前に、渡辺さんが死体を見つけてしまった。大騒ぎになり、デニスさんは知らないフリをするしかなく、そのまま四十年たった。どう?」

「デニスさんがいつ死体を見つけていたかが問題だな。前の年の十二月頃に亡くなって、見つかったのは三月だ。デニスさんの住居を訪ねてくるくらいの関係があったのなら、三カ月音信不通だったら心配するだろう」

「確かに。でもスパイが連絡をとりあうような相手なら、音信不通が何カ月間かつづいても珍しくないかもしれないじゃない。お互い敵に正体を知られないようにするために」

「敵って何だよ」

「だから、この場合はソ連のスパイ?」

「話が大きくなりすぎだぜ。じゃあ死んでいたのはソ連のスパイに殺されたからって可能性まででてくる」

　俺はあきれていった。ミヤビの顔は真剣だった。

「病気にみせかけた暗殺は、スパイの常套《じようとう》手段だよ」

「やっぱりお前、小説書けよ」

話にもならないというようにミヤビは首をふった。

「デニスさんが死んだ男との関係を同僚に知られたくなかったとしたら、という仮定が途中だ。何が理由だと思う?」

俺はいった。

「関係を知られたら、デニスさんの立場が危うくなるような相手だった。何か犯罪に関係しているか——」

「敵方のスパイ」

俺は思いついた。

「敵側のスパイが自分の部屋で死んだら、まちがいなく裏切りを疑われる。なぜお前の部屋にいたんだって」

「それは確か。でも死んでいた男は日本人だった」

ミヤビは首を傾げた。

「日本人だとしてもスパイだった可能性はあるし、アジア系の外国人だったのかもしれない。今とちがって、アジア系の外国人はそんなに多くなかったから、警察も疑わなかったのかもしれない」

俺はいってつづけた。

「日本で活動するのだったら、アジア人の外見のほうが目立たないだろ」

「そうか」

「死んだ男が何者だったにせよ、四十年前にスパイだったデニスさんにとっては関係が明らかになっては困る人物だった。そこで当時も今も、知らないといい張っている」

俺はいった。

「『パンドラ』で望月さんと三村さんに会ったとき、なぜ屋上に死体があったのか、わたしが仮説をたてたのを覚えている?」

「覚えてる。仮説その一が眺めのいい場所で死にたいと思った。仮説その二が、死んだ男にとってローズビルの屋上が特別な場所だった。その三はあるのかと訊かれたお前は、微妙な表情でないといった。俺はあるのだな、と思った」

「やっぱり気づいてたんだ。あのとき思ったのは、ローズビルに住んでいた誰かが、自分の部屋で死んでたのを隠したくて屋上に運んだという仮説。だけど実際に住んでいた三村さんを前にいいづらかった」

「それはつまり、住人の誰かが男を殺したのかもしれないという可能性を含んでいるってことだな」

俺がいうとミヤビは頷いた。

「あのときはいくらなんでも飛躍しすぎだと思ってたけど、加州交易のことがわかった今は、ありえないとはいいきれないような気がしてきた」

「なあ」

俺はいった。

「何?」

「お前に調査を依頼した木村伊兵衛って人物は、どこまで知って頼んできたのかな」

「え？」

とまどったようにいったが、すぐにミヤビは俺を見つめた。

「恐いことというね」

「恐そうに見えない」

「キャーとかいったら、あんたが恐がるでしょう」

「確かに。恐がっているミヤビを見るのが恐い」

「うるさい。木村伊兵衛はデニスさんがスパイだったことを知っていて、死んだ男との関係を調べさせたかったということ？」

「ああ。でもなぜ今なんだ。たとえ殺人だったとしても時効が成立しているし、デニスさんも今はピアニストとして静かに暮らしてる。ていうか、スパイって定年とかあるのかな」

「公務員なのだからあるのじゃない。ないとしてもあの年で活動するのは大変でしょう」

「じゃあ何が目的なんだ？　デニスさんが何をしたにせよ、今さらそれを暴いて何になるんだ？」

「そうだね。復讐《ふくしゅう》とかじゃない。復讐だったら、わたしじゃない人間に頼む」

「直接デニスさんに何かをするわけじゃなくても、週刊誌とかに売りこんだほうがいい」

俺がいうとミヤビは首を傾げた。

「それはどうかな。四十年前に死んだホームレスの話なんて、よほどの有名人でも関係していない限り、記事にはならないと思うよ。殺されたのだとしても、犯人がわからないまま時効になっている殺人事件は他にもある」

「じゃ、木村伊兵衛の目的は？」

「まだこれからわかるってことじゃない。わたしらがつきとめたのは全部じゃないし、こうだったという事実でもない。今あるのは想像する材料だけで」

「じゃあどうするんだ？　デニスさんに直接確認するのか」

俺がいうと、ミヤビは力なく笑った。

「それは無謀だよね。たとえ加州交易が諜報機関の隠れミノで、デニスさんがスパイだったとしても、死んでいた男と関係があったという理由にはならない」

「だけど本当のことはデニスさんに訊くしかない」

俺たちは顔を見合わせた。

「手詰まりか」

ミヤビがつぶやいた。

俺は車のエンジンをかけた。こういうときは現場に戻るに限る。イラストのアイデアが思い浮かばないときは、フィールドにでかけるのが一番だ。

「どこいくの？」

「ローズビル。スタート地点に戻ろう」

ミヤビの問いに答えて、俺は車を走らせた。

ローズビルに近いコインパーキングに車を止める。駐車料金は馬鹿高いが、〝経費〟としてミヤビがもってくれる。

俺たちは階段を上り、バリケードを外して屋上にでた。

前回きたときに死体があった場所と見当をつけた給水タンクのあたりに立つ。ちょうど「スターズ・アンド・ストライプス」の敷地が見おろせる位置だ。

俺はカメラをかまえた。ズームアップして「スターズ・アンド・ストライプス」の建物をなめていく。

前はすべての窓にブラインドがおりていたが、今日は上がっていて中のようすをうかがえる窓もあった。といっても何か特別なものが見えるわけじゃない。窓の内側は廊下のようで、クリーム色の壁と通路しかない。

俺はカメラをおろした。「スターズ・アンド・ストライプス」はアメリカ軍の施設かもしれないが、基地とはちがう。基地なら兵器の類《たぐ》いもおかれているから、簡単には中のようすをうかがえない仕組になっている筈だ。こんな風にのぞけること自体が、重要な軍事施設ではないのを証明している。

が、隠すことがないようにみせかけているほうが怪しいのじゃないか、とも思った。横田《よこた》や横須賀という、基地として知られた場所ではない「スターズ・アンド・ストライプス」に秘密兵器を隠しているのじゃないか。

そう思うと怪しく見えてくる。ただ、警備に関しては、秘密兵器を隠しているとは思えない。入口に警備員がひとり立っているだけで、厳重とはとてもいえないからだ。

「ここを死に場所に選んだとしたら、理由は何かな」

ミヤビがいい、俺はふりかえった。「スターズ・アンド・ストライプス」とは反対側の、六本木ヒルズの方角をミヤビは眺めている。

「やっぱり六本木の街なのかな」

「よほどいい思い出があったとか」

俺はいった。

「あれからちょっと調べたんだけど、六本木が盛り場として発展したのは、一九六〇年代からで、それ以前はただの住宅街だったみたいよ。その点では銀座や新宿とはまったくちがう」

ミヤビがいった。一九六〇年代だとしても、六十年以上前だ。

「発展した理由は何なんだ？」

「いくつかあるみたいだけど、周辺にある各国大使館の外国人をあてこんだイタリア料理やフランス料理のレストランができ、それがお洒落《しゃれ》だというので日本人のお金持や芸能人がくるようになったのが一番のきっかけみたい。地下鉄が通るまでは車でしかこられなかったから、よけい特別な場所だったらしい」

「なるほどな」

一九八五年に死体で見つかった男が五十代なら、一九六〇年には二十代から三十代だ。六本木で青春を謳歌《おうか》していたとしても不思議はない。今の六本木のような、誰もがこられる盛り場ではなく、ひと握りのエリートだけが楽しむ場所だった。そこでよほどいい思いをしたのだろうか。

ミヤビの携帯が鳴った。

「抜海不動産だ」

とりだして画面を見たミヤビは耳にあてた。

「はい、穴川です。はい、はい……」

声が低くなった。

「そうですか。はい。わかりました。ありがとうございました」

携帯をおろし、息を吐いた。

「どうした？」

「オーナーと連絡がとれて、店子《たなこ》はこれ以上増やさないっていわれたって」

「ある意味よかったな」

「なんで？」

「だって貸すっていわれたら契約しなけりゃならなくなったんだぞ」

俺がいうと、初めて気づいたようにミヤビは、

「あ、そうか。そうだよね」

と答えた。

「でもまたタイミングがよすぎないか。俺たちがここにいるときに連絡がくるなんて」

俺はいった。まるで監視されているようだ。

「カメラがあるのじゃないか」

俺はローズビルの屋上を歩き回った。どこかに監視カメラがしかけられていて、その映像がインターネットを介してロサンゼルスのオーナーのもとに届いている可能性を考えたのだ。

が、それらしいものはなかった。

「ないか。これからどうする？」

「あとひとつだけ当たってない部屋がある。４０１号室」

ミヤビがいった。

確かにそうだった。今現在ローズビルで人が住んでいると思《おぼ》しいのは、２０１、２０２、３０１、４０１、４０２の五部屋で、２０１が作家志望の仰天、２０２が平成元年からいるという女性、３０１がコックの竹本さん、４０２がアジア系外国人の女性だから、住人に会っていないのは４０１号室だけだ。

「401を訪ねてみよう」

ミヤビがいい、俺たちは屋上をでるとバリケードを戻し、階段を四階まで降りた。

401号室のインターホンを押す。返事はなかった。

「昼間はでかけているのかな。夜、もう一度こようか。いれば窓の明りでわかるだろう」

俺はいった。時刻は午後三時過ぎで、住人がふつうの勤め人なら不在でもおかしくはない。

一階まで階段を降りた。入口の横、閉まっている美容室の前に人がいた。テナント募集中の貼り紙を扉からはがしている。四十くらいのパンツスーツを着た女性だ。

「すみません」

ミヤビがいい、女性は手を止めた。

「この美容室のあと、テナントが決まったんですか」

女性は怪訝《けげん》そうにミヤビを見返した。不動産会社の人のようだが、抜海不動産では見ていない。

「何か？」

「このローズビルに入居を申し込んだ者なんです。前にきたときはテナント募集中になってたんで、新しくお店が入るなら何かなと思って……」

ああ、といって女性は頷いた。

「抜海不動産にいかれたんですね。ここは上とは違って店舗なんで、うちが抜海さんから管理を委託されているんですが、オーナーさんから新規募集を中止してほしいといわれたものですから」

「オーナーさんというと、ロサンゼルスの岩田さんですか」

ミヤビは訊き返した。

「ロサンゼルス？　いえ、オーナーさんは日本にいらっしゃる方ですよ」

女性は答えた。

「抜海不動産ではロサンゼルスに住んでいらっしゃると聞きましたが、この店舗だけオーナーが違うのでしょうか」

「そんなことはないと思いますけれど――」

俺とミヤビは顔を見合わせた。

「オーナーは岩田さんとおっしゃる方ですか？」

俺が訊くと、女性は警戒した表情になった。

「それは申し上げるわけにいきません。二階から上の入居の件でしたら、抜海さんにいって下さい」

はがした貼り紙を手に、その場を離れ、止めてあった軽自動車に乗りこんだ。ドアには「コバコーポレーション」と書かれている。

俺は携帯でコバコーポレーションを検索した。店舗を専門に扱っている六本木の不動産業者だ。

「抜海不動産にいってみよう」

ミヤビがいい、俺たちは車に乗りこんだ。麻布十番の抜海不動産に戻る。

「ああ、申しわけなかったね」

ガラス戸を開けたミヤビに、立ち上がった先生はいった。

「ついさっき、オーナーさんから電話がかかってきてね。こっちの残したメッセージを聞いたみたいで……」

「ロサンゼルスの岩田さんですか」

ミヤビが訊ねた。先生は頷いた。

「そうそう」

「それなんですけど、一階の店舗のオーナーとは別なのでしょうか」

「美容室のことかい」

「ええ。さっき前を通ったら、テナント募集中の貼り紙をコバコーポレーションというところの人がはがしていて。話を訊いたら、一階店舗と二階から上は、扱う不動産屋がちがうといわれました」

「そうだよ。うちは店舗はあまりやっていないんだ」

「オーナーも別の方なんですか」

「オーナー？　オーナーは同じだよ」

「変ですね。コバコーポレーションの人は、オーナーは日本にいる方だといってたのですけど」

先生は首を傾げた。

「そういったの？」

「はい。岩田さんですかと訊いたら、それは教えられないといわれてしまって。もしかすると岩田さんは今、日本にいらっしゃるのじゃないでしょうか」

「そんなわけはないよ。国際電話で話したのだから」

「それはいつですか」

「あんたたちがきたときにかけたろう。目の前で」

ミヤビは頷いた。

「それは覚えています。そのあとは――」

「さっきかかってきた」

「でもアメリカからかどうかはわかりませんよね。こちらからかけて、最後に話したのはいつです？」

ミヤビがいうと、先生はとまどったように黙った。

「確かずっとつながらないとおっしゃってませんでしたか」

「まあ、そうだけど……」

「岩田さんは日本に戻られていて、こっちで留守電に残されたメッセージを聞き、かけてきたという可能性は考えられませんか」

「それはないとはいえないけど、なんでそんなややこしいことをする？　戻ってるなら戻っているっていえばすむのに」

先生は混乱しているように見えた。

「いうのを忘れていただけかもしれません。岩田さんは日本に戻ってきたら、どこで過ごすんでしょう。ローズビルですか」

ミヤビは口調をやさしくして訊ねた。

「いや、ローズビルにはいないと思うけど……。前はホテルをとっているというようなことをいっていた」

先生はいった。そして、

「なんで戻っているなら戻っているって、いってくれなかったのかなあ」

と首をひねった。

「まるでうちが信頼されていないみたいで気になるじゃないか」

「まあ、岩田さんにも都合があったのじゃないでしょうか。それか、単にいい忘れていただけとか」

俺はいった。なんだか先生がかわいそうになってきた。

「でも岩田さんが日本に戻っているなら、再交渉する余地があるってことですよね。直接お会いして、ローズビルへの入居を許してもらえるように」

ミヤビがいうと、

「そんなことといわれても、日本にいるときにどこにいるかまでは私は知らないからね」

と先生は首をふった。

「コバコーポレーションの方はご存じのようでした」

「コバの誰？」

「女の人です。四十歳くらいの」

「中川《なかがわ》さんかな。ちょっと電話して訊いてみるか」

ミヤビが俺を見て頷いた。

先生は古めかしい電話台にくっついた電話帳に手をのばした。ページをめくり、老眼鏡ごしにのぞきこむ。

「コバさん、コバさん、これだ」

受話器をとり、ボタンを押した。

「あ、お忙しいところをどうも。十番の抜海ですがね。ええ、抜海不動産です。中川さん、みえますかね」

間が空き、先生は受話器をもちかえた。

「あ、どうもどうも、抜海です。つかぬことをうかがいますが、六本木七丁目のローズビル、何か動きがありましたかね」

向こうの返事を聞き、

「そうなんですか。いや、うちに上の住居を借りたいってお客さんがみえていて、オーナーさんのお考えをうかがいたいなと思って、ええ。オーナーさん、まだアメリカですよね」

先生は目をみひらいた。

「え、そうなの？　それは知らなかったなあ。で、いつまでいらっしゃるの？　そうなんだ。いや、ずっとお世話になっているんで、一度ご挨拶にいくかなと思って。中川さんはもう会われた？　会ってない。そう」

相手の話に耳を傾け、いった。

「なるほど、なるほど。いや、建物の処分とかを考えてるわけじゃないのね？」

先生はふん、ふんとあいづちを打った。

「わかりました。そういうことね。いや、新規の入居は受けつけないというのは聞いていたけど、処分はないわけね。それがわかればいいんです。お忙しいところをどうも申しわけない。ありがとうございました」

受話器をおろし、俺たちに目を向けた。

「岩田さんが日本にいるのは確かみたいだね。でも何か忙しくしているみたいで、コバコーポレーションの担当も会ってはいないといってたよ。新規の入居を断っているのは確かだけど、建物じたいの処分とかは考えていないらしい。実は六本木のあのあたりも大手のデベロッパーが再開発をかけようとしてるって噂があってね。そこのところどうなのかって、コバコーポレーションの担当が岩田さんに探りを入れたけど反応はなかったそうだ」

「それで岩田さんは今、どちらにいらっしゃるんでしょう」

ミヤビが訊ねると、先生は手をふった。

「それは聞いてない。日本に来たのが先月の三十日っていうから、あなたが申し込んだ日の何日かあとだね。あと一週間くらいいるらしい」

「日本に戻ってきた理由は何なんでしょう」

「ローズビルの処分じゃないのだけは確かで、それ以外のこととなると見当もつかない。ま、ローズビルに関してはあきらめてもらうしかないね。六本木の物件にこだわるのなら、他にも紹介できるのはある。ただあれほど格安はないかな」

先生は急に事務的な口調になった。

「いえ。ローズビルがよかったので……」

ミヤビは顔を伏せた。俺は口を開いた。

「あのう、ちょっとうかがいたいのですが、こちらは東麻布の物件も扱っていらっしゃいますか」

「やってますよ」

「501号室にいたデニス・モーガンさんが勤めていた加州交易のことなんですが……」

「ああ、前は思いだせなかったのだけど、岩田さんがやっていた会社だったね」

「えっ」

俺とミヤビは同時に声をあげた。

「正確にいうと、岩田さんが共同経営者になっていた会社、というべきかな。お父さんだか叔父さんから相続して——」

「そうなんですか。自動車部品とかの貿易をしていた会社なんですが——」

「そうだよ。もう三十年以上前に畳んだと聞いているけど……」

「ヨーカ物産という会社になって、そのヨーカ物産も、もうなくなってます」

「そっちは知らないな。加州交易のことは、ローズビルをうちが任されたときに岩田さんから聞いてたのを、あれから思いだしてね」

「共同経営者とおっしゃいましたよね」

ミヤビが訊ねた。

「そうそう。相方はアメリカ人だった」

「名前は？」

「そこまでは知らないね」

「もしかしてデニス・モーガンさんじゃありませんか」

「いや、わからないな。なんでまたそんな古い会社のこと知ってるの」

先生は警戒した表情になった。俺は急いでいった。

「いや、加州交易のあとにできて、もうなくなったヨーカ物産に友だちが勤めていたんです。でもその友だちと連絡がとれなくなっていて、何か手がかりがないかなと思って訊いただけなんです。まさかローズビルのオーナーさんとつながっているとは夢にも思いませんでした」

だんだんと嘘をつくのがうまくなっていく自分が恐い。

「そうなんだ。それは偶然だね」

「岩田さんは、加州交易を畳まれたあと、アメリカに移られたんですか」

ミヤビが訊ねた。

「いやいや。加州交易がまだあった頃からアメリカに住んでた。ほら、アメリカとの貿易の会社だから、向こうにいたほうが何かと便利だったのじゃないかな。共同経営者のアメリカ人が日本にいるんで、自分は向こうにいても大丈夫なんだと笑っていた」

「相続で会社を受け継がれたのですよね？」

俺は訊ねた。

「詳しいことは私も知らない」

先生は首をふった。

「とにかくローズビルについちゃ、ここまでってことで。申しわけないが」

「いえ、とんでもない。いろいろありがとうございました」

俺たちは抜海不動産をでた。

「いったいどうなってるんだ。ローズビルのオーナーが、デニスさんの勤めていた貿易会社の経営者だったなんて、わけわかんないぞ」

車に乗りこんだ俺は首をひねった。

「しかもその貿易会社は諜報機関の隠れミノだった可能性がある。ということは、ローズビルのオーナーもスパイだったかもしれない？」

ミヤビはいって俺を見た。

「当然、そうなるだろう。だけど抜海不動産の話だと、オーナーは相続して加州交易の共同経営者になったっていう――」

「それはおかしいよ。スパイが隠れミノに使っている会社の経営に、いくら相続だからって無関係な人間を参加させるわけない。秘密を守れないもの」

「だよな。すると相続ってのは嘘か」

「そこまで断言はできないけど……。ああ、オーナーに会いたい。会って話を訊きたい！」

ミヤビは我慢できないというように身をよじった。俺を見る。

「想一、何かいいアイデアない？」

「俺がオーナーだったら、ローズビルや加州交易のことを調べて回っている連中には会いたくないと思うだろうな。いくら昔のこととはいえ、屋上で死んでいた人間や諜報機関との関係をあれこれ訊かれたくない」

「だよね」

答えて、ミヤビは息を吐いた。

「オーナーのことを知っているかもしれない人っていないかな。デニスさんは知っていておかしくないよね」

「オーナーが加州交易の経営者だったなら、勤めていたデニスさんが知らない筈ない。だけど死体が見つかった件も覚えてないっていい張ったことを考えると、うかつにデニスさんにオーナーの話をぶつけるのは考えものだな。もしかすると今も、デニスさんとオーナーは連絡をとっているかもしれない」

俺はいった。

「そっか。でもそれなら、オーナーが『エムズハウス』に現れる可能性があるってことだよね」

「そうだけど、どのお客さんがオーナーかなんて確かめようがない。まさかひとりひとりに、岩田さんですか、なんて訊けないだろ」

「確かに」

いってミヤビは唇をかんだ。

「他にオーナーのことを知っていそうな人はいないかな」

「ローズビルに長く住んでいた人はどうだろう。占い師の渡辺さんとか竹本さんとか」

俺がいうと、ミヤビは頷いた。

「当たってみよう。とりあえず『珍栄』いこ。お腹もすいたし」

「珍栄」についたのは、ランチタイムが終わる二時直前だった。

「すみませーん、いいですか」

ガラス戸を引き、ミヤビが訊ねると、

「いいですよ」

前もいた従業員のおばさんがいってくれて、俺たちは客がひとりもいない「珍栄」のカウンターに腰をおろした。

「テーブルが空いているから、こっちにすれば?」

おばさんがいったが、

「いえ、ここでいいです」

と俺は首をふって、カウンターの奥の厨房《ちゅうぼう》をのぞきこんだ。すわって煙草を吸っていた竹本さんが、

「おっ」

と腰を浮かせた。

「あんたらか。あのあと、パチンコが大当たりして儲《もう》かっちゃったよ」

「それはよかったです」

俺はメニューも見ずに、

「中華丼下さい」

といった。ミヤビは前と同じアンかけ硬焼きソバを注文する。

「好きだね」

「だってすごくおいしかったんだもん」

竹本さんの表情がさらに明るくなった。

料理がでてくると、おばさんが店ののれんを引っこめ、竹本さんが厨房からでてきた。

「どうだい。記事に書けそうな話、集まったかい？」

空いているテーブル席にすわって竹本さんがいった。おばさんは逆に厨房にひっこんだ。

「『蓮華堂』の渡辺さんにもお会いしました」

箸《はし》で硬焼きソバにアンをからめながらミヤビが答えた。

「いろいろお話を聞かせていただきました」

「そうか、そうか」

竹本さんは機嫌よくいった。

「そういえば４０１号室って、今は空き部屋なんでしょうか。何回か訪ねたのですが、住人の方に会えなくて」

俺はいった。

「いや、空き部屋じゃないと思うぞ。ただめったに人はいない。俺がいるのが３０１だろ。たまーに、歩いたりモノを動かしているような音が天井から聞こえる。ただ、どんな奴が住んでいるのかは、まるでわからないね。それらしいのを見かけたこともない」

「そうなんですか。201号室は訪ねたんですが……」

「作家だとかいってる、あのガキだろ。前に俺が部屋の家具を動かしたら、執筆の邪魔になると文句いってきやがって」

竹本さんは舌打ちした。

「402は外国の方ですよね」

「スリランカ人かな。夫婦で住んでる。カミさんのほうはほとんど日本語が喋れないみたいだ。旦那は広尾《ひろお》のインド料理屋で働いてるらしい」

「202はお婆ちゃんでした」

ミヤビがいった。

「あの人も長いよ。俺よりあとだけど」

「竹本さんは、ローズビルの大家さんにお会いになられたことがありますか？」

「大家？」

「岩田さんとおっしゃって、ふだんはアメリカにお住まいらしいのですけど」

「アメリカに住んでるってのは聞いたことがあるが、会ったことはないね。そもそも契約とかは抜海不動産任せだからな」

竹本さんは答えて、頭をがしがしとかいた。

「そうですか」

「まあ、また会いにきなよ。今度は大盛りをサービスするから」

「ありがとうございます！」

俺たちは声をそろえた。

「珍栄」をでると、ミヤビが「蓮華堂」に電話をかけた。

今、来客中なので、くるなら一時間後にきてほしいと渡辺さんにいわれ、俺たちは西麻布の交差点にあるコーヒーショップに入った。

ミヤビの携帯が鳴った。

「望月さんだ」

画面を見たミヤビがいって、携帯を耳にあてた。

「もしもし、穴川です。その節はご馳走《ちそう》さまでした」

ミヤビが告げると、望月さんが喋った。ミヤビは、はい、はい、と耳を傾けている。

「そうなんですか……」

やがてミヤビは息を吐いた。

「いろいろありがとうございました。ところで望月さんは、デニスさんが昔勤めていた会社をご存じですか。加州交易という、東麻布にあった会社なのですが。ご存じない。そうですか。いえ、実は奇妙な偶然なのですけど、ローズビルのオーナーが、その加州交易の共同経営者だったようなのです。名前？　そのオーナーの名前ですか？　岩田さんとおっしゃるようです。ふだんはアメリカに住んでいらっしゃるのですが、今はたまたま日本に帰ってこられていると聞きました。もしかすると――ええ、そうです。『エムズハウス』にこられているかもしれません」

ミヤビの顔がぱっと明るくなった。

「えっ、本当ですか。ありがとうございます！」

はい、はい、と頷き、連絡をお待ちしていますと告げて、電話を終えた。

「どうだった？」

「あのあとデニスさんは席にきたけど、死体の話はまったく覚えていないの一点張りだったって。でも、岩田さんの件については、近いうちに『エムズハウス』にいくので、デニスさんじゃなくメイさんに訊いてみるって。アメリカからきてくれるようなお客さんなら、メイさんがきっと知っているだろうからって」

「そうか」

一歩とはいわないが、半歩は前進したような気がする。

約束の時間がきて、俺たちは赤坂八丁目のマンションにある「蓮華堂」を訪ねた。

前回ミヤビが渡した熨斗《のし》袋がきいたのか、今回はすんなり家に上げてくれ、ハーブティーまででてきた。

「お忙しいところをすみません」

「大丈夫よ。今日はもう予定がないから。どう、あれから何かわかった？」

「501号室に住んでいたアメリカ人のことがわかりました。デニス・モーガンさんといって、東麻布にあった加州交易という会社にお勤めの方でした」

ミヤビがいった。

「えっ、サラリーマンだったの？　とてもそんな風には見えなかった」

渡辺さんは驚いたようにいった。

「加州交易という会社の名前をお聞きになったことはありませんか。日本人とアメリカ人の共同経営だったそうなのですが」

「あのデニスが経営していたの？」

「経営していたかどうかはわかりません。日本人の経営者は岩田さんという方で、ローズビルのオーナーでもあるようなのですが」

「その岩田さん⁉　なら、あたしは知ってるよ」

俺とミヤビは顔を見合わせた。

「岩田さんをご存じなのですか」

「ほんの二回だけど会ったことがある。すごく素敵な人。いかにもアメリカで暮らしてるお金持って感じで」

渡辺さんはうっとりしたような口調で答えた。

「詳しく教えて下さい」

「一回めはね、あたしがローズビルに入居した日。背が高くて白いスーツを着た、それはもうお洒落な紳士が、屋上から降りてきたの。こんな素敵な人も住んでいるんだなって思ったら、向こうから挨拶されて――

――渡辺さんですか？　このたびはご入居ありがとうございます。大家の岩田と申します。かぶっていたソフト帽をとり、ていねいに頭を下げたのだという。

「あたし、ちょっとぼーっとなっちゃって。そうしたら、岩田さんは『自分はふだんアメリカに住んでいるのですが、何か困ったことがあれば、いつでも抜海不動産のほうにいって下さい。すぐに連絡がきますので』と。それはもうていねいで」

「お年は？」

「そのときはあたしと同じくらいに見えた」

渡辺さんは八十二だと、前回聞いた。

「二回めにあったのはいつでしょう?」

ミヤビが訊ねた。

「二回めはね、えーと、ちょっと待って――」

渡辺さんは応接セットから立ち上がり、奥の部屋へ入っていった。

「日記でもつけてるのかな」

俺は小声でいった。ミヤビは首を傾げた。

「わかんない。でも渡辺さんと同じ年くらいだとしたら、もう八十過ぎだよ。抜海不動産のおじさんは、そんな年じゃないっていってたけど」

「加州交易も相続したようなことをいってたから、ローズビルも相続したのじゃないか」

俺はいった。

「でも、スパイの会社を相続するなんておかしいって話したじゃない」

渡辺さんが戻ってきた。古いノートとぶあつい本を手にしている。その本の表紙を見て、俺は驚いた。「世相と鑑定　五頭壮顕」と書かれている。じいちゃんの本だ。

「あ、それ――」

「五頭先生の研究会に通っていたときに会ったのが二回めなの。ノートを見れば、いつだかわかる」

「えっ、岩田さんが祖父の研究会にきていたのですか」

「ちがう」

渡辺さんは首をふった。

「研究会の会場に使っていたホテルのロビーでばったり会ったの。向こうは忘れていたけど、あたしは覚えてたから声をかけて。そうしたら思いだして下さって、何か不便はありませんかって――」

渡辺さんはノートをめくった。

「えーと、この日だわ。セントラルプラザホテルの『ひたちの間』、昭和五十九年十二月二十日――」

「昭和五十九年十二月！」

くりかえしたミヤビが目をみひらいた。

「そう。研究会の忘年会も兼ねていたんで、あたし着物をきていったの。よかったと思ったわ。大家さんとばったり会ったときにみすぼらしい格好じゃなくてって」

渡辺さんはなつかしそうにいった。

「そのときの岩田さんはどんなようすだったか覚えていらっしゃいますか」

「ダークスーツをぴしっと着ていて、やっぱり素敵だなって思ったわよ」

「おひとりだったのですか」

「ひとりでロビーのソファに腰かけてた。時間はそうね、夕方の六時頃かしら。誰かと待ちあわせてるのかなって、気になった」

「雰囲気もかわっていなかった？」

「ぜんぜんかわってなくて。初めてお会いしたときから十年以上はたってた筈なのに、若いままだった」

「初めて会ったときがおいくつくらいだったのでしょう」

「あたしが入居したのが三十のときだから、彼は三十か三十二、三くらい？　セントラルプラザホテルで会ったとき、あたしはもう四十過ぎてたけど、あたしより若く見えた」

「三十二、三のままということですか」

「いや、それよりは少し老けてたけど、三十七、八くらいにしか見えなかった。ま、素敵な人は年をとらないからね」

渡辺さんはひとりで納得したようにいった。

「そうなんですか」

俺は思わず訊き返した。

「お洒落に気をつかう人は、周囲の人にも恵まれて充実した人生を送るの。そうすると年をとらない」

渡辺さんはきっぱりといった。

「これも五頭先生の教え」

「えっ」

俺は驚いた。じいちゃんは決してお洒落じゃない。むしろ外見に気をつかわない。

だがそれは黙っておくことにした。

「でも今のお年は八十を過ぎているわけですね」

ミヤビがいった。

「そうなるわね。だけど今会ったら、あたしなんかよりうんと年下に見えるのじゃないかしら。そう考えると、神さまって不公平よね」

渡辺さんは息を吐いた。

「どんなにがんばっても、生まれもったものには勝てないのだから」

「そんなことはないです。渡辺さんも若いです。ね？」

ミヤビに訊かれ、俺はあわてて頷いた。

「もちろん、八十にはとても見えません」

「嬉しい！　本当？」

本当です、本当ですと、俺たちは口々にいった。

渡辺さんはにっこり笑った。

「やっぱり五頭先生の教えはたいしたものね」

「その後、岩田さんとは会ってないのですか」

ミヤビの問いに、渡辺さんは頷いた。

「会ってない。あたしもローズビルをでちゃったし。お元気なのかしら」

「今、日本にいらしているようです」

「まあ」

と渡辺さんは目をみひらいたが、

「もう会うことはないわね」

寂しそうにつぶやいた。俺とミヤビは顔を見合わせた。

「いろいろとありがとうございました」

ミヤビがいって熨斗袋をさしだした。

「これはいらない。それほど役に立つ話はしてないもの」

渡辺さんはいって首をふった。

「でもお茶もいただきましたし――」

「いいのよ。素敵な人を思いださせてくれたのだし」

渡辺さんは微笑んだ。

「考えてみると、あれは恋ね。あたしは岩田さんに恋をしてた」

「岩田さんとのことを占わなかったのですか」

ミヤビが訊ねた。

「占おうにも、岩田さんのことが何ひとつわからないのだもの。下の名前も知らないし、誕生日も不明じゃ、占いようがない」

確かにそうだろう。

「それに五頭先生は、恋占いに意味はないとおっしゃってる」

「そうなんですか。でも占いといったら恋占いなのじゃないのですか」

ミヤビがいうと渡辺さんは首をふった。

「人は誰かによく思われたいと思ったら、その人間が好むような人物になる。それは芝居かもしれないが、一生相手によく思われたければ芝居はつづく。相手への気持をどれだけ長く保てるかがすべてなのだとおっしゃって」

「でも相性とかは？」

「最初に合わないと感じた人間に、よく思われようという努力はしない、と」

ミヤビは俺を見た。じいちゃんに恋愛相談など一度もしたことのない俺は、黙って肩をすくめた。

「本人の気持次第で決まることに占いは意味をもたない、とおっしゃってた」

7

「蓮華堂」をでて、止めておいた車に乗りこんだ俺は息を吐いた。

「手がかりはなし、か」

「そんなことない」

助手席にすわったミヤビが首をふった。

「何かあったっけ？」

「渡辺さんがばったり会ったという、セントラルプラザホテルよ」

「そうか。日本にきたときに泊まっているのが、セントラルプラザかもしれないな」

「そう。いってみよう」

ミヤビがいい、俺は車を発進させた。セントラルプラザホテルは赤坂にある古いホテルで、打ち合わせや取材で何回かいったことがある。

二年ほど前に改築されるまでは、重厚な石造りの建物だった。その古めかしさが好きだったが、今は高層ビルになり、下層階がオフィスで上層階がホテルになっている。

入口は同じだが、二十階までとそれ以上でエレベーターが分かれている。ホテルのロビー、フロントは二十一階にある。

車をホテルの駐車場に入れ、俺とミヤビは二十一階まで上がった。

夕方というにはまだ早い時間のせいか、ロビーは閑散としている。

「どうする？　フロントにいって岩田さんという宿泊客がいるか訊《き》いてみるか」

ロビーにおかれたソファのひとつにすわり、俺はいった。ミヤビは小さく首をふった。

「下の名前がわからないと難しいかも」

抜海不動産で確認しなかったことが悔やまれた。電話をして訊く手もあるが、かなり怪しまれている以上、すんなり教えてはもらえないかもしれない。

「失敗したな。じゃ、どうする？ ここでそれらしい人が現れるのを待つのか」

「それも手だけど、渡辺さんがばったり会った日というのが気にならない？」

「ここで？ 昭和五十九年の十二月といってたよな」

「十二月二十日ね。昭和五十九年の十二月といえば、ローズビルの屋上で見つかった死体が死亡したと思われている時期よ」

「そうだった！」

「そのときに岩田オーナーが日本にいたというのは偶然の一致かな」

またも恐いことをミヤビはいいだした。

「それは何とも……。わからないな」

「確かなのは、デニスさんとオーナーが同じ会社にかかわっていて、おそらく互いを知っていた。デニスさんは屋上で死体が見つかったことについて記憶がないといい張り、オーナーは屋上でその死体が息をひきとった時期に東京にいたってこと」

「犯罪の可能性があるっていうのか」

「それはまだわからない」

俺は息を吐き、ロビーを見回した。

「えっ」

思わず声がでた。見覚えのある姿がエレベーターから降りてきたのだ。じいちゃんの運転手だった高園恒吉《こうきち》さんだ。目が悪くなって三年前に運転手を引退したが、今もじいちゃんの家の近所に住んで庭の手入れをしたり、買物にいったりしてくれている。

高園さんは黒っぽいスーツを着てネクタイを締めていた。小柄だが姿勢がいいので、かくしゃくとして見える。年齢はじいちゃんの少し下、七十七、八の筈《はず》だ。

エレベーターを降りた高園さんはロビーをつっきってフロントに向かって歩きだした。

「高園さん」

俺が呼びかけると、立ち止まり驚いたように俺を見た。

「坊《ぼ》っちゃん！」

「しっ」

俺はあわてていった。高園さんは昔から俺を「坊っちゃん」と呼ぶ。夏目《なつめ》漱石《そうせき》じゃあるまいしやめてくれと頼んでいるのだが、その場は「承知しました」といっても、すぐにまた「坊っちゃん」と呼ぶのだ。

高園さんはあっという顔をし、

「想一さま」

と呼び直した。それもどうかと思うのだが、

「高園さん、何してるの？」

と俺は訊《たず》ねた。

「想一さまこそどうなさったのです？　私は五頭先生の用向きで参ったのですが」

いって高園さんは歩みよってきた。

「じいちゃんの用？　このホテルとじいちゃん、何か関係があるの？」

高園さんはあたりを見回し、声を低くした。

「五頭先生は長年、こちらの社長の相談にのっていらっしゃるのです」

「そうか、だから昔ここで研究会をやっていたんだ」

俺がいうと、高園さんは目をみひらいた。

「よくご存じで。五頭先生がこちらで研究会をされていたのは三十年前までですよ」

「その研究会にでていたって知り合いがいて、教えてもらったんだ」

「そうですか。まだこのホテルが古かった頃です。研究会は昭和五十五年から始まって平成に入った頃になくなりました」

高園さんは頷《うなず》いた。

「そうだ。高園さん、これからこのホテルの社長に会うの？」

俺は思いつき、訊ねた。

「はい。五頭先生から、お渡しするようにことづかった書類がございまして」

「頼みがあるんだ。今、穴川さんの調査の手伝いをしていて――」

「お久しぶりでございます」

高園さんはいってミヤビに頭を下げた。ミヤビも無言で頭を下げる。ミヤビは二、三回市川の家に遊びにきたことがある。

「このホテルに泊まっているかもしれない人を捜しているんだ。ただ、姓しかわからなくて……」

「何という方です？」

「岩田さんです。ふだんはアメリカに住んでいらっしゃるのですが、昭和五十九年にこのホテルにひとりでいるところを見かけた方がいて、もしかすると日本での定宿にしているかもしれないと思いまして」

ミヤビがいった。

「その岩田という方にお会いになりたい？」

高園さんの問いにミヤビは頷いた。

「できればお話をうかがいたいのですが、いろいろ事情があって。まずはここにお泊まりかどうかだけでも確かめたいと思っています」

「承知しました」

高園さんはあっさりと頷いた。

「こちらの社長にうかがってみます。ご本人には内密にする、ということで」

「ありがとうございます！」

「いえ。ではのちほどです」

高園さんはいって、フロントに歩いていった。フロントに立つ制服の男性は、高園さんを見るなり頭を下げた、顔馴染《なじ》みのようだ。

その男性に案内され、高園さんはフロントの奥の事務室に入っていった。

ミヤビがいった。

「さすがフィクサー」

「そんなたいしたものじゃないって。でもここで研究会をやってたんだから、じいちゃんと関係があるって、気づくべきだったな」

俺がいうと、ミヤビが訊ねた。

「ことづかった書類って何だと思う?」

「よくわからんけど、政治家や企業の経営者なんかには、じいちゃんから定期的にアドバイスをもらっているファンがいるみたいなんだ。ここの社長も、そういうひとりかも」

「それこそフィクサーだよ」

「まあ俺には関係ないね」

「想一があとを継ぐことはないの?」

「あるわけない。興味もないし、そんな勉強もしてない。じいちゃんからもいわれたことないし」

「そうなんだ。なんかもったいないね」

「俺にはそういう才能がないってのを、じいちゃんはわかっているのじゃないかな。やっぱり勉強したって、身につくものじゃないのだと思う」

「信じてるの? 想一はおじいちゃんの占いを」

「正直、よくわからない。信じている人がたくさんいることは知ってる。たまに俺に〝予言〟するときはあるけど、当たらないことも多い。昔いわれた。『必ず当たる占いなどない。そんなものがあったら、人は努力しなくなる』。当たり前すぎて何もいえなくなった」

ミヤビは笑った。

「確かに。あんた、健全だわ」

「何だ、それ」

「挫折した筋肉バカだけど、考え方はまともだってこと」

「うるさい」

話しているうちに、高園さんがフロント奥の事務室からでてきた。フロント係の目を意識したのか、俺に目配せして、まっすぐエレベーターに歩いていく。

俺とミヤビは立ち上がり、エレベーターの前で高園さんに追いついた。そのままいっしょに地上まで降りる。

「どうだった?」

「聞いてまいりました」

「高園さんこのあとは?　市川に帰るの?」

俺は訊ねた。

「はい。特段、何の用もございませんので」

「だったら俺の車で市川まで送るよ。途中、話を聞かせてよ」

「そんなお手数をかけては――」

「気にしない、気にしない」

俺はミヤビを見た。ミヤビも頷く。

ホテルの駐車場から車をだし、新橋から首都高速に乗った。京葉道路、京葉市川インターで降りるのが、じいちゃんの家にいくときの道だ。高園さんの家も、たぶんその付近だろう。

「それで、どうでした?」

助手席にすわるミヤビが後部座席の高園さんをふりかえった。

「お捜しの方は、岩田久雄《ひさお》さんとおっしゃって、セントラルプラザホテルにお泊まりのようです」

高園さんがいった。

「岩田久雄……」

「岩田さんは長年、あちらのホテルをひいきにされていて、来日した際は必ずお泊まりになっているようです」

「ホテルの社長とも仲がいいの？」

俺は訊ねた。

「岩田さんが、ですか。いえ、ここ何年かはお会いしていないと社長はおっしゃっていました。岩田さんはアメリカで暮らしておられた子供のいない叔父さんの養子になられ、その方が日本におもちだった会社や不動産を相続されたのだそうです。叔父さんという方は、戦後すぐアメリカに渡られ、事業で財を成されたようです」

「今、いくつくらいなのかな」

俺はいった。

「さあ。お年まではうかがわなかったのですが、社長の話しぶりでは、それほどのお年ではないようでした」

「うーん」

俺は唸《うな》った。

「どうなさったのです？」

高園さんが訊ねた。

「いつ入れかわったのかがわからない」

俺がいうと、

「入れかわる、とは？」

高園さんが訊き返した。

俺は説明した。

今から五十年くらい前、渡辺さんがローズビルに入居したとき挨拶《あいさつ》をした岩田さんは、渡辺さんと同じ年くらいに見えたという。その約十年後、セントラルプラザホテルで偶然会った岩田さんは、渡辺さんより少し若く見えた。だが渡辺さんのことを覚えていて、不便はないかと声をかけてきた。若く見えたとしても、渡辺さんと同世代ならもう八十を過ぎている筈だ。

「ホテルの社長が、そんな年じゃないというのなら、今泊まっている岩田さんは相続をした甥《おい》ってことになるよね」

「おっしゃる通りです」

「四十年前にセントラルプラザホテルにいた岩田さんは〝先代〟で、それがいつ甥になったのかというのがわからない」

「そうですね。社長も、いつ相続されたのかとか、そういう話はされませんでした。そこまではご存じなかったのでしょう」

「今のローズビルのオーナーが〝先代〟から受け継いだ二代目だったら、デニスさんのことは知らないのじゃない？」

ミヤビがいった。

「デニスさんというのは？」

高園さんが訊ねた。

「岩田さんがオーナーの、六本木のローズビルというマンションに以前住んでいたアメリカ人です。当時は加州交易という会社に勤めていたのだけれど、今は引退してジャズピアニストをしています」

ミヤビが説明した。

「なるほど。お二人は何の調査をしていらっしゃるのですか」

「そのローズビルの屋上で、四十年前に人が死んでいるのが見つかったんだ。行旅死亡人として処理され、身許《みもと》も何もわかっていない。その人について調べてる」

俺がいうと、

「ほおー」

と高園さんは声を上げた。

「それはまたたいへんな調べものですな。穴川さんの次のご著作につながるのでしょうか」

感心したように高園さんは訊いた。

「いえ、それはまだわかりません」

ミヤビは首をふった。

「あ、私、途中で買物をして帰りますので、本八幡《もとやわた》の駅のところで降ろしていただければ助かります」

高園さんがいった。京葉市川インターからはすぐの位置にある駅だ。

「了解です」

俺はいって、本八幡の駅前に車を止めた。

「想一さま、ありがとうございました。穴川さんも調べもの、がんばって下さい」

高園さんはいって、車を降りた。夕方で本八幡の駅前は人が多い。高園さんの姿はあっという間に雑踏にのまれ、見えなくなった。

「高園さんて独身？」

ミヤビが訊ねた。

「詳しく聞いたことないけど、そうなのじゃないかな」

「ずっと想一のおじいちゃんのアシスタントをしてるの？」

「たぶん。俺が物心ついた頃には、じいちゃんの秘書兼運転手だったから」

「ふーん。よほど想一のおじいちゃんを尊敬しているんだね。ひとりの人にずっと仕えるなんて、なかなかできないよ」

「そうだ。せっかく市川まできたのだから、じいちゃん家《ち》をのぞこうか。当たるかどうかはわからないけど、何かアドバイスしてくれるかもしれない。最低でも晩飯くらい奢《おご》ってくれるだろうし」

俺はいった。じいちゃんと一対一はけっこう気詰まりだが、ミヤビがいれば平気だ。それに頼みごとをしてくる人間を助けてやれ、といったのはじいちゃんだ。

「えっ、いきなり押しかけて大丈夫？」

「駄目なら駄目ってはっきりいう人だから。とりあえず電話してみる」

俺はいって、携帯でじいちゃんの家の固定電話を呼びだした。長い呼びだしのあと、

「はい」

といかめしい声が応《こた》えた。

「想一です」

俺は本八幡の駅の近くにミヤビといることを伝え、これから遊びにいっていいかと訊ねた。

「車なのか」

じいちゃんは訊ねた。

「はい。たまたまミヤビの調査の手伝いでセントラルプラザホテルにいたら高園さんとばったり会って。時間があったから、本八幡まで乗っけてきました。じいちゃん、いってたでしょ。頼みごとをしてくる人間を助けてやれって」

「そんなこと、いついった？」

俺はあきれ、心配になった。

「この前、神田に連れていった帰りの蕎麦屋《そばや》で、いってました」

「うん」

思いだしたのか思いださないのか、じいちゃんはあいまいな返事をした。

「まあいいだろう。きなさい。鮨《すし》か鰻《うなぎ》でもとろう」

いって、じいちゃんは電話を切った。

市川のじいちゃんの家に着くと、車を庭先に止めた俺は、玄関のインターホンを押した。

「上がりなさい。鍵《かぎ》は開いている」

じいちゃんの声が応え、俺たちは家に上がった。

玄関を入ってすぐの左側に、古くさい応接セットがおかれた部屋がある。俺はミヤビをその部屋に案内した。

「待ってろ。何か、飲みものとってくる」

「いいよ」

らしくもなく緊張した顔でミヤビがいう。

「気にすんな。勝手知ったる家だから」

いって、俺は台所に向かった。じいちゃんの姿はない。おそらく書斎だろう。ヤカンに水をいれてお湯をわかし、じいちゃんのぶんを含め、インスタントコーヒーを三杯作った。お盆にコーヒーカップをのせ廊下にでると、書斎からジャージ姿のじいちゃんが現われた。

「じいちゃん」

「おお」

じいちゃんは頷き、応接間に入る俺のあとをついてきた。ミヤビがぴょんと立ち上がって頭を下げる。

「突然お邪魔してすみません。これ」

いらないといったのに本八幡の駅前で買ったシュークリームの箱をさしだした。

「ありがとう。あとで食べるよ」

いって、じいちゃんはソファに腰をおろした。

「それで頼まれごとのほうはうまくいっているのか」

俺を見た。

「どうなのかな。進んでいることは進んでいるんですが」

俺は答えてミヤビを見た。

「想一さんにはすごく助けられています。ただなにぶんにも四十年も前のことを調べるというのが簡単ではなくて」

ミヤビが答えると、じいちゃんの表情が動いた。

「四十年前のこと?」

訊き返したじいちゃんにミヤビが調査の内容を話した。

「ほう」

いって、じいちゃんは俺をみた。

「それでお前は何の役に立っている？」

「運転手をしたり写真を撮ったり訊きこみを手伝ったり、いろいろです。何かいいアドバイスはありますか」

じいちゃんは黙って俺の顔を見つめた。俺とミヤビはじいちゃんの言葉を待った。

「ない」

じいちゃんがいった。俺とミヤビはがっくりきた。

「そうですよね」

ミヤビがつぶやいた。

「人は亡くなる。自死を別にすれば、その場所とときを選べる者は少ない。六本木のビルの屋上で死んでいたというその者が、自らそこを選んだのかどうか、だ」

じいちゃんはミヤビに告げた。

「自ら選んだのかどうかはわからないんです。死んだあと、誰かに運ばれてきたのかもしれません」

ミヤビが答えると、じいちゃんは頷いた。

「そのどちらなのかで、ものごとは大きく変わってくる。自ら選んだのならその理由が問題だが、運ばれたのなら何者がそれをしたのかが問題だ」

「死体を運んだのだとしたら、犯罪です」

俺がいうと、じいちゃんは俺に目を移した。

「調査を頼んだ者の目的は、犯罪の告発だと思うか」

「それは……わかりません」

俺は口ごもった。

「犯罪がおこなわれたとしても、時効になっていますし」

じいちゃんは頷いた。

「だとすれば、そのような調査をお前たちに頼むのはお門ちがいだ。探偵か弁護士か、その両方に頼むべきことだ。調査を頼んだ者の目的は別にあるのではないか」

ミヤビははっとしたように顔を上げた。

「だとしたら、調査を頼んできた人は、これが犯罪ではないと知っているということでしょうか」

「私にはわからん。が、犯罪の可能性を疑っていたら、あんたには頼まなかったのではないかな」

ミヤビの目は真剣だった。

「すると木村伊兵衛さんは、亡くなった方のことを知っているのでしょうか。知っていて、わたしに調査を頼んできたのでしょうか」

「その可能性は高い」

じいちゃんがいったとき、インターホンが鳴った。どきっとした俺は思わず腰を浮かせた。

「出前が届いたようだ。待ってなさい」

いってじいちゃんは応接間をでていった。

やがて、想一と呼ぶ声がして、俺は玄関におかれた鮨の桶《おけ》を応接間に運んだ。握り鮨が四人前くらい入っている。

「茶をいれてくれ」

台所で茶をいれ、応接間に戻った。じいちゃんの姿がなかった。

「あれ、じいちゃんは？」

「やりかけの仕事があるっておっしゃって。食べたら帰っていい、と」

ミヤビが複雑な顔でいった。鮨桶の中には高そうなネタが並んでいる。

「じいちゃんは食べないの？」

廊下から大声で俺は訊ねた。

「シュークリームをもらう」

返事が聞こえ、俺とミヤビは顔を見合わせた。俺は肩をすくめ、箸《はし》を手にとった。

「いただきます」

ミヤビもいって箸を手にした。

「やっぱり、依頼人が気になるな」

鉄火巻を口に運び、俺はいった。

「気になる。でもさ、調査がいきづまったからって依頼人の方に向かうのって、何だか負けたような気がする」

中トロを口に運んだミヤビがいった。

「確かにな。でも、依頼人の目的が何なのかってことは、この調査においてはかなり重要だぜ」

「それはメールに書いてあったよ。『この人物が何者で、なぜこのような場所でひとりで亡くなっていたのかを知りたい』って」

「それは調査の内容であって、依頼人の目的とはいえないのじゃないか」

「そうか」

ミヤビは箸を動かす手を止め、つぶやいた。

「木村伊兵衛とはメールでつながっているのだろ。中間報告という形で、探りを入れてみるってのはどうよ」

俺はイクラの軍艦巻を口に押しこみ、いった。

「うん」

「依頼人の目的が、たとえば加州交易にからんだ犯罪の告発なら、きっとそれっぽい返事があると思うんだ。そうじゃなかったら、きっと別の反応が返ってくる」

「小肌《コハダ》、もういっこ食べていい？」

「いいよ、全部食べて。光りもの苦手だから」

鮨桶は空になった。台所にもっていき、ミヤビがきれいに洗って、玄関においた。

「すごくおいしかったです。ごちそうさまでした」

書斎の扉の外でミヤビがいった。

「いや。うまかったのならよかった。気をつけてお帰んなさい」

じいちゃんの返事が聞こえた。

「おいしかったです。またきます」

俺もいった。

「運転、気をつけろよ」

「はい」

「調べもののほうは、じき目処《めど》がつくだろう。根気よくおやりなさい」

扉ごしにじいちゃんがいい、ミヤビが目をみひらいた。

「本当ですか」

「たぶんな」

それ以上なにもいわない。失礼します、といって、俺たちはじいちゃんの家を出た。

ミヤビを家まで送ってやり、俺は北千住の自宅に戻った。シャワーを浴び、ぼんやりとしていると携帯が鳴った。知らない番号の固定電話からだ。

「はい」

「あの、――の――テンといいます」

早口の男の声がいった。

「えっ、どなた?」

俺が訊き返すと、

「作家の、仰、天、です」

今度は尖《とが》った声で一語一語返ってきた。ローズビル201号室の住人だ。会ったときに〝小説を書いてる〟といっていたが、いつのまにか自称作家になっている。

どうして俺の携帯の番号を知っているのだろうと考え、名刺を渡したことを思いだした。ミヤビに名刺はあるかと訊いたので、用心のため、俺が名刺を渡したのだ。携帯番号が入っている。

「あ、仰天先生」

思わず俺はいった。とたんに仰天の声が明るくなった。

「いや、先生なんてそんな。まだデビュー前なのに」

「でも作家を目指していらっしゃるのですから、先生でまちがいないでしょう」

機嫌を損ねると面倒そうな相手には下手にでるに限る。

「そう？　プロのイラストレーターにいわれると照れるな。あんたのこと調べたら、あちこちに描いてる人だったたね」

やはりミヤビに名刺を渡させなくてよかったと俺は思った。

「どうしました？　何か御用でしょうか」

「いや、編集者を紹介してくれる件、どうなったかと思って」

「それについてはもう、出版社に連絡ずみだと思います。異世界探偵モノでしたよね。向こうからの連絡を待って下さい」

「そうなの？　じゃ待つよ。それとさ、彼女の役に立つかもしれないことを思いだしたんだ」

「何です？」

「えーと、それは本人に直接伝えないと……」

どうやら仰天先生はミヤビを気に入っているらしい。

「わかりました。彼女に連絡させます」

電話を切った俺はミヤビの携帯を呼びだした。仰天の用件を伝え、

「電話をするなら携帯からはやめたほうがいい。電池切れとかいいわけして、公衆電話からかけろよ。俺のこともいろいろ調べていたから、番号を知られると厄介だぞ」

とつけ加えた。

「わかった」

短く答え、ミヤビは電話を切った。

十分ほどしてミヤビから電話がかかってきた。

「どうだった?」

「どこの社の編集者に伝えたんだってうるさかった。とりあえず適当なこといっちゃった。なんだか気が咎《とが》める」

「気にするな。コネでデビューしようなんて考えが甘いんだ。本当に作家になりたいなら、新人賞に応募すればいい。いっぱいあるのだから。お前だってそうだったろう」

俺はいった。小説の新人賞は、さまざまなジャンルで百近くある。そこに通らないような者がプロになれるわけがない。

「確かに。毎年何百人ていう新人がデビューしては消えていくのが出版界だからね」

出版社は、本を売って儲《もう》けるのが商売だ。ずぶの新人の本が簡単に売れるわけはなく、それならなぜ出版するのかといえば、何十、何百とデビューさせた新人からひとりでもドル箱に化けるのを期待しているからだ。

化けなければそれまでで、新人作家なんて消耗品に過ぎない。もちろん俺たちイラストレーターや漫画家だって同じだ。

「それで役に立つ話って何だった?」

「401号室の住人のこと」

「何か知ってたのか」

「外国人がでてくるのを見たことあるって」

「外国人? 402のスリランカ人じゃないのか」

「ちがう。白人だっていってた。おじいちゃんの白人で、トランクを運びこむところを見たんだって。仰天の話だと、４０１は、仰天がローズビルに入居したときからときどきその白人がきてるらしい。住んでいるのじゃなくて、倉庫がわりに使っているのじゃないかっていう話」

「おじいちゃんの外見は？」

「白髪頭。それ以上はわからない」

白髪頭の白人と聞いて、思い浮かぶのはひとりしかいない。デニスだ。

「それってもしかして――」

俺がいうと、

「デニスさんでしょ。でもデニスさんが住んでいたのは５０１号室で、４０１じゃない」

「でていったあと、４０１号室を借り直したとか」

「もしそうなら、抜海不動産のおじさんがいったと思わない？　デニスさんの勤め先のことまで教えてくれたくらいなのだから」

ミヤビにいわれ、俺は唸った。まったくその通りだ。

「もう一回抜海不動産にいって、４０１号室の住人のことを訊いてみるか」

俺はいった。

「でもけっこう怪しまれていたから、簡単には教えてくれないよ」

「訊きにいくにしても何日かおいたほうがいいだろうな」

「そうね。来週にでもまた連絡する」

ミヤビはいって電話を切った。

俺は床に寝転がり、天井を見上げた。やはりどう考えてもデニスが怪しい。だが直接疑問をぶつけたところで、こちらの納得がいくような答が返ってくるとは思えなかった。

ローズビルをでたあとのデニスは、いったいどこに住んだのだろう、と思った。「エムズハウス」は六本木だ。デニスが演奏している店が「エムズハウス」だけなら、六本木に住むのが便利だ。どんなに遅くなっても、歩いて帰れる。

俺は起き上がった。デニスがどこに住んでいるのかを知りたくなった。それには、「エムズハウス」から帰るデニスを尾行するのが一番のような気がした。

時計を見た。午後九時を回った時刻だ。「エムズハウス」のライブは午後八時と十時の二回で、二回目が終わるのが早くて十一時だとしても、今から六本木に向かえば十分間に合う。

俺は車に乗りこみ、六本木に向かった。車にしたのは帰りが何時になるかわからなかったのと、デニスが「エムズハウス」からでてくるまでは車内で見張ったほうがいいと考えたからだ。

「エムズハウス」の入ったビルに近い表通りに車を止めた。

あたりには客待ちと思《おぼ》しいタクシーの空車や路上駐車が何台も止まっていて、俺の車が目立つ心配はない。パトカーがときおり巡回してきたが、移動しろという注意はなかった。

自動販売機で買った缶コーヒーを飲みながら、俺はデニスがでてくるのを待った。

デニスがタクシーを拾ったら車で追いかける。歩いて移動するようなら、車を降りて尾行する。駐車違反の紙を貼られるかもしれないが覚悟の上だ。免許の点数は残っている。

午前零時を五分ほど回ったとき、デニスが現われた。「エムズハウス」の入った雑居ビルの地下とつながった階段を上ってきたのだ。デニスはひとりではなかった。スーツを着た男といっしょだ。

前にもデニスが「エムズハウス」の客とでていったのを俺は思いだした。初めて「エムズハウス」を訪ねた日だ。確か同世代の白人だった。

だが今日の相手は白人ではなかった。おそらくは日本人で、年齢はそこまでいっていない。デニスより若く、四十代後半か五十代といったところだろう。

二人は歩道を六本木の交差点の方向に歩きだした。止めている俺の車の横を通り過ぎる。

二人のやりとりがわずかに聞こえた。英語だった。

どうする。俺は迷った。相手がいたのでは、デニスがまっすぐ帰宅するとは思えない。といって、二人がどこか別の店に入り、その帰りを待つとなると、いったい何時になるかわからない。

あきらめるか。が、ここまで待ったのにそれはくやしい。

俺は車を降りた。二人のうしろ姿は十メートルほど先だ。歩道にあがり歩きだそうとしたとたん、

「すみません」

声をかけられた。中年の男二人連れだ。二人とも眼鏡をかけている。

「このあたりで『ラウンジエイム』って店を捜しているんですが、わかりませんか」

ひとりが訊ね、俺は首をふった。

「わかりません」

「六本木七の七、ＴＫビルっていうんですけど……」

手にした携帯をのぞきこんでいる。

「地図アプリだとこの辺の筈なんですけど、見つからないんですよ」

「すみません。この辺の人間じゃないのでわかりません」

俺はやや語気を強めていった。二人連れはノーネクタイでスーツを着け、バッグを肩からさげた、いかにもサラリーマンという外見だ。

「あっ、ごめんなさい」

もうひとりの男がいった。俺はデニスたちが歩いていった方角を見やった。

「お兄さん、どこかいいお店、知らない？」

最初の男がいった。

「よせよ、この辺の人じゃないっていってるじゃないか」

「え？　でもカッコいいし、もてそうじゃん、この人」

酔っているのか、男はつづけた。

「やめろって。すみません。お邪魔しました」

もうひとりの男はいって頭を下げ、連れをひっぱるように、六本木交差点の方角に歩きだした。

俺は小走りで二人を追いこした。

六本木の交差点まで二百メートルくらいだ。デニスたちに追いつけるかと思ったが、交差点に着いたときにはその姿はなかった。反対側の歩道を見渡したが、それらしい姿はない。

見失ってしまった。あの二人連れのせいだ。いまいましい気持で、きた道をふり返った。

追いこしたのだから、うしろから歩いてくる筈だ。

が、二人は見えなかった。俺は目をこらした。

客引きらしい女の子や男が立っていて、それを避け、グループやカップルが歩いてくる。

あの二人がいない。途中には飲食店の入った雑居ビルがいくつもある。そのうちのひとつに入ったのだろうか。

しばらくその場に立っていたが、二人連れが現われることはなかった。

どこか〝いいお店〟を見つけ、腰を落ちつけたということか。

思いつき、携帯で六本木の「ラウンジエイム」を検索した。三年前に閉業した、と表示された。どういうことだ。

すでにない店をあの二人は捜していたのか。

俺は何ともいえない、妙な気持になった。


レギュラーで描かせてもらっているスポーツ雑誌の締切りが近くなり、俺はしばらく仕事に専念した。毎日のようにミヤビと会い、でかけていたので、元のペースに戻るのに時間がかかった。

一週間が過ぎ、締切りをクリアした翌日にミヤビから電話がかかってきた。

「忙しい?」

開口一番に訊かれ、

「何とか抜けたところ」

と俺は答えた。

「木村伊兵衛さんとメールでやりとりした」

「どうだった?」

「中間報告で、これまでにわかったことを知らせた。ローズビルの今の住人。死体を見つけた渡辺さんや向かいに住んでいたデニスさんのこと。ローズビルのオーナーが加州交易の共同経営者で、デニスさんがそこで働いていたことなんか。加州交易がスパイの隠れミノだったという噂があったことも。でも死んだ人のことはまだ何もわからない、死因が病気かどうかもはっきりしないって」

「そうしたら?」

「『がんばって下さい』」

「それだけかよ」

「それだけ。屋上で死んだのか、誰かが死体を運んだのかという疑問にも反応なし」

俺は息を吐いた。

「探りを入れても駄目だったか」

「想一、何かいい手ない？」

俺はちょっと考え、いった。

「『エムズハウス』にいくというのはどうかな。こうなったらデニスさんに直接当たるしかないだろう」

そしてデニスの住居を確かめようと「エムズハウス」の近くで張り込み、二人連れに邪魔された話をした。

「そんなことあったんだ」

「まったく参ったよ。ジャストのタイミングで道を訊かれてさ。それもとっくになくなった店だぜ」

「待ってよ。道を訊いてきた人って、携帯を手にもってたんでしょ」

「ああ。地図アプリじゃ、この辺の筈だからって」

「だったら閉業していたのもわかった筈」

俺ははっとした。その通りだ。

「なくなった店の場所を訊くために俺を呼びとめたってこと？」

「目的は店の場所じゃない。想一の尾行を邪魔するため」

「そんなことって――」

　俺は絶句した。

「だってその二人組、消えちゃったんでしょう？」

「消えたというか、どこかの店に入ったのだろうけど……」

「確信ある？　尾行を邪魔できたので、あんたが戻ってくる前に姿を消したとは考えられない？」

「そうかもしれないけど、なぜそんなことをする？」

「デニスさんについて調べられたくないから」

「じゃ、デニスさんの仲間ってこと？」

「それはわからない。でも想一が車を止めて『エムズハウス』を張りこんでいるのに気がついて、邪魔をしようと考えた」

「いったい誰がそんなことをするんだ」

　ミヤビは間をおき、答えた。

「屋上で死んでいた人とデニスさんの関係について調べてほしくない人間。デニスさんがもしスパイだったなら、何十年たったとしても伏せておきたいことがあるのかもしれない。あたしたちのことをデニスさんから聞いて、見張っていたらあんたが現われた。どんな感じの連中だった？」

「どんなって、二人とも眼鏡かけていかにもサラリーマンって見かけだった」

「眼鏡しか覚えていないの？」

「ノータイでスーツ着て、ショルダーバッグさげてた。本当、どこにでもいそうなタイプ」

「スパイが化けるなら、そういうどこにでもいそうな人でしょ」

「マジか」

「デニスさんがスパイを引退しているとしても、現役時代のことをあれこれ調べ回っている人間がいたら、古巣にはそれを知らせると思うんだよね。きっとそういうルールみたいなものがある筈だから」

「詳しいな」

「スパイだって、詰まるところ公務員だからね。辞めたあともいろいろ守らなけりゃならない義務があるのじゃない」

俺は感心した。仰天なんかよりよほど作家に向いている。考えてみれば当然で、ノンフィクションとはいえ、ミヤビはすでに本をだしているプロだ。

「やっぱりお前、すごいな」

「何いってんの。そんなことより想一、身の回りでおかしなことない？」

「おかしなこと？」

「知らない人が訪ねてくるとか家を誰かが見張ってるとか」

「ないよ。もっともこの一週間は仕事漬けで外にでてなかったけどな」

「あんたの車のナンバー調べれば住所がわかるし、住所がわかれば仕事や家族構成なんかもすぐに調べられる」

「気持わるいこというなよ。今度は俺が調べられるっていうのか」

「二人組がデニスさんの古巣の人間だったら、十分ありうる」

「参ったな」

「やめる？」

「やめるわけないだろ。調べられたって別にうしろ暗いところはないんだから」

俺が強気でいうとミヤビは黙った。

「なんで黙るんだよ」

「想一を巻きこんじゃったなと思って。業界の先輩から紹介された仕事だったけど、こんな展開になるとは思いもしなかった」

「待てよ。デニスさんが元スパイで、その古巣の人間が俺のことを調べているとしても、実害はまったくないし、第一、本来の調べものとは何も関係ないかもしれないだろう」

「デニスさんの住んでいる部屋の上で人が死んでいたのもたまたま？　デニスさんが死んでいた人と本当に関係がなかったのなら、知らないなんて嘘はつかないだろうし、古巣の人間があんたの尾行を邪魔するわけない」

「だけどあの二人組がデニスさんの古巣の人間だと決まったわけじゃない。本当に道を訊きたかっただけの酔っぱらいだったかもしれないだろう」

俺はいった。

「でも――」

「よけいな心配するなって。お前がやめたいっていうのなら、やめてもいいけど。そうじゃなけりゃつづけようぜ」

「うう……」

ミヤビは唸った。

「やめたいのか」

「嫌だ。ここでやめたら絶対後悔する」

「じゃ決まりだ。今夜『エムズハウス』にいこうぜ」

俺はいった。

「デニスさんと話すの?」

「それもあるけど、あの晩、デニスさんといっしょにいた男が気になってきた。二人組が俺の邪魔をしたのは、その男がいっしょにいたからもあったのじゃないかな」

「どんな人?」

「五十前後の、たぶん日本人」

「見たらわかる?」

「わかる。デニスさんと英語で話してた」

「英語で?」

「車の横を通るときにちらっと声が聞こえた」

「え?」

「ふだんアメリカに住んでいるのだから、英語を話せてもおかしくない」

「ねえ、その人ってもしかしたらローズビルのオーナーじゃない?」

「でもデニスさんとの接点は? ローズビルのもともとのオーナーで加州交易を経営していたのは、オーナーの叔父さんだろ」

「叔父さんから相続したときに知り合ったとか。スパイの隠れミノになっている会社を相続するにあたって、誰かしらパイプ役になる人間がいた筈だと思うんだ。たとえば叔父さんからデニスさんを前もって紹介されていて、何かあったらこの人に相談しろといわれていたとか。加州交易がなくなったあとも、オーナーとデニスさんのつきあいはつづいて、日本にきたときは『エムズハウス』に会いにいってる」

「よくそこまで考えつくな」

感心して俺はいった。

「だってずっとこの件のことを考えてるんだもん。ああじゃないかこうじゃないかって。それこそ小説が書けそうだよ」

「案外、書けってことなのかもな」

「馬鹿じゃないの」

予想通りの言葉が返ってきた。

「とにかく『エムズハウス』へいこう」

「二人組がまたいたらどうする？」

「そのときは正体をつきとめてやる」

七時に六本木駅で待ちあわせた俺たちは「エムズハウス」に向かった。

「いらっしゃいませ」

扉を押した俺たちをリョウが迎えた。店内に客はいない。デニスや畑中メイの姿も見えなかった。やけに静かだ。

「今日、ライブはありますか」

不安になった俺は訊ねた。リョウは頷いた。

「ございます。一部メンバーがかわっていますが」

「どうかわったんです？」

ミヤビが訊ねると、

「デニスが休みをとってるんです」

背後から返事があった。ふりかえった。ワンピースを着た畑中メイが立っていた。

「美容院が混んでて遅くなっちゃった」

畑中メイはリョウにいって、カウンターにすわった俺たちの横にきた。

「いらっしゃいませ」

「デニスさん、お休みなんですか」

「そうなの。先週から。だからピアノは別の人にお願いしてる」

畑中メイはミヤビの隣に腰をおろした。リョウが小さなグラスに入った飲みものをさしだした。ビールのようだ。

「いつまでお休みなのでしょうか」

ミヤビが訊いた。

「今週いっぱい」

「アメリカに帰っているんですか」

「ううん。日本にいるわよ。今頃、勝浦ね」

「勝浦!?」

俺とミヤビは声をそろえて訊き返していた。

畑中メイは目を丸くした。

「どうしたの。そんなに驚くこと?」

ミヤビが俺を見た。俺は急いでいった。

「いえ、ちょっと意外だったもので」

「確か勝浦には叔母さまが住んでいらっしゃいましたよね」

ミヤビがいうと畑中メイは目をみひらいた。

「あら、そんなこと話したかしら」

「初めてここにうかがったときに。ゴルフがお好きで、ゴルフ場が近くて海が見えるところに住む夢をかなえられた、と」

ミヤビが答えた。

「まあ、あたしったらお喋《しゃべ》り。でもそう。叔母のところにいってるの」

「デニスさんと叔母さまは親しいご関係なんですか」

ミヤビが訊くと、畑中メイは笑い声をたてた。

「いいわね。色っぽい仲みたいで。どっちもいいトシだけど。二人きりじゃないのよ。共通の知り合いとゴルフをしてる」

「共通の知り合いですか」

「そう。アメリカにお住まいの方で、日本にくるとここにきて下さるの。その方の叔父さまが、叔母の昔のお店をひいきにして下さっていたのよ。その方もデニスも、大のゴルフ好きで」

俺とミヤビは顔を見合わせた。そのとき、

「おはようございます」

といって、若い男が店に入ってきた。畑中メイが立ち上がった。

「おはよう」

畑中メイは男とステージに上がった。どうやらデニスにかわるピアニストらしい。男がショルダーバッグからとりだした楽譜を前に二人は打ち合わせを始めた。

「何をお飲みになりますか」

リョウが訊ねた。

「えっと、じゃあビールを」

「俺も同じでお願いします」

俺たちにビールをだすと、リョウはカウンターの奥のキッチンに入った。

「こんなことってある？」

ミヤビが小声でいった。

「お前のいったとおり、あの晩デニスさんといたのはオーナーだったんだな」

「勝浦でゴルフしてるっていってたよね」

俺は頷き、いった。

「なあ、オーナーの叔父さんが銀座の『夏』の客だったのなら、望月さんが何か知っているのじゃないか」

「でもローズビルの話を訊いたときには、望月さんも三村さんも何もいわなかった」

「それはローズビルのオーナーが『夏』の客だったとは知らなかったからじゃないか。抜海不動産に全部任せているから、オーナーのほうも店子《たなこ》の三村さんが『夏』で働いているとは知らなかった。それでも二人は、お客さんとしてオーナーの叔父さんを知っている筈だ」

ミヤビは少し考えていたが、立ち上がった。

「望月さんに電話をしてみる」

携帯を手にミヤビが店をでていき、俺はひとりでビールを飲んでいた。打ち合わせが終わったらしい畑中メイが戻ってきた。

「おや、彼女は?」

「電話をかけにいってます」

「そう。あなた、ゴルフやる?」

俺は首をふった。

「見たことはありますが、やったことはありません」

「いい体格してるから、始めたらきっと飛ばし屋になるわね」

「昔、腰を悪くしているので、それは難しいかもしれません」

あらゆるスポーツで、腰は要になる。走るのも投げるのも打つのも、腰が悪かったら結果はでない。スポーツのイラストでも腰の描写がまちがっていたら躍動感はでない。俺はそう説明した。

「そうなの。へえ」

「畑中さんはゴルフをされるのですか」

「叔母の影響でね。でも叔母よりは下手」

「前にここにごいっしょした望月さんと三村さんも、叔母さまの店で働いておられたのですよね」

俺は探りを入れてみた。

「そうらしいわね。でもあたしがうんと小さいときよ」

「あの、もしかしたらただの偶然かもしれないのですが、デニスさんと勝浦にいっているお客さまというのは、岩田さんとおっしゃるのじゃありませんか」

「あら」

畑中メイは驚いたようにいった。

「お知り合い？」

「そうではなくて、前にうかがったときに少しお話しした六本木の都市伝説の舞台になっているアパートのオーナーなんです。会ってお話を訊きたいと思っていたのですけど、アメリカに住んでいるということで」

「アパートって、デニスと三村さんが昔住んでたってところ？」

「そうです。岩田さんはそれを叔父さんから相続したと、不動産屋さんで聞きました」

「そう。そうなのよ。まあ、びっくりね。あなたたちが調べているアパートのオーナーが岩田さんだったなんて」

「デニスさんはたぶん知っていると思うのですけど」

「そうなの？　デニスったらそんなこと何もいってなかった。まるで岩田さんとはここで知り合ったみたいな風《ふう》で」

「デニスさんは、叔母さまの銀座のお店は知らないのでしょうか」

「それは知らないようなの。『三十年前、ボクはふつうのサラリーマン』て、いってたから」

「昔からピアニストだったわけじゃないのですか」

俺は驚いたフリをした。

「どうもちがうみたい。うちで弾くようになったのは、この十年くらいで、その前はピアノ以外にもいろんな仕事をしていたようよ」

加州交易の話をもちだそうか、俺は迷った。が、あまり詳しいことをいって、それがデニスに伝わると、警戒されるだろう。

そこにミヤビが戻ってきた。

「先方が、こっちにきてくれって」

畑中メイが俺の横にいるのを見て、ミヤビはいった。

「そうか。じゃあ、今日はこれで帰ろう」

「あら、もうお帰り？」

ミヤビは頭を下げた。

「すみません。急に打ち合わせが入ってしまって。メイさんの歌を聞きたかったのですけど」

「残念。このままお客さんがいらっしゃらなかったら、演歌でも歌っちゃおうかしら」

畑中メイは目をくりくりと動かした。

「それはそれで聞きたい気もしますけど」

「へへ。ひばりさんも好きだし」

「ひばりさん？」

「美空《みそら》ひばり。若い人は知らないかしら」

「知ってます。名前だけですけど」

「いい歌がいっぱいあるのよ。そのうちここでも聞かせてあげる。だからまたいらしてね」

畑中メイはいってウインクした。

俺たちは「エムズハウス」をでて、地下鉄に乗った。望月は「パンドラ」で待っているという。

「メイさんて素敵だな」

俺がいうと、ミヤビは頷いた。

「やっぱり自分の好きなことをして生きるって、大切だよね」

「パンドラ」に着くと、中央のバーで俺たちは望月と向かいあった。望月はカウンターの内側にいる。

「先日はごちそうさまでした」

俺とミヤビは頭を下げた。

「いやいや、あまり役に立てなくてすまなかった。結局、あのあともデニスとはたいした話ができなくてね」

望月はいって、バーテンダーを呼んだ。

「飲みものをうかがって。うちの奢りだ」

「そんな——」

「若い人は遠慮するものじゃない」

俺とミヤビは顔を見合わせた。ビールは「エムズハウス」で飲んだばかりだ。

「何でもけっこうです。お任せします」

俺がいうと、望月は頷いた。

「じゃ何かロングカクテルをお作りして」

「ジンは大丈夫ですか」

バーテンダーが訊ね、俺たちは頷いた。

「あの晩、三村はとても嬉《うれ》しそうだったよ。久しぶりにメイさんに会えて」

望月がいった。

「よかったです」

「いつかメイさんに真実を伝えたいと思っているようだ。ただそれを知って彼女がどう感じるか、まるで想像がつかないが」

「そうですね」

ミヤビはつぶやいた。

「ジントニックです」

バーテンダーがいって、背の高いグラスを俺たちの前においた。

「いただきます」

レモンの風味がきいていておいしい。

「それにしてもデニスが夏代さんのところにいっているとはな」

望月がつぶやいた。

「お二人に交流があることをご存じなかったのですか」

俺は訊ねた。

「メイさんを通して多少のつきあいはあるだろうと思っていたが、ゴルフをいっしょにやるほどの仲とは知らなかった」

「岩田さんについてはどうです?」

「『夏』の客に、確かにアメリカ在住の岩田さんという人はいた。とてもお洒落《しやれ》で、女の子に人気があった」

「お洒落な方だという話は聞いています。当時おいくつくらいだったのでしょう」

ミヤビが訊ねた。

「そうだね。私たちよりは年長で、四十ちょっとだったかな。垢抜けた雰囲気でね。顔立ちは特にハンサムというわけではなかったが、たたずまいが格好よかった」

「お元気なら、今八十歳くらいでしょうか」

「もう少し上だろう。八十四、五といったところだろうか」

ミヤビは俺を見た。

「想一が見た、デニスさんと英語で話していた人は五十歳くらい？」

「はっきりとはわからないけど、八十代には見えなかった」

「その人が岩田さんだとすると、私の知る御本人ということはないな」

望月がいった。

「『夏』に岩田さんはどれくらいの頻度でこられていたのでしょう。アメリカに住んでおられたとすると、そう頻繁にはこられなかったと思うのですが」

ミヤビが訊ねると、望月は目を閉じ深々と息を吸いこんだ。

「そうだな。かなり前のことだからはっきりとは思いだせないが、ふた月に一度くらいかな。くるときは、二、三日つづけてきていた」

「すると日本にいるときは毎晩きていた？」

「毎晩だったかどうかはわからないが、くるときはたてつづけだった」

「ひとりでしたか。それとも誰かとくることもありました？」

「ひとりが多かったと思うが……待てよ。何回か外国人といっしょにもきていた」

「外国人？　アメリカ人ですか」

「おそらくそうだ――」

いって望月はぱっと目を開いた。

「そうだ、思いだした！　デニスもいた」

「デニスさんが？」

「そう。一度、二人のアメリカ人を連れてきたことがあって、そのうちのひとりが座興で店のピアノを弾いていいかと訊いた。夏代ママがオーケーすると、『枯れ葉』を弾いた。玄人はだしで、やんやの喝采《かっさい》をうけてた。あれはデニスだった。まだ若くてクルーカットだったが」

「その場に三村さんはいなかったのですか。いればデニスさんに気づいた筈ですが」

ミヤビが訊ねると、望月は考えこんだ。

「確かに。だがそのとき三村がいたという記憶がない。休んでいたか、ママの指示で他にいっていたかもしれない」

「他？」

「いっとき『夏』は、銀座でバーもやっていたんだ。そのバーが混んで人が足りなくなると、ママは三村を手伝いにいかせていた」

望月はいって、ジャケットから携帯をとりだした。

「覚えていないか、本人に訊いてみよう」

操作し、耳にあてた。

「急にすまない。望月だ。つかぬことを訊くが、『夏』にきていた、岩田というお客さんを覚えていないか。アメリカに住んでいて――そうそう。その人だ。その岩田さんが連れて来たアメリカ人が店のピアノで『枯れ葉』を弾いてうけたのは――。知らない？　もしかするとバーのほうにいってたとか」

三村の答を、うんうんと聞いている。

「なるほどな。それがデニスじゃないかという話になって。そう、今あの二人といるんだ。あの頃、デニスがどんな髪型だったか覚えてるか。兵隊みたいなクルーカット。じゃあ、まちがいないな」

俺たちのほうを見て望月は頷いた。

「あのう、岩田さんについて覚えていることが何かないか、うかがって下さい」

ミヤビがいった。

「岩田さんについて何か覚えてないか？」

望月は聞いていたが、

「そうか。わかった。ありがとう」

といって携帯をおろした。

「岩田さんは、夏代ママが休みをとるまでは帰国するたびにきていたそうだ」

「休み？」

「メイさんを産むための休みだ。前も話したが、虫垂炎をこじらせたことにして三カ月店を休んでいた。そのあたりからこなくなったという。いわれてみれば確かに、ママが復帰したあとは私も岩田さんを見ていない」

「なぜこなくなったのでしょう」

「お客さんにはいろいろな理由がある」

いって、望月は首をふった。

「ひいきにしていた女の子が他店に移った。あるいはがんばって口説いていたが結局モノにできなかった。単純に金がつづかなくなったという場合もある。サラリーマンなら交際費が使えない部署に異動になったり、経営者なら会社の業績が思わしくなくなったり。ただ単に、他におもしろい遊びを見つけたというだけでも、お客さんはこなくなる。飲み屋の客というのはワガママなものでね。ちょっとした理由で、足が遠のいてしまうんだ」

望月は微笑んだ。

「まして銀座のクラブなど、すわって何万円という勘定をとるような店は難しい。そこまでの勘定を払う以上、客が求めるサービスのハードルは高い」

「そうなんですね」

ミヤビは頷いた。俺は口を開いた。

「岩田さんはいつ先代からローズビルを受け継いだのでしょう」

望月は俺を見た。

「なるほど。『夏』にきていた岩田さんは先代だが、今勝浦でゴルフをしている岩田さんは二代目ということになるわけか」

俺は頷いた。

「二代目がデニスさんとどうして知り合ったのかもわかりません。先代が紹介したのでしょうか」

「ふつうに考えればそうだろう。直接訊いてみてはどうかね」

「えっ」

俺とミヤビは同時にいった。

「勝浦にいけば、デニスと岩田さんがいる。岩田さんに、君たちの取材の話をして訊いてみたらどうだ」

「大丈夫でしょうか」

ミヤビがいった。

「デニスさんは死体が見つかった件について話したがらなかったのに」

「問題はその理由だ。君たちはデニスが何か犯罪に手を染めていたのじゃないかと疑っているのかね」

「それについて、否定はできません。屋上で見つかった死体に関して、デニスさんの反応はあまりに不自然でした。その上――」

俺はデニスの尾行を二人組の男に邪魔された話をした。

「ただの偶然かもしれませんが、デニスさんといっしょにいたのが岩田さんだったとしたら、タイミングを見はからっていたとしか思えないんです」

望月は首を傾げた。

「それは本当に偶然ではないかな。確かにデニスは正体不明なところはあるが、人が死ぬような犯罪に手を染める人物とは、私には思えない」

俺はデニスがかつて勤めていた加州交易がスパイの隠れミノだったという噂があることを告げようかと迷って、ミヤビの顔をうかがった。ミヤビは無言で首をふった。

「ではデニスさんが死体の件を覚えていないというのはなぜなのでしょう」

「何か都合が悪いことがデニスにあるのはまちがいないね。それが何なのか、見当もつかないが」

俺とミヤビは顔を見合わせた。望月がいった。

「メイさんは、デニスは今週いっぱい休みをとるといっていたんだね」

俺は頷いた。

「だったら勝浦にいけば、デニスにも二代目の岩田さんにも会えるだろう。君たちは夏代さんのお宅を訪ねたことがある。簡単じゃないか」

あのときは道に迷っているフリをした。今度はそうはいかない。それにその場にデニスがいたら、嘘がバレる可能性もある。

それを俺は告げた。

「なるほど」

といって考えていた望月が、バーテンダーを見た。

「オーパスワンを二本もってきてくれ」

と告げる。

赤ワインの壜《びん》がカウンターに並んだ。

「これを私からだといって、夏代さんの家にもっていってくれないか。君たちと私が知り合いであることは、デニスも知っている。偶然夏代さんにお世話になった君たちが私からのプレゼントを勝浦に届けるというのは、訪ねていく理由になるだろう。勝浦ではなかなかこのワインは手に入らないだろうからな」

「これは？」

「カリフォルニアワインだが人気が高い」

「いいんですか。そんな高級なワインをお預かりして」

俺が訊ねると、望月は頷いた。

「君たちのことは信用しているし、夏代さんにもお世話になった。それに呑《の》んべえのデニスからすれば、君たちは好物を届けてくれる存在だ。多少は口が軽くなるかもしれないぞ」

「わかりました。早速、いってみます」

ミヤビがいった。

「急ぐことはない。ゴルフをしているなら、午前中はいない。夕方で間に合う」

翌日の昼過ぎ、俺とミヤビは車で東京を出発した。

「望月さんはああいったけど、俺の尾行を、あの二人組が偶然邪魔したとは絶対思えない」

アクアラインを走りながら俺はいった。

「当事者のあんたがそう考えるのはわかるよ。だとしたらその二人はいったい何者なわけ。デニスさんの、スパイの後輩？　そうだとしても、どうして想一が『エムズハウス』を張りこんでいることがわかったの？」

このあいだは自分から二人組があやしいといいだしたくせに、ミヤビが訊き、俺は唸った。

「それは……デニスさんが知らせたんだ。俺たちが屋上で見つかった死体の話をしたんで、ヤバいと思ったデニスさんが古巣に知らせた。お前もいってたように、現役じゃなくなっても秘密を守る義務とかがあるから、俺たちを警戒して、古巣からあの二人組が派遣された」

「ということは、屋上の死体はデニスさんやデニスさんの古巣に関係のある人物だったってことだよね」

ミヤビがいった。

「そうでなけりゃ、デニスさんは覚えてないといい張らないだろう」

「じゃ二人組はアメリカのスパイってこと？」

「とは限らない。日本のスパイかもしれない」

「なるほど、日本とアメリカは同盟国だし、日本国内では日本人のエージェントが動くほうが自然だものね。となると、その二人は刑事かな」

「け、刑事？」

「そう。前に少し調べたのだけど、日本でＣＩＡみたいな仕事をしているのは警察なんだって」

「そうなのか。ＪＣＩＡとかはないのか」

「公には存在していない。もちろん諜報《ちょうほう》機関だから、あるていど隠されてはいるだろうけど、官公庁である以上、すべてを秘密にはできない。そういうことから辿《たど》っていくと、警視庁の公安部とか内閣情報調査室とかしか、それらしい組織はないみたい。内閣情報調査室で働いているのも、ほとんど警察出身者みたいだし」

「刑事なら刑事っていうだろう」

「いったらかえって面倒でしょう。刑事だからって、犯罪者でもないあんたの行動を制限したら、なぜそんな真似をするんだってことになる」

「確かにそうだ」

「刑事という正体を隠して尾行の邪魔をした上で、あんたを調べる」

「調べられても痛くもかゆくもないけどな」

「今はね」

いって、ミヤビは難しい顔をした。

「今はってどういう意味だよ」

「屋上の死体が、本当にアメリカや日本の諜報機関にとって調べられたらマズい件だったとする。あたしらがもしその真相に迫ったら、どうなるかわからない」

「どうなるっていうんだ」

「相手は国家権力だからね。いざとなったら、あたしやあんたを犯罪者にしたてることだってできる」

「日本でそんなことあるかよ」

「ないとはいいきれないよ。この車にこっそり覚せい剤か何かを隠しておいて、パトカーに止めさせて見つけさせる。覚えがないといったって、現行犯だからね。つかまったあたしたちに、この件の調査から手を引けばなかったことにしてやるともちかける。嫌だといったら、あたしらは犯罪者にされ信用を失《な》くす」

「おいおい、本気でそんなことが起きると思ってるのか」

　俺はあきれていった。

「死体の件を、どうしても調べられたくないと思ったら、それくらいのことをするかもしれない」

　ミヤビは頷いた。

「車の中を調べたくなってきたな」

「まだ大丈夫だよ。まるで真相に迫ってないもの」

　確かにそうだ。実際のところ、四十年前にローズビルの屋上で見つかった死体のことを、俺たちはまだ何ひとつつきとめていない。

　つきとめたのは、当時ローズビルに住んでいた人たちのことだけだ。

「安心した」

「単純だね」

　ミヤビが笑った。

「うるさい」

三時少し前に、俺たちは勝浦の別荘地に到着した。

記憶にある道をたどり、畑中夏代の家の前まできた。駐車場に赤い軽自動車がある。

「ゴルフから戻ってきてるみたいだな」

「いこう」

ミヤビがいって、ワインの壜が入った紙袋に手をのばした。

俺は道ばたに車を止めた。先に降りたミヤビが畑中夏代の家に歩みよった。庭に面したリビングの窓が大きく開いていて、話し声が洩《も》れてくる。

ミヤビがインターホンのボタンを押した。チャイムの音が窓ごしに聞こえた。

「はぁい」

畑中夏代の声がインターホンから流れでた。

間をおかず扉が開いた。スポーツウエアを着た畑中夏代が俺たちを見た。

「あらっ。あなたたち……」

「その節はありがとうございました。助かりました」

ミヤビがいって頭を下げた。

畑中夏代はいって、笑みを含んだ顔で首をふった。

「とんでもない！」

「また道に迷ったわけじゃないわよね」

「ちがいます。今日はお届けものがあって、きました。畑中さんのお知り合いから頼まれて」

「私の知り合い？」

夏代は目をみひらいた。

「望月興業の望月社長から、これをことづかりました。皆さまで召しあがって下さいとのことです」

ミヤビがさしだした紙袋をのぞきこんだ畑中夏代が破顔した。

「あらっ、嬉しい！　ちょうどお友だちもきているし。上がって」

招かれるまま、俺たちは畑中夏代の家に上がった。リビングのソファにデニスともうひとりの男がすわっていた。二人の前にはゆでたトウモロコシと缶ビールがある。二人とも、畑中夏代と同じようにスポーツウエアでくつろいでいた。

「ねえねえ、サプライズ！　これ、望月くんからの差し入れよ」

畑中夏代がワインの壜を紙袋からだした。

「オウ！　オーパスじゃないですか。これは豪華ですね」

デニスが声を上げた。俺たちに目を向け、

「あなた――」

と指を立てた。

「『エムズハウス』でお会いしました」

ミヤビがいって頭を下げた。

「えっ」

畑中夏代が声を上げた。

「メイのお店を知っているの⁉」

「望月さんに教えていただいてうかがいました」

「まあ！　望月くんに？」

「はい。共通の知り合いの方がいて。それで、道に迷ってこちらでお世話になった話をしたら、それは以前自分のボスだった女性だ、差し入れを届けてくれないかとおっしゃって」

「驚いた！　そんなことあるの」

畑中夏代はびっくりしたようにいった。デニスは無言で俺とミヤビを見つめている。もうひとりの男は、ただにこにこと笑ってビールを飲んでいた。

俺はそっと男を観察した。年齢は五十代の初めくらいだろうか。色白で小太り、目立つ風貌《ふうぼう》ではない。垂れ目で、穏やかな顔立ちだ。

「望月さんがあなたにオーパスを預けたのですか」

デニスが訊ねた。

「はい。実はきのう『エムズハウス』にいったら、デニスさんがお休みで、メイさんから勝浦でゴルフをされているとうかがいました。そのあと、望月さんのお店にいってその話をしたら、ワインを届けてくれないかといわれて。わたしたちもちょうど時間が空いていましたし、先日のお礼を夏代さんに申しあげたかったので――」

ミヤビが淀《よど》みなく答えた。

「そう。それは偶然ですね」

デニスは感心したようにいった。

「本当よ。偶然ってあるものなのね。あ、こちら、昔からのお友だちで岩田さん。この二人は、訪ねてきた別荘がわからなくて困ってたの。ええと――」

「穴川です」

「五頭です」

俺たちが頭を下げると、岩田は微笑んだ。

「岩田と申します。よろしく」

「実は、もうひとつ偶然があるんです。ね？」

ミヤビがいって俺を見た。

「そうなんです」

俺が頷くと、

「なあに？　待って。その前にすわって、二人とも。何を飲む？　せっかくだからオーパスは晩ご飯のときにしましょう。今日はバーベキューをする予定だし。ビールがいい？」

せわしなく畑中夏代が訊ねた。ミヤビがビールを、俺が麦茶をもらう。

「今日は泊まるところがあるのね」

畑中夏代がいたずらっぽくいい、頷いた俺たちは乾杯した。本当は泊まるところなどないのだが、あることにしておかないと前回の嘘がバレてしまう。

「それで、もうひとつの偶然て何？」

「実はわたしはライターで、仕事で都市伝説の取材をしているんです。彼はカメラマン兼その手伝いで」

ミヤビがいった。

「都市伝説って？」

畑中夏代が訊いた。

「本当にあった恐い話とか、不思議なできごととかを集めて本にするんです」

「なるほど」

「アメリカでは『消えたヒッチハイカー』の話が有名です。乗せてくれといわれて、車に乗せてあげるが、目的地につくとシートには誰もいない」

デニスがいった。俺は意外だった。嫌がるかと思ったが、そうでもないようだ。

「そうです。そういう話を集めていて、六本木で起きたある出来事について調べているんです」

「あの話ね」

デニスが俺を見てウインクした。

「あの話って？」

畑中夏代がデニスを見た。

「ママさん、私が六本木に住んでいたのを知ってるでしょう」

「うちの店にいた三村くんと同じマンションでしょ。岩田さんの叔父さんがもってらした」

畑中夏代がいうと、デニスは頷いた。岩田はにこにこと笑っているだけで何もいわない。

「そう。そのビルの屋上で人が死んでいたと彼らはいうんです。私は何も覚えてない。屋上は私の部屋のすぐ上なのに」

「三村さんは覚えているんです。でもデニスさんだけは何も覚えていないって」

ミヤビがいうと畑中夏代は、

「三村くんのことも知ってるの⁉」

と目をみひらいた。

「はい。偶然、望月さんのお店にいらしていて、そのあと四人で『エムズハウス』にうかがいました」

ミヤビが答えると、

「そう」

と畑中夏代は頷いた。それ以上は何もいわない。微妙な空気が流れた。

「ミヤビ、新聞記事のコピーをお見せしたら？」

俺はいった。ミヤビが頷き、携帯をとりだした。向けられた画面に、

「待って」

といって、畑中夏代は老眼鏡を用意した。記事を読み、

「これがデニスや三村くんが住んでいたマンションの話なの？」

とミヤビを見た。

「はい。六本木七丁目のローズビルです。官報に行旅死亡人として遺体が発見された建物の住所が記載されていました」

ミヤビは頷いた。

「じゃ、まちがいないわね。本当に覚えていないの？」

畑中夏代がデニスに訊ねた。デニスは肩をすくめた。

「覚えていません。私、お酒を飲みすぎたのかもしれません。お酒といっしょに脳細胞が蒸発してしまいました」

あくまでも知らぬ存ぜぬで通すつもりのようだ。

「ローズビルについてもいろいろ調べました。その結果、アメリカに住んでおられる岩田さんがオーナーだということもつきとめました」

俺はいって岩田を見つめた。

岩田の笑みは消えなかった。

「それはそれは、よくお調べになられましたね。おっしゃる通り、ローズビルは私のもつ建物です。ですが、人が屋上で亡くなっていたというのはいつのお話でしょう」

おだやかに訊ねた。

「昭和六十年、西暦だと一九八五年の三月に遺体は見つかりました」

ミヤビが答えた。

「そうですか。一九八五年には私はまだ十二歳です。当時は叔父がローズビルのオーナーでした」

「叔父さまはお元気ですか?」

ミヤビが訊ねた。

「事業からは引退しましたが、元気です。カリフォルニアに今も住んでいます」

岩田が答えた。

「岩田さんはいつ、叔父さまからローズビルを受け継がれたのでしょうか」

俺は訊ねた。

「叔父が引退したのは二〇一〇年です。それからは私がローズビルその他の管理をおこなっています」

淀みなく岩田は答えた。

「実は取材のときにローズビルを見て、住めたらいいなと思ったんですが、もう新しい店子を入れないとお聞きしました」

ミヤビがいうと岩田は頷いた。

「ええ。ご覧になられたのならおわかりでしょうが、だいぶ老朽化していて水回りなども傷んでいます。それをまた修理するとなると費用もかさみます。今おられる方たちがすべてでられたら、とり壊そうと思っています。ただ、長く住んでおられるお年寄りにでていって下さいとはいいづらいので、じっと待っている状況ですね。叔父からもそうしろといわれております」

「そうですか。ところで、叔父さまから屋上で遺体が見つかった件については聞いていらっしゃいますか」

ミヤビの問いに岩田は首をふった。

「いえ。私も初耳です。その記事というのを見せていただけますか」

ミヤビが渡した携帯の画面に岩田は見入った。

「なるほど。この記事にあるビルというのがローズビルなのですね」

ミヤビと俺は頷いた。ミヤビが訊ねた。

「当時、叔父さまもアメリカにお住まいだったのですか」

「ええ。叔父は学校をでてすぐ渡米して、ずっとカリフォルニアです」

「おいくつになられるのでしょう」

岩田の顔から笑みが消えた。

「えーと、いくつかな。八十を過ぎたかどうか、というところだと思います」

ミヤビは無言で話を聞いていた畑中夏代を見た。

「岩田さんの叔父さまは『夏』にもよくいらしていたそうですね。望月さんからうかがいました」

「ええ……そういえば……」

畑中夏代はあやふやな表情になった。

「いらしてたのはまちがいないけれど、そんなに頻繁ではなかったのじゃないかしら。あまり記憶がないの」

俺とミヤビは顔を見合わせた。望月や三村ははっきりと覚えていたのに、畑中夏代の記憶はあいまいなようだ。

「さっ、そろそろ晩ご飯の仕度をしないと」

いって、畑中夏代は立ち上がった。

「お手伝いします」

ミヤビがいうと、畑中夏代は手を振った。

「いいのよ。あなたたちにも予定があるでしょう。そっちを優先して」

その言葉に、夕食には招待しないという響きを俺は感じとった。

デニスも岩田も黙っている。突然、俺たちは歓迎されない存在になってしまった。

「わかりました。いろいろと立ち入ったことをうかがって、申しわけありませんでした」

ミヤビがいって頭を下げた。

「とんでもない。そんなことは気にしないで」

畑中夏代は笑みを浮かべ、首をふった。俺は思いつき、いった。

「あの、ワインをお届けした証拠に、皆さんの写真を撮って望月さんにお見せしたいのですが」

「いいわよ」

畑中夏代がいった。

「私は外れよう」

岩田が腰を浮かせた。

「そんなことおっしゃらずに、ごいっしょにどうぞ」

「いやいや。私は部外者です。いっしょに写っては申しわけない」

岩田は首をふった。

「わかりました」

俺は携帯をかまえ、テーブルにおいた二本のワインを前にポーズをとるデニスと畑中夏代を撮影した。二人はピースサインを作った。岩田は写りこまない位置からそれを見ていた。

「ありがとうございました」

俺は携帯をおろし、いった。

「いいえ。こちらこそありがとう。車の運転、気をつけてね」

畑中夏代がいった。

「はい、気をつけます。それでは失礼します」

俺とミヤビは頭を下げ、畑中夏代の家をでた。

車に乗りこむと、ミヤビが息を吐いた。

「なんか、いきなり空気がかわったね」

俺は車を発進させた。畑中夏代の家から離れる。

「メイさんに会った話をしたときや三村さんを知っているといったときより、昔の『夏』に岩田さんの叔父さんがきていたかを訊いたときのほうが変だった。そう思わない?」

「思ったよ。『エムズハウス』でメイさんに会ったといったときはただ驚いていただけだったけど、岩田さんの叔父さんのことを訊いたとたん、よそよそしくなった」

俺は答え、ミラーを見た。畑中夏代の家が見えなくなった。

「やっぱり先代の岩田さんには何か謎がある。二代目の写真を撮っておけばよかった。逃げたよね、写そうとしたら」

くやしそうにミヤビがいった。

「だから動画を撮った」

「え？」

「写真を撮ったあと動画モードに切りかえて家の中を映した。ちゃんと映っているかどうかはわからないけど」

車を止め、映像を見た。一瞬だが、岩田が映っている。

「想一、天才！　見せて」

「やった！」

「手がかりになるかな」

「なるよ、絶対」

ミヤビが力をこめていった。

8

勝浦から戻った晩、自宅で俺は携帯の動画をパソコンに落とし、そこから岩田の写真をプリントアウトした。

改めて見ても、どことい って特徴のない顔をしている。叔父さんは、「蓮華堂」の渡辺さんによれば、〝お洒落《しやれ》で素敵な人〟だったらしいが、甥《おい》のほうはどこにでもいるありふれた中年男、といった印象だ。スポーツウエアでくつろいでいるせいもあるかもしれないが。

一方で、いったい俺は何をやっているのだろうと思わずにはいられなかった。何のつながりもない人の動画を盗撮し、その画像を編集している。犯罪とはいわないが、やっていて気持のいい行為ではない。

畑中夏代や畑中メイに嘘をついたことにも気が咎《とが》めていた。

だがここで手を引けばミヤビを見捨てるようで、それはできない。ここまでいっしょに調べておいて、逃げ出すのは卑怯《ひきよう》な気がする。

岩田の画像をメールでミヤビに送った。すぐに返事がきて、

「明日、望月さんに会いにいく約束をした。七時に『パンドラ』で待ち合わせね」

とあり、了解、と俺は返信した。

長距離の運転で疲れていたこともあり、その夜は早めにベッドに入った。読みかけの本を手にうとうとしていると、部屋の固定電話が鳴った。

俺はとび起きた。固定電話が鳴ることなどめったにない。仕事の連絡も、最近は携帯かパソコンにくることが多い。

時刻は午後十一時過ぎだった。

「はい」

受話器をとった俺に、

「五頭さんのお宅ですか」

男の声がいった。

「そうですが?」

「深夜に申しわけありません。想一さんはご在宅ですか」

「私です」

男は一瞬黙った。

「何でしょう」

「六本木で『エムズハウス』という店を経営されている畑中メイさんをご存じですね」

「あなたはどなたです?」

俺は訊《たず》ねた。声だけで判断するなら中年の男だ。

「ストーカー行為から女性を守るNPO法人の者です。五頭さんによる畑中メイさんに対するストーカー行為に、警告が寄せられています」

「はあ?」

俺は思わず訊《き》き返した。

「俺がストーカーをしたというのですか」

「ストーカー行為です」

「誰に?」

「畑中メイさんです」

「畑中メイさんがそういっているのですか」

「いいえ。畑中メイさんに近い方からの情報提供です。畑中メイさんが困っておられるので助けてあげてほしい、というのです。こうしたストーカー行為について、被害者ご本人はなかなか声をあげられないのです」

「待って下さい。俺はまだ二、三回しか畑中メイさんに会ってません」

「あなたが『エムズハウス』の前に止めた車の中にいるのを見た人間がいます」

「それはたまたまで、畑中メイさんとは関係ありません」

「とにかく、これ以上畑中メイさんにつきまとうようなら、五頭想一というイラストレーターがストーカー行為に及んでいるという情報を、当NPO法人のホームページに掲載します」

「あなたの名前と法人の名称を教えてくれ」

「それは申し上げられません。ストーカーによる二次被害を防ぐためです」

「ふざけるな！」

俺は思わず怒鳴《どな》った。

「名前も団体名も名乗れない奴が、何を根拠に俺をストーカーだと決めつけているんだ」

「ストーカー行為を非難された人間は、たいてい、そのような恫喝《どうかつ》的な言動をとります」

男は冷静な口調でいった。

「まったく身に覚えがないんだ」

「それならけっこう。畑中メイさんにも『エムズハウス』にも近づかなければ、あなたの情報がインターネットに流れることはありません」

「恫喝しているのはそっちだろう」

「よろしいですね。これは五頭さんの社会的立場を守るための、善意による警告だとお考え下さい」

電話は切れた。

眠けが吹きとんだ。何が何だかわからないが、怒りと混乱だけがある。

ミヤビに電話をかけようとして、思いとどまった。

ミヤビに知らせるのは明日でもいい。今は何が起きているのかを把握すべきだ。

電話をかけてきた男が何者なのかはわからない。携帯ならば相手の番号がでるが、俺の固定電話には番号表示機能がついていない。

男が本当に「ストーカー行為から女性を守るNPO法人」の人間かどうかも不明だ。

おそらくちがう。

あの二人組。「エムズハウス」の外で、デニスと岩田の尾行を邪魔した二人組の男のことが頭に浮かんだ。

俺が「エムズハウス」の前に止めた車の中にいるのを見た人間がいる、と電話をかけてきた男はいった。

俺の車のナンバープレートから、固定電話の番号をつきとめたにちがいない。

あの二人は刑事かもしれないとミヤビはいっていた。だが刑事がよくわからないNPO法人を騙《かた》って電話などしてくるだろうか。

わからない。

ただ車のナンバーから所有者の住所や電話番号をつきとめるのは、誰にでもできることではない。警察やそれに近い役所の協力が必要なはずだ。

電話をかけてきた男の正体はひとまずおくとして、その目的は何だ。

畑中メイさんにも「エムズハウス」にも近づかなければ、あなたの情報がインターネットに流れることはありません、と男はいった。

しかし本当の目的は畑中メイではなく、デニスに俺を近づけないことだろう。さらにいえば、デニスと岩田について調べるのをやめさせたいのではないか。

その理由は何だ。

わからない。だが四十年前にローズビルの屋上で見つかった死体が関係していることだけはまちがいない。

じゃあ警告を無視したらどうなる。俺がストーカー行為をしているという情報が本当にインターネットに上げられるのか。

それは不明だ。だが有名人でもない俺の情報が拡散されるとは思えない。たとえ上がっても実害はさほどないだろう。

「五頭想一」という名前を検索した人間の目には触れるかもしれないが、それ以外には無視されるような情報でしかない。

待てよ。じいちゃんとの関係まで、向こうが知っていたらどうなる。「フィクサー」として、知る人ぞ知る五頭壮顕の孫がストーカー行為をしているという情報が流れたら、何か影響はあるだろうか。

ない。じいちゃんはインターネットに興味がない。また、じいちゃんのファンの政界や財界の人も、孫にどんな噂があったとしてもまるで気にしないだろう。極端な話、俺が人殺しだといわれたとしても、それでじいちゃんの話の価値が下がるとは思えない。

そう考えると少し気持が落ちついた。

恐れることは何もない。今の段階では。

ただ、俺たちの調査を邪魔したい人間に俺の住所と電話番号を知られたことは確かだ。

そいつがこの先、嫌がらせの電話以上の何かを俺にしかけてくる可能性はある。

そう思うと不安ではある。だからといって手を引こうとは思わなかった。かえってやる気がでた。なめるなよ、といってやりたい気分だった。

翌日、当初の約束より一時間早くミヤビと落ちあった俺は、「パンドラ」に近い喫茶店に入り、電話の話をした。

「何それ」

「姑息《こそく》な威《おど》しだよ。お前が考えた通り、俺の車のナンバーから電話番号を調べ、かけてきたんだ」

「聞き覚えのある声だった？　デニスさんとか岩田さんとか」

ミヤビの表情は真剣だ。

「いや、どっちともちがう」

俺は首をふった。

「じゃあ『エムズハウス』の前で道を訊いてきた二人組は？」

「さすがにあの連中の声は覚えてない。だけど電話をかけてきた奴の声は、次に聞けばきっとわかる」

ミヤビは唇をかんだ。

「やっぱりデニスさんには仲間がいて、そいつが俺たちに調査をしてほしくないってことなんだろうな」

「想一、やめる？」

ミヤビが俺を見た。

「はあ？　そんなわけないだろ。むしろよけいやる気になった」

「だってあんたに迷惑がかかるかもしれない」

「迷惑にならないよ。ネットに何が流れたって、俺のことを気にする人間なんかいない。たとえじいちゃんのことがでたって関係ない」

俺は昨晩考えたことを話した。

「電話がかかってくる前は、正直、何してるんだ、俺、と思ってた。岩田さんの写真をプリントアウトしてるときに。心が咎めたというか。でも電話で一八〇度かわった。そんな卑怯な真似する奴が困ることなら、むしろやってやるって」

ミヤビは無言だ。俺はプリントアウトした岩田さんの写真をだした。

「これを望月さんに見せよう」

ミヤビはまだ黙っている。

「どうしたんだよ」

「あたしはネットでさんざん叩《たた》かれ、嫌な思いをした。今は平気だけど、そのときはけっこうつらかった。あんたにそんな思いをしてほしくない」

「お前は女で――」

「女か男かは関係ない！」

「そうだった、ごめん。じゃあこういおう。お前は自分の名前で商売している作家だ。俺も名前をだしてはいるが、俺の名前で何かを買う人はいない。世間の人の大半は、雑誌や本に載っているイラストを誰が描いたかなんて興味はない。だからネットにどんな情報が流れようと、俺は困らない」

「イラストの注文が減ったら？」

「ネットの噂を信じて注文をしないような人間はしてくれなくて結構だ。それにお前もわかるだろう。出版社の人は、ネットの噂なんて信じない」

出版社は本や雑誌を売るためにインターネットを利用する。その半面、出版社で働く人たちは意外にインターネットの情報を信用していない。おもしろがりはするが、それをただちに事実とは認めない。

情報を発信する側の習性だろう。世間に溢《あふ》れる情報には嘘も多いことを知っているのだ。

ミヤビは納得しなかった。その気持はわかる。俺だってミヤビの立場だったら、調査をつづけることを迷うだろう。

「こう考えろよ。こんな手を使ってまで暴かれたくない、うしろ暗い秘密が相手にはあるんだ。それを明るみにだせるのは、俺たちだけだ」

「でも犯罪だと決まったわけじゃない」

「犯罪じゃないのなら、なんでそんな嘘をつく？　堂々と過去をほじくるのはやめてくれというのじゃないか」

「誰が？」

「デニスさんか岩田さんだ」

「でもあたしらは警察官じゃない。人の過去を暴く権利なんてない」

「それがもし隠された犯罪だったら、権利とかそういうことじゃないだろう」

「四十年前だよ。たとえ殺人だって時効が成立している。刑法がかわる前なのだから」

「だとしても知らんフリはできないだろ」

ミヤビは黙った。やがてしぼりだすようにいった。

「次は何があるかわからない」

「何って?」

「あんたの家を向こうは知ってる。実力行使にでたらどうするの」

それを考えなかったわけじゃない。

「確かにそうだけど、もし俺に何かをしたら、それこそヤブヘビになると思わないか。時効になっている事件を暴かれたくないために罪を犯すなんて」

「冷静に考えればそうだけど。人を殺すような奴は冷静じゃない」

ミヤビが真顔でいったので、俺は思わず笑いだした。

「何を笑ってるのよ」

「いや、もっともだな、と思って。冷静な奴が人を殺すわけない。だけど冷静じゃなかったら、あんな妙な電話をかけてこないだろう。もっと直接的に威すとかする筈《はず》だ。それにあの二人組は刑事かもしれないって、お前はいったぞ。刑事なら俺を襲ったりしない」

「罠《わな》にかけるかもしれない」

「それなら嫌がらせは飛ばして、いきなり罠にかけてくると思わないか。仮に俺が麻薬か何かでつかまったら、調査を邪魔するためだって、すぐに騒いでやる」

「ううう」

ミヤビは唸《うな》った。

「これじゃいつもと逆だよ。あたしが熱くなって、想一が落ちついている」

「たまには立場が逆転するさ」

ミヤビがいいだしそうなことは、明け方近くまで考え、あるていどの答が俺の中で生まれていた。その結果、調査をつづけるべきだと思ったのだ。

「わかった。考える時間がひと晩あったあんたと、今議論するのは不利だ」

「おっしゃる通り」

俺はにやりと笑った。

「『パンドラ』にいこうぜ」

「パンドラ」を訪ねると望月の姿はなかった。

「社長はまだ来ておりませんので、少しお待ちいただけますでしょうか」

カウンターにいるバーテンダーがいい、俺たちは待つことにした。

一時間が過ぎた。望月がくるようすはなかった。

「かなりお忙しそうですね」

俺はバーテンダーにいった。客がじょじょに入ってきて、バーテンダーも忙しそうだ。

「いえ、時間にはとても几帳面《きちょうめん》な方なので、連絡もなしに遅刻されるのは珍しいと思います」

カクテルを作ったり、ワインを抜栓するあいまにバーテンダーは答えた。

「電話をしてみてもいいでしょうか」

ミヤビが訊ねた。

バーテンダーが頷《うなず》いたので、ミヤビが携帯を操作した。耳にあてていたが、

「でない。留守電にかわった」

といって、携帯をおろした。

さらに俺たちは一時間待った。が、望月は現われなかった。

「何かよほど動けないことがあるんだね」

「申しわけありません。ホウ、レン、ソウは必ず、というのが社長の主義なんですけど」

申しわけなさそうにバーテンダーが頭を下げた。

「ホウレンソウ？」

「報告、連絡、相談のみっつ。あたしも会社員時代、よくいわれた」

ミヤビがいった。

さらに一時間が過ぎ、いよいよ「パンドラ」は混み始めた。望月からは電話もかかってこない。

「今日は引き揚げようか」

ミヤビがいい、俺は頷いた。バーテンダーに声をかけ、俺たちは「パンドラ」をでた。

「何かよほどの事情ができたんだな」

俺がいうと、

「確かに。いくつもお店をやってる人だから、急な用ができて動けなくなることもあるのじゃない」

ミヤビは答えて、時計を見た。午後十時を回っている。

「どうする？」

俺はいった。岩田の写真を望月に見せるつもりだったのが、アテが外れた。

「渡辺さん、まだ起きてるかな」

ミヤビがいった。

「写真を見せるのか？」

「うん。渡辺さんは先代を知ってる。何かまた思いだしてくれるかも」

ミヤビは携帯をとりだした。

渡辺さんはまだ起きていて、今すぐきてくれるなら会う、といった。俺たちはタクシーで「蓮華堂」に向かった。

「申しわけありません。こんな時間に」

部屋に上げてもらうと、俺たちは頭を下げた。

「ふだんならそろそろ寝ようかなって時間だけど、今日はさっきまで占いのお客さんがみえてて話しこんじゃったのよ。何か飲む?」

「いえ、おかまいなく。うかがったのは、この写真を見ていただきたかったんです」

俺はプリントアウトした岩田の写真をだした。

「待ってね」

渡辺さんは首からさげた老眼鏡をかけ、写真を手にとった。

「あら、なつかしい！　よくこんな写真、手に入ったわね」

ひと目見るなりいった。

「なつかしいですか?」

「そうよ。オーナーじゃない。珍しいわね、ジャージ姿なんて」

「岩田さん、ですよね」

「そうそう。最後にお会いしたときよりまたちょっと老けてるけど、岩田さんでまちがいない」

「そんなに似てますか」

ミヤビがいった。

「似てるって、誰に?」

「ですから岩田さん――先代のオーナーです」

「この人がそうよ」

渡辺さんがいった。

「えーと、この人は甥御さんです。先代の岩田さんからローズビルを譲られた、今のオーナーです」

俺がいうと、渡辺さんは首をふった。

「ちがうわよ。この人が岩田さんよ。ご本人」

渡辺さんはきっぱりといった。

「あたしは観相学も勉強したから、人の顔を見まちがえることはない。この耳の形と鼻の下の人中《じんちゅう》のくぼみは、はっきり覚えている。岩田さん本人」

俺とミヤビは顔を見合わせた。俺は告げた。

「その写真は、きのう写したものです」

「きのう？　嘘！」

渡辺さんはいって、写真をもう一度のぞきこんだ。

「五十くらいにしか見えない」

「もし先代のオーナーだったら、八十を過ぎておられる筈ですよね」

ミヤビがいった。

「もちろんよ。あたしより年上の筈だから」

「昭和五十九年にホテルでばったり会ったときは――」

「あたしより若く見えたのは事実。そうはいっても三十七、八くらいに見えた。あれから、えっと、四十年たっているわけでしょ。いくら若く見える人だって、これはありえない」

「じゃあ別人ですか」

俺は訊いた。

「別人と考えるしかないけど……。でもあまりに似ている」

渡辺さんは信じられないというようにつぶやいた。

「甥御さんです。血はつながっているわけですから、似ていてもおかしくありません」

「それはそうだけど。ここまで似るものかしら」

「ねえ」

ミヤビが俺を見た。

「先代とそんなにそっくりだったなら、畑中夏代さんが思いださないなんておかしくない？」

確かにその通りだ。俺はミヤビを見返した。

「夏代さんは、先代が『夏』にきていたのは確かだけど、そんなに頻繁ではなかったからあまり覚えていないというようなことをいっていた。だけど叔父さんにそんなに似ているなら、いっしょにいたら必ず思いだす筈だ」

ミヤビが頷いた。

「じゃ嘘だったのか。あまり記憶がない、というのは」

「そうなる」

「なぜそんな嘘をついたんだ？」

「わからない」

「何の話？」

渡辺さんが訊ねた。俺は、かつて銀座で『夏』というクラブを経営していた畑中夏代の家で岩田に会った話をした。

「デニスさんもそこにいました。それがこの写真です」

ワインを前に撮った、畑中夏代とデニスの写真を見せた。

「覚えてる！　５０１にいたアメリカ人。老けたけど元気そうね。この女の人が、銀座でお店をやっていた人？」

「はい。ローズビルの３０２号室にいた三村さんも、六本木の『キャスティーヨ』をやめたあと、そのお店で働いていました」

ミヤビが説明した。

「この女の人は見たことない」

「聞いた話ですが、先代の岩田さんは『夏』にもきていて、お洒落な方で、働いている女性たちから人気があったそうです」

「それなら、あたしの覚えているオーナーでまちがいないわね。この写真の人は、あまりお洒落な格好をしていないけど」

いって、渡辺さんは再び岩田の写真を手にした。

「でも、見れば見るほど似てる」

「そこまで似ているなら、夏代さんだけじゃなくデニスさんだって何かいった筈だと思わない？デニスさんは先代が共同経営していた会社で働いていたのだから」

ミヤビが俺を見つめた。

「よほど先代の話を俺たちにしたくなかったのだろう。夏代さんを含めて」

俺がいうと、ミヤビの目に力がこもった。

「なぜしたくないの?」

「夏代さんとデニスさんが先代の岩田さんの話をしたくない理由なんて、俺にわかるわけがない」

俺は肩をすくめた。

「この人は、自分は岩田さんの甥だといっているわけ?」

渡辺さんが訊いた。ミヤビが頷いた。

「はい。叔父は二〇一〇年に引退して、それから自分がローズビルの管理をおこなっているとおっしゃっていました。叔父さんの年を訊ねたら、八十を過ぎたかどうかというところだろうと」

渡辺さんは唸り声をたて、写真に見入った。

「だとしても似過ぎてる。まるで双子」

「動画をご覧になりますか」

「動画?」

「ええ。この写真は、きのう撮った動画から落としたものなんです」

「見せて!」

渡辺さんはいった。俺は動画を再生した。

テーブルにおいたワインを前にポーズをとるデニスと畑中夏代から、部屋の隅に立つ岩田に携帯を向け、こっそり撮ったものだ。

ありがとうございました、という俺の声が入っている。いいえ、こちらこそありがとうと畑中夏代が答え、そこで動画は終わる。ほんの二、三秒だ。

「待って、もう一回見せて」

渡辺さんがいった。俺が言葉にしたがうと、

「止めて！」

終わる直前で、動画を止める。

「これ！　この仕草」

俺は画面をのぞきこんだ。岩田が顎《あご》の下に左手を添えている。人さし指と中指で自分の顎をはさむような手つきだ。

「本人よ、まちがいない。こうやって顎を指ではさむ癖があったの。セントラルプラザホテルでばったり会ったときも、話しているあいだずっと顎をはさんでいた。おもしろい癖だなと思って、ずっと覚えていた」

渡辺さんは興奮した顔だった。

「でも、この岩田さんがご本人なら、八十歳になる方です」

ミヤビがいうと、

「わかってる！　いくら若く見えるといったって、これで八十歳はありえない。でも、まちがいない。この人は初代の岩田さん。あたしがローズビルで会い、ひと目で恋をしたご本人」

力をこめて渡辺さんはいった。

俺とミヤビは再び顔を見合わせた。

「だから、なのかな」

ミヤビがいった。

「何が、だからなの？」

渡辺さんが訊く。

「この写真を撮ったのは、千葉の勝浦にある畑中夏代さんのお宅です。岩田さんとデニスさんはゴルフをしにいかれていて、どうやら畑中さんのお宅に泊まっているようすでした。畑中さんが銀座でクラブを経営されていたとき、岩田さんの叔父さんは来日するとよくそのお店にきていたと、元従業員の方からうかがっていました。それで畑中さんに叔父さんのことを訊くと、いらしていたのはまちがいないけれどあまり記憶がない、と答えて。そのあと急によそよそしくなったんです。岩田さんの叔父さんについて訊いたのがよくなかったようでした」

渡辺さんは首を傾げた。

「デニスは？　その場にいたのでしょ」

「デニスさんは、ローズビルで見つかった男の人の遺体のことすら覚えていないというんです」

「嘘よ！　デニスは確かにいたわ。あんな大騒ぎになったし、デニスも死体を見た筈」

「わたしたちもそう思うんですが、覚えていないの一点張りで」

渡辺さんは俺を見た。

「どういうことなの」

「それがわからないんです。前にも申し上げたように、デニスさんは、岩田さんの叔父さんが共同経営をしていた会社の社員だったこともあるんですが、それについても何も話しませんでした。岩田さんの叔父さんの話をするとマズいような空気になってしまって」

俺はいった。渡辺さんは頰をふくらませた。

「おかしいじゃない。それって」

「ええ。でもおかしなことばかりで、結局何がおかしいのかがわからないんです」

ミヤビが頷いた。渡辺さんは宙を見つめた。

「一番おかしいのは岩田さん。とうに八十になっている筈なのに、この若さはありえない」

「つまりそれが理由なんだ」

俺はいった。ミヤビが俺を見た。

「この写真の人は、先代の岩田さんなんだよ。ていうか、岩田さんはひとりなんだ。ローズビルのオーナーは、ずっとこの人なんだ」

「そんな。そんなことってある？　年をとらな過ぎじゃない」

「そう。夏代さんが岩田さんの叔父さんの話を嫌がったのは、まさにそれが理由だ」

「それじゃ本当に怪談だよ」

ミヤビはいった。

「岩田さんは年をとらない怪物ってこと？」

「まったくとらないわけじゃない。ただ人より年をとるのがゆっくりなんだ。渡辺さんがホテルでばったり会ったときは、いくつに見えたといいましたっけ？」

「あたしより年上の筈だけど、四十過ぎのあたしよりみっつよっつ若く見えた」

渡辺さんが答えると、ミヤビが首を傾げた。

「五十近くで三十七、八。八十歳で五十代ってこと？」

「八十歳じゃないわよ。八十二のあたしより年上の筈なんだから」

渡辺さんが首をふった。

「やっぱり怪物じゃない」

ミヤビが信じられないようにいった。

俺は前にここで岩田の話を聞いたときのことを思いだした。渡辺さんは「今会ったら、あたしよりうんと年下に見えるのじゃないかしら」といい、まったくその通りだった。

「でもなぜ？　体質？」

ミヤビがつづけた。

「美魔女とかいわれる人もいるけど、四十代、五十代で二十代とか三十代に見えても、八十代で五十代に見えるってことある？　それも女の人のように化粧をするわけでもないのに」

「わからない。たぶん何か理由があって、そのことを岩田さんや夏代さんたちは詮索《せんさく》されたくないのだと思う」

俺はいった。渡辺さんが叫んだ。

「吸血鬼なんじゃないの⁉」

俺とミヤビは渡辺さんを見た。

「もし吸血鬼だったらまったく年をとらない筈です。血を吸えている限り、不老不死ですから。物語や映画の中では」

ミヤビが冷たくいった。

「ちょっと思いついただけ。ありえないわよね」

渡辺さんは首をすくめた。

「吸血鬼かどうかは別としても、いろんなことの説明がつく」

俺はいった。岩田には、知られてはマズい秘密がある。

「いろんなことって？」

渡辺さんが訊ねた。

「いや、昔話を嫌がったり、写真に写るのを避けたりといったことです」

自称NPO法人による脅迫の話を渡辺さんにするわけにはいかず、俺はごまかした。ミヤビも気づいたのか、小さく頷いた。

「でも知りたいわね。年をとらないですむ方法があるのなら。もう遅いけど」

渡辺さんがつぶやいた。

「やっぱり岩田さんと仲よくしておけばよかった。そうしたら、あたしも同じように若くいられたかもしれない」

俺もミヤビも無言だった。渡辺さんは大きく息を吐いた。

「ね、もし岩田さんが年をとらない理由がわかったら、あたしにも教えて」

俺とミヤビに手を合わせた。

「わかりました」

ミヤビが頷いた。

「約束よ。必ず」

「必ずお知らせします」

いって、俺たちは渡辺さんの家をあとにした。

「なんか不気味」

二人きりになるとミヤビがいった。

「そうだな。岩田が年をとらない理由を知られたくない連中が動いているってことだものな」

俺は頷いた。

「あんたのところに電話をしてきた奴？」

「俺の尾行を邪魔した二人組もそうだ。デニスじゃなく岩田を、俺が尾行していると思ったのかもしれない」

「刑事かもしれない二人組ね」

「どうして刑事が岩田の秘密を守ろうとするんだ？」

俺はミヤビを見つめた。

「わからない。かえってわからなくなった。家でじっくり考える」

ミヤビは答えた。

「俺も考える。吸血鬼っていう可能性も含めて」

俺がいうと、ミヤビはふっと笑った。

「もしそうだったらすごいよね。夏代さんもデニスさんも、吸血鬼の仲間ってことになる」

「仲間だったら、同じように年をとらないのじゃないか。吸血鬼に嚙《か》まれたら吸血鬼になるのだろ」

「そんなの物語の中のルールだよ。現実はどうかなんてわからない」

「いや、現実に吸血鬼がいたら大騒ぎになるだろうし、とっくに世界に知れ渡っている。きっと特異体質だとか伝染病に分類されてさ。いるわけない」

俺はいった。ミヤビは少しほっとしたように頷いた。

「だよね」

終電の迫った地下鉄乃木坂駅で、俺はミヤビと別れた。

家に戻るとインターネットで吸血鬼について調べてみた。

吸血鬼という言葉は、十八世紀初めのヨーロッパで使われるようになった。きっかけになったのは、旧ハンガリー、現在のセルビアで、一七二四年に起こった事件だった。

ある農村に住んでいた男が、死亡した十週間後に同じ村の九人の人間を襲い殺害した。当時その村を占領していたオーストリア軍の将校が村人の訴えを聞き入れ、死んだ男の墓を暴いたところ、死体はまったく腐っておらず、髪、ヒゲ、爪が伸び、口の中は血でいっぱいだった。村人が死体の胸に杭を打ちこむと、傷口から鮮血が噴きだしたという。死体は焼却された。

この事件を伝える記事が翌年、ウィーンの新聞に載ると大きな話題を呼んだ。その後、ヨーロッパで類似した事件が頻発し、一八九七年、アイルランド人作家、ブラム・ストーカーが書いた「ドラキュラ」がベストセラーになったこともあって吸血鬼伝説が広まった（栗原成郎『スラヴ吸血鬼伝説考』河出書房新社刊より）。

調べていて気づいたのは、血を吸って命を永らえる怪物はもともと死人なので「不死」なのは当然だが、「不老」といわれるようになったのは、その後の物語などの影響のようだ。

そこで俺は、吸血鬼ではなく不老不死について調べてみた。

自称サンジェルマン伯爵という人物が十八世紀のフランスにいた。金持らしいふるまいをし、ヴァイオリンの演奏が巧みで絵画にも深い知識をもち、数百年生きていると称していた。貴族や軍人と交流があり、庇護《ひご》をうけたり詐欺師としてつかまりそうになったりしながら、フランス、オランダ、ドイツなどの社交界で活動した。人間的な魅力があり、多くの人が彼の言葉を信じたといわれている。

日本には八百比丘尼《やおびくに》の伝説がある。各地に分布しているが、おおまかには、人魚の肉を食べて八百歳まで生き、外見も娘のままだったという女性の話だ。

中国では、秦《しん》の始皇帝《しこうてい》が不老不死の薬を徐福《じょふく》に命じて探させ、徐福は日本にきたという伝説もある。

調べていてわかったのは、古来いかに多くの人が不老不死を求めたかだ。地位や財産を手に入れた者ほど、その思いは強い。

それは当然ともいえる。今ある状態を幸せと感じるなら、それをなるべく長くつづけたいと人は考える。

俺はパソコンを閉じ、息を吐いた。伝説についてはわかった。だが岩田の秘密を解く鍵《かぎ》は得られない。

不死なのかどうかはともかく、岩田が先代と同一人物なら、外見上は、五十年で二十歳くらいしか年をとっていない。

その理由が特異な体質にあり、外見が若く見えるだけなら、「事業を叔父からうけ継いだ」という嘘をつく必要はない筈だ。

「若く見えますが、もう八十なんです」といえばすむ。聞いた人は驚くだろうが、それだけの話だ。

岩田が年をとらないのには、人に話せない理由がある。しかもそれを探られたくない人間がいて、俺のことを調べた上で脅迫電話をかけてきたのだ。

不意に携帯電話が鳴った。公衆電話からだった。

「はい」

用心して応《こた》えた俺に、

「五頭くんかね」

望月の声がいった。

望月とは昨晩七時に「パンドラ」で会う約束をしていた。だが十時を回っても現われなかった。

連絡もなしに約束をすっぽかす人間ではないと、「パンドラ」のバーテンダーもいっていた。

渡辺さんと会い岩田が先代と同一人物だといわれて、驚きのあまり、望月と会えなかったことをすっかり俺は忘れていた。

「そうです。何かあったんですか。三時間、『パンドラ』でお待ちしていたのですが」

「思いもよらないことになってね」

望月の声には、今まで感じたことのない緊張があった。

「今、君はどこにいる？」

「自宅です。北千住ですが」

「北千住か……」

迷ったように望月はつぶやいた。

「望月さんは今どこに？」

「わたしは今――、いや、それよりこれから北千住にいく。会って話せないか」

時計を見た。午前二時を過ぎている。

「大丈夫ですが、どこに？」

「この時間でも人がいるような場所がいい」

「駅の西口には飲み屋街があるんで、まだ開いている店もあると思うんですが」

「北千住駅の西口だね。三十分くらいで着くと思う。また電話をする」

いって、望月は電話を切った。

なぜ携帯ではなく公衆電話からかけてきたのだろう。すぐ思ったのはそのことだ。

携帯を失《な》くしたのかもしれない。俺は望月に携帯の番号を刷った名刺を渡している。

が、望月の声にあった緊張は、それだけではないようだった。いくら約束をすっぽかしたとはいえ、午前二時に電話をかけてくるには、よほどの理由がある筈だ。

ミヤビに知らせようかと思ったが、連絡は望月に会ってからでもいいと思い直した。ミヤビもおそらくまだ起きている。岩田についてあれこれ頭を悩ましているにちがいない。

俺の住むマンションから北千住駅の西口までは歩いて十分足らずだ。とはいえ、部屋で待つのも落ちつかない。

身支度を整え、俺は部屋をでた。望月はどこからくるのだろう。銀座からでも、この時間なら三十分で北千住にこられる。

駅はもう閉まっていたが、人通りは意外にある。二十四時間営業のファストフード店にもけっこうな客がいた。

じっとしていられず、俺は駅の周辺を歩き回った。北千住の飲み屋に入ったことがないわけではないが、いきつけの店はない。そこまで酒好きではないし、金もかかるからだ。

携帯が鳴ったのは、最初の電話から四十分近くたってからだった。今度は固定電話の番号で、それもこのあたりのものだ。

「はい」

「西口の線路沿いを南千住《みなみせんじゅ》のほうに少し戻ったところにある、アイリというスナックだ」

望月が短くいって電話を切った。

俺は言われた通り、線路沿いに向かった。小さなバーやスナック、居酒屋が密集している地域だ。

「愛里」という看板が見えた。狭い路地には食べものの匂いとカラオケの歌声が充満している。

貼り合わせたベニヤ板を黒く塗っただけの、「パンドラ」とはまるでちがう「愛里」の扉を俺は押した。

「いらっしゃい」

かすれた声がいった。十人もすわれないようなカウンターの奥に、年齢の見当がつかない女性が立っている。がりがりにやせていて、長い銀髪は明らかにカツラとわかる。ワンピースを着け、首から老眼鏡を吊《つ》るしていた。七十歳くらいか。

カウンターにはスーツ姿の望月がひとりで腰かけていた。他に客はいない。

女性は俺と望月を見比べた。

「お連れさん？」

俺は頷いた。

「じゃ料金の説明はいいわね」

投げやりにいって、煙草をくわえた。店内には古い歌謡曲が流れている。

「急に、申しわけない」

望月がいった。俺は隣にかけ、訊ねた。

「いえ。何があったんですか」

「警告をうけた。君たちの調査に協力するな、と」

「誰からの警告です？」

「それを調べるために、さっきまで動き回っていたんだ」

「何飲むの？」

女性が俺たちの話に割りこんだ。望月の前にはビールの小壜《こびん》とグラスがある。

「同じものを」

俺がいうと、

「ビールは飲み放題じゃないわよ」

女性はいった。

「かまわない」

望月は首をふった。

「焼酎《しょうちゅう》にすりゃ安いのに」

女性はぶつぶついって、ビールの栓を抜いた。意外に親切だ。

「すまなかった」

いって、望月がビールのグラスを掲げた。俺は首をふり、グラスをもちあげた。ずっと冷蔵庫の中にあったのだろう。ビールは凍る寸前なほど冷たく、それがおいしかった。俺は喉《のど》が渇いていたことに改めて気づいた。

「七時にこられなかったのも、その警告が理由ですか」

望月は頷き、カウンターの女性をちらりと見た。女性はまるで関心なさげに老眼鏡をかけ、携帯をいじっていた。ゲームをやっているようだ。

「店の前で待ちかまえていた連中がいた。政府の仕事をしていて、私に協力してもらいたいことがある、といった」

「政府って、警察ですか」

「身分証を見せてもらったが、警察ではなかった」

いって、望月はカウンターの女性のほうに目配せした。

「それは二人組でしたか。眼鏡をかけた、中年のサラリーマンのような」

望月は頷いた。

「おそらく六本木で君に声をかけたのと同じ連中だと思う。地味で、高価なものは身に着けていない。どこにでもいそうな二人組だった」

「それでどうしたんです?」

「二人は待たせていた車に私を乗せ、霞《かすみ》が関《せき》に連れていった。そして合同庁舎六号館という建物に入った」

「合同庁舎六号館ですか」

「そうだ。あとで調べたところ、法務省や検察庁などが入っている建物だった。その一室に連れこまれてね」

望月はいって、ビールを飲んだ。不意に舌打ちが聞こえた。カウンターの女性だった。ゲームでしくじったらしい。女性は俺たちには目もくれず、ゲームをつづけている。

俺は望月を見た。

「いっておきたいのは、連中の態度はあくまでもソフトだったということだ。居丈高になったり、権力をちらつかせたりするような真似はしなかった。ただ国の安全にかかわることなので、ぜひとも協力をお願いしたい、といわれた」

「その二人組にですか」

「上司という人物がでてきたよ。おだやかで知的な話し方をする人間だった。ふだんは外務省の仕事をしているといっていたが、あながち嘘ではないように思えた」

「どんな協力をしろといわれたんですか」

「岩田久雄という人物とその周辺に関する調査をやめてもらいたい、というのだ。その人物は、君と穴川さんのことも知っているようだった。君らの調査はいずれいき詰まる。だが私が助けることで望ましくない結果になるかもしれない。それを避けたい、と」

「望ましくない結果って何ですか」

望月は首をふった。

「それはわからない。が、まちがいなく連中は政府の人間だ。私の商売のことも調べあげていたよ。それはいいかえれば、いつでも私の事業を潰《つぶ》せる、ということだ。飲食店はさまざまな認可をうけなければ営業できない。保健所でも警察でも、いえば簡単に営業停止にできる」

「そんな……」

「私もきのう今日、商売を始めた人間ではない。威されて簡単に引っこむのもシャクでね。合同庁舎から解放されるとすぐ、弁護士に連絡をとった。こういう脅迫をされたのだが、どう思う、とね。相手の正体についても話した。その弁護士も百戦錬磨の人物でね。相手が警察だろうが暴力団だろうが、簡単には怯《ひる》まない。だがその弁護士がいろいろ調べたあげく、こういった。『相手が悪い』」

俺は望月を見つめた。

「相手が悪い?」

望月は頷き、俺に身を寄せた。

「国家安全保障局という役所の名を聞いたことがあるか」

小声で訊ねた。初耳だった。俺は首をふった。望月は小声でつづけた。

「アメリカのNSCという組織を真似て作られた役所でね。テロや海外の侵略行為などから我が国を守るための活動をおこなっている機関だ」

「ＣＩＡとかそういうのですか」

「ＣＩＡだけではなく、ＦＢＩや軍、警察などからもＮＳＣには人間が派遣されている。日本の国家安全保障局には、警察、防衛省、外務省などから人が送りこまれている。つまり、締めつけてくる役所はひとつじゃないということだ。警察や保健所以外にも、国税庁や労働基準監督署からも目をつけられかねないというのだ。弁護士は『手を引け』といったよ」

「そんなすごい組織がでてきたんですか」

望月は頷いた。

「いったい何があるんだろうと、私も思った」

俺は携帯をだした。

「勝浦の写真、見ますか」

「見せてくれ」

畑中夏代とデニスを撮った写真を見せた。

「なつかしい。夏代ママだ。老けてはいるが、今も華がある」

「短い動画があって、それに岩田さんが映っています。写真を撮られるのを嫌がったんで、こっそり動画を撮りました」

いって、俺は動画を再生した。

「もう一回」

見終えると望月がいい、四回くり返して再生した。

「見覚えがありますか？」

「岩田さんだ。店にきていた頃よりは、少し歳をとって見えるが」

いってから俺を見た。

「待てよ。これは本人じゃないんだよな」

「先代の甥だといっています。先代は十年ほど前に事業から引退した、と」

「そうだろう。先代なら八十くらいの筈だ。だが似ている」

「先代に似ているんですね」

望月は頷いた。

「四十年近く前のことだから、はっきり顔を覚えているわけじゃないが、先代の岩田さんもこんな人だった。甥だから似るのだろうな」

俺は、渡辺さんの話をするべきか迷った。そこで訊ねた。

「望月さんはどうするんです？　弁護士さんの忠告にしたがうのですか」

「表向きはそうするしかない」

「表向きは？」

「私は誰かに威されたり、圧力をかけられたりするのが大嫌いなんだ。こういう商売をしていれば、筋の悪い客や暴力団とかかわりが生じることもある。避けようとしてもトラブルになり、威された経験も一度や二度じゃない。威されて引っこめば、向こうは味をしめる。何かあったら威して甘い汁を吸おうとする。だから威されてもはねつけてきた。恐い思いもするが、何回かはねつけると、あきらめた。向こうも商売なので、甘い汁を吸うならもっと手間暇のかからない相手にしようと考えるからだ」

俺は頷いた。泥棒が、鍵がひとつの家とふたつの家なら、ひとつの家を狙うという理屈と同じだ。

　鍵がふたつある家のほうがより金目のものがあると思いがちだが、仕事としては、簡単なほうを選ぶという。

　映画やアニメには、警戒が厳重な場所に忍びこみ、お宝を盗みだす泥棒が登場する。が、そもそもそこまでの手間をいとわないような人間なら、泥棒になどならない。楽して稼ぎたいから、泥棒になるのだ。

　たとえ実入りが少なくても楽な道を選ぶのが犯罪者の考え方だ。

「だが弁護士の忠告を聞いて、この威しだけは無視できないとわかった。そこでズルい手段でいく」

「表向きはひっこんで、裏であれこれ調べる？」

　俺の言葉に望月は頷いた。

「その通り。こっそり君たちを応援する。駄目かね？」

「駄目じゃありません。ありませんが、俺もまた威されたら、どうするかな、とは思っています」

「また、とは？」

　望月が訊いたので、自称ＮＰＯ法人の男からの電話の話をした。

「それはずいぶん陰湿なやり口だな」

　望月は眉をひそめた。

「俺やミヤビには、望月さんとちがって威す材料がありません。それにミヤビはまがりなりにも作家ですから、役人に威されたら書いてマスコミに訴えることができます。役人なら、そっちを警戒すると思うんです」

「なるほど」

「望月さんが国家安全保障局に威された話をミヤビが書こうとしても、伝聞になってしまいますが、ミヤビ本人が霞が関に連れこまれたら、記事に書けます」

「だから連中は私に口止めしなかったんだな。名刺も渡されていない私が騒いでもたいしたことはないと考えて。私は所詮《しょせん》、飲み屋のオヤジだ。作家とはちがう」

「そんなことはないでしょう」

俺がいうと望月はいった。

「飲食業というのは、派手に見えるが低く扱われがちだ。特にマスコミの人間には。レストランやバーを経営しているといえば、いっぱしの実業家のようだが、裏では馬鹿にしている。学歴も資格もいらない。元手があれば誰でも始められる、とね。その通りではあるが、長年つづけていくのは簡単ではない。だがそれも客に媚《こ》びを売っているだけだ、で片づけられる。その一方で、作家のような職業の人間には仲間意識をもっている。さほど有名でなくとも、実際に本を出版したり賞をとったりしている人間は大切に扱う。私のひがみも多少入っているかもしれないが、それがマスコミ人というものだ」

俺自身はマスコミ人にそんなに大切にされているとは思わないが、仲間意識に近いものは出版社の人間にはあるかもしれない。新聞記者はちがうだろうが。

俺が今までに会った新聞記者は、たいてい尊大でエリート意識の強い人間だった。

だが、俺に比べミヤビは賞もとっているし、大手出版社から本もだしている。新聞記者も、俺よりはきちんと扱うだろう。

俺は渡辺さんの話をすることにした。

「実はもうひとり、岩田さんを知っている人がいて、その方にも動画を見せました。ローズビルに昔住んでいた女性です」

俺はいって、つづけた。

「つい何年か前までローズビルに住んでいて、岩田さんにはローズビルに入居したてのときと、昭和五十九年の十二月の二度、会っています。その方は、この人はまちがいなく岩田さんだといいました。もちろん年齢と外見が一致しないことは承知の上で」

顔の形、指で顎をはさむ癖などから、岩田本人だと渡辺さんが断言したことを話した。

望月は唸り声をたてた。

「そんなことがあるのだろうか。確かにこの映像では五十代にしか見えない。それも五十代の初めだ」

「その通りなのですが、そもそもなぜそれを本人も周囲も隠そうとしているのかがわかりません」

「隠そうとしている?」

俺は勝浦で、先代の岩田の話をしたとたん、畑中夏代がよそよそしくなったことを告げた。

「外見がそっくりなら、覚えていないというのも不自然ですし、明らかに岩田さんの話を夏代さんはいやがっていました」

「それは……」

いって、望月は黙った。

「もし岩田さんが先代と同一人物なら、いくら外見が若く見えたところで、そうだと認めても何も問題はないと思うんです。驚くだろうけど、こう見えて八十を過ぎているんだ、といえばすみます」

　俺はいった。

「確かにそうだ。若く見えるのは悪いことではない。むしろ自慢する人間のほうが多い。それに近い世代だから、夏代ママの家に泊まって仲よく過ごしていられるとも考えられる。夏代ママもデニスも、七十を過ぎているからね」

　望月は頷いた。

「そうなんです。それなのになぜ、自分は甥だと嘘をついてまで正体を隠そうとしたのでしょう」

　俺がいうと、

「そこに、役人がでしゃばってくる理由があるのかもしれないな」

と、望月はつぶやいた。

「いったいどんな理由なんです？」

　訊いた俺に、望月は首をふった。

「そこまではまだわからない」

「渡辺さんは、岩田さんは不老不死なのかもしれないといっていました。実際は少しずつですが年をとっているので、不老ではないのでしょうけど」

　望月は無言で考えている。

　俺は思いきって、加州交易の話もすることにした。望月を威した役人が日本のＣＩＡのような機関に属しているなら、加州交易も何か関係があるかもしれない。

「実は、ローズビルに住んでいた頃にデニスさんが勤めていた会社が、アメリカのスパイの隠れミノだったという噂があるんです」

東麻布の八百屋で聞いた話をした。望月はあっけにとられたような顔になった。

「デニスがそんな会社に勤めていたというのかね」

「デニスさんがそこに勤めていたのはまちがいありません。ローズビルの賃貸業務を扱っている不動産屋で聞きました」

「確かに、ずっとジャズピアニストだったわけではないだろうと思ってはいたが……」

望月は腕を組んだ。気づいたようにカウンターの女性を見やり、

「ビールのお代わりを下さい」

という。女性は面倒くさそうに携帯をおき、冷蔵庫を開けた。

「そっちは？」

俺を見る。

「お願いします」

俺がいうと、栓を抜いた小壜が二本、カウンターに並べられた。

「もうひとつ。これも不動産屋で聞きこんだ話なのですが、加州交易は日本人とアメリカ人の共同経営で、先代の岩田さんが片割れだったというんです」

いいながら俺は、謎に感じていた加州交易の経営引き継ぎ問題に答がでたことに気づいた。スパイの隠れミノになっている会社の経営を簡単に継げるだろうかという疑問だ。岩田がひとりなら、引き継ぎなどする必要がない。

経営者はかわっていなかったのだ。

「不動産屋でも本人からも、加州交易の経営は、叔父さんから受け継いだというような話を聞き

ましたが、それは嘘で、実際はずっと同じ岩田さんが経営者だったのだと思います」

「加州交易がスパイの隠れミノだったというのは、どこまで信用できる話なんだ？」

望月が訊ねた。

「正直いって、そこは何ともいえません」

アメリカ大使館か何かが関係している会社なので、見て見ぬフリをしろと、交番の警察官が上司にいわれたという話だ。

「近くにはロシア、かつてのソビエト大使館もあるので、スパイが出入りしていても不思議ではないというんです」

「理屈は通るが、もしそうならデニスもスパイだったという可能性がでてくる」

望月さんがいい、俺は頷いた。

「ええ。あんな陽気なお酒好きがスパイだったなんて、ちょっと考えづらいんですが」

望月さんは俺を見た。

「とは、限らない」

「そうなんですか」

「酒場ではしゃいだり、ご機嫌にふるまうような人間の中には、本当の自分を隠している者がいる。少しも酔っていないのに酔ったフリをして、相手を安心させる。酔っ払いは害がないと思われるからだ」

「そんな人がいるんですか」

望月は頷いた。

「詐欺師はカモに近づくとき、無害な人間を装う。酔っ払って陽気にしている者に秘密はないと、人は思いがちだ。わざと自分を軽く扱わせるようにもっていく。そうして信用させ、儲《もう》け話をもちかける。半信半疑だったカモも、何度か儲け話がうまくいくと、絶対的な信用を抱くようになる。そこで大きな罠にはめる。水商売をしていて、何人かそういう人間を見たよ。詐欺師だとわかったのは大きな被害がでてからだ。酔っ払って恥をかき、それをからかわれていたような人物が詐欺師だったと、あとからわかって驚いたものだ。デニスのあの陽気なふるまいも、正体を隠すためかもしれん」

「そうなると今度は、屋上で見つかった死体のことを何も覚えていないというのも嘘じゃないかと思えてきます」

俺はいった。

望月は頷いた。

「デニスを呑《の》んべえのピアニストだと誰もが思っているのはそう見せているだけで、もしかすると屋上で見つかった死体とも何か関係があるのかもしれないな。いや、そうだからこそ、私を威すために役人が現われた――」

「デニスさんが役人を動かしたのでしょうか」

俺はいった。

「可能性がないとはいえない。デニスがスパイだったら、日本のそういう機関ともつながりがある筈だ。たとえ現役を引退したとしても、後輩とは連絡しているだろう。そのコネを使って、私に手を引くよう圧力をかけたとも考えられる」

「そうなると、理由は岩田さんじゃなくて死体ということになります」

「そのほうが可能性が高いだろう。年をとらない人間より、人が死んだことのほうが重大だ」

望月の言葉には頷けた。確かにその通りだった。

結局、最初のテーマ、ローズビルの屋上で死んでいたのは何者だったのか、という問題に戻ってくる。

「君たちが調べていたのも、そのことじゃないのか」

「おっしゃる通りです。ローズビルの住人から始まって、望月さん、三村さん、そしてデニスさんにいきつきました。ただ、いきついたところで、岩田さんという壁にぶつかってしまったんです」

俺はいった。

「真実は、デニスと岩田さんが知っている。それをどう訊きだすかだな」

望月はつぶやいた。

「最後は、直接本人にぶつかる他ない、と思います」

「確かにそうだろうが、武器がいる。彼らの口を開かせるような武器を手に入れなけりゃならん」

「武器……」

俺はつぶやいた。

「情報だよ。彼らが喋《しゃべ》らざるを得なくなるような情報を手に入れるんだ。それをぶつければ、話すかもしれない」

望月がいい、俺は考えこんだ。

9

望月と別れ、マンションに戻ったときには夜が明けていた。ミヤビに連絡をするのは起きてからにしようと決め、俺はベッドに入った。

眠れないかと思っていたが、午前十時過ぎまでぐっすり寝てしまった。起きるとひどく腹が減っていて、冷凍庫に入っていた肉マンを四つも平らげた。

携帯にミヤビからの着信が入っていた。鳴ったことにすら気づかなかった。電話をかけると、

「今まで寝てたの⁉」

尖《とが》った声でいわれた。

「明け方まで望月さんと話してたんだ」

「望月さんと？　待って、今打ち合わせの最中だから、終わったらそっちにいく」

「どこで打ち合わせをしてるんだ？」

「神楽坂の喫茶店」

「じゃ、俺がそっちにいくよ」

「わかった。想一が着く頃、終わると思う」

「了解」

身支度を整え、マンションをでた。車ではなく地下鉄でいくことにして、駅まで歩いていると携帯が鳴った。

じいちゃんのアシスタントの高園さんからだ。

「先日はありがとうございました。助かりました。その後、調べもののほうは進展していますか」

「それがちょっと壁にぶつかっています」

「そうですか。実は先日、お調べになっていた、岩田さんとおっしゃいましたか。その方の件で、小耳にはさんだことがございまして。もしまだお調べのようなら、想一さまにお知らせしておこうと思いまして――」

俺は立ち止まった。

「ぜひ教えて下さい！」

うしろから歩いてきてぶつかりそうになったおばさんが、俺をにらみつけながら通り過ぎた。

「実は岩田さんには、娘さんがいらっしゃるんです。あ、この岩田さんというのは、先代の岩田さんのことなのですが」

「娘さんですか」

「はい。先代が日本でやっていた事業の手伝いをされていた、日系アメリカ人の女性とのあいだにお子さんが生まれているんです」

「それはいつ頃の話ですか」

「昭和四十年代のことだそうです。お二人は結婚を考えて交際されていたようなのですが、何かの理由で結婚されず、お子さんが生まれた。女性はひとりでお子さんを抱え、日本で暮らすこととなり、岩田さんはその女性のためにローズビルをたてて、家賃が入るようにされたのだそうです。ところが、その女性がほどなくして事故か何かでお亡くなりになり、娘さんはその女性の日本の親族にひきとられたということです」

高園さんは答えた。

「その娘さんが今、どこで何をしているかわかりますか⁉」

思わず大声をだした俺は、あわてて歩道の端に寄った。

「今はわかりませんが、お調べすることはできると思います」

「ぜひお願いします！」

俺は勢いこんでいった。

「承知いたしました。少しお待ち下さい。またお電話をさしあげます」

告げて、高園さんは電話を切った。

神楽坂につくと、待ち合わせた喫茶店に、打ち合わせを終えたミヤビがいた。

「朝まで望月さんと何をしてたの」

開口一番ミヤビは訊《たず》ね、俺は望月さんが役人に威《おど》された話をした。

「合同庁舎の六号館……」

聞くなり、ミヤビはテーブルにおいていたパソコンを開いて、キィボードを叩《たた》いた。

「なるほど。主に法務省関連の機関が入っている建物ね」

「望月さんを車で連れていったのは、どうやら六本木で俺に声をかけてきた二人組らしい。合同庁舎では、その上司という人物が現われて、やんわり望月さんを威した。望月さんの仕事のことを調べあげていて、ミヤビや俺についても知っているようすだった。俺たちの調査はいずれいき詰まる。そうなっても助けるなといったそうだ」

「何なの、それ。いったい何者？」

「国家安全保障局と、望月さんはいっていた」

「嘘」

ミヤビは目を丸くした。

「知ってるのか」

「日本の諜報《ちようほう》機関の元締めみたいな役所よ」

「望月さんも同じようなことをいっていた。向こうはあらゆる役所を使って、望月さんの商売に圧力をかけられる。だから――」

いいかけ、俺は喫茶店の中を見回した。俺たちのすわるテーブルは店の一番奥で、他の客に声が聞こえる心配はなかった。

「だから?」

ミヤビが先をうながした。

「表向き、いうことを聞く。俺たちの調査にはこっそり協力する」

ミヤビは目をみひらいた。

「望月さんがそういったの?」

俺は頷《うなず》いた。

「それと、岩田さんを撮った映像を見せたら、『夏』にきていた先代にそっくりだといった」

「やっぱり」

「加州交易についても話した。デニスさんがスパイだったかもしれないとも。望月さんはそれはあり得るっていうんだ。陽気な酔っ払いは、正体を隠すための芝居の可能性があると。そうしたら、脅迫や妨害は岩田さんのことじゃなくて、屋上の死体のことを調べられたくないからじゃないかって結論になった」

ミヤビは俺を見つめた。俺は望月さんとの細かいやりとりを話した。

「確かにそうかもしれないけれど、岩田さんが二人いるようにふるまっている理由は何？」

ミヤビにいわれ、俺は言葉に詰まった。

「それは……」

「死体が何者だったのかという謎と岩田さんがちっとも年をとらないという謎にはつながりがあって、それにデニスさんが関係している。デニスさんだけでなく、国家安全保障局もかかわっている」

俺はミヤビを無言で見つめた。

「でも変」

ミヤビがつづけた。

「何が変なんだ？」

「想一や望月さんには威しがあったのに、どうしてわたしにはこないの」

いわれてみればその通りだ。

「確かにそうだ。なぜなんだ」

「木村伊兵衛に関係あるのかな」

木村伊兵衛は、ミヤビに調査を依頼してきた人間の名だ。

「どう関係あるんだ」

「それはわからないけど……」

いって、ミヤビは考えこんだ。

「もうひとつビッグニュースがある」

俺はいった。そのとたん携帯が鳴った。高園さんからだ。

「待った」

俺は耳にあてた。

「わかりましたか⁉」

「はい。わかりました」

高園さんが答えたので、俺はミヤビにVサインを送った。ミヤビはきょとんとしている。

「その娘さんのお名前は、仙崎香奈《せんざきかな》とおっしゃいます」

高園さんはいって、漢字でどう書くのかを説明した。

「現在は五十三歳におなりで、セントラルプラザホテルの執行役員をしておられます」

「セントラルプラザホテルって――」

「ええ。先日、想一さまとばったりお会いしたホテルです。仙崎さんは学校を卒業されたあと航空会社に就職し、その後、セントラルプラザホテルに引き抜かれたそうでございます。結婚歴はおありですが、現在は独身だそうです」

「セントラルプラザホテルにいけば、その人に会えますか」

「多分、お会いになれるかと」

「ありがとうございます！　助かります」

俺はいって電話を切った。

「誰？」

訊ねたミヤビに、

「高園さん。突破口が見つかった」

答えて俺は、岩田に娘がいると高園さんから教えられたことを話した。ミヤビの目が大きく広がった。

「それ、本当なの⁉」

「失礼だぜ、高園さんに」

「そうだけど、いったいどうして――」

いいかけ、気づいた。

「セントラルプラザホテルの社長！」

「おそらくそうだ。岩田さんについて訊《き》いた高園さんに、教えてくれたんだと思う」

「会いにいかなきゃ」

今にも立ち上がりそうなミヤビを、

「待てよ」

と、俺は制した。

「いきなり訪ねていって、お父さんの話を聞かせてくれっていうのか。いくらなんでも失礼だし、警戒される」

「そうかもしれないけど、ならどうすればいいの」

「仙崎香奈さんが五十三歳だということを考えると、岩田さんの今の外見とあまりかわらない年齢だ」

「親子は会っているのかな」

「娘の勤め先のホテルに泊まっているんだ。会っていない筈《はず》はない」

「泊まっているのは甥でしょ。少なくとも周囲には、甥《おい》ということにしているのよ。そうじゃないと親子が同じ年頃に見えて怪しまれる」

確かにそうだ。俺はいった。

「でも父親の甥ということは従兄《いとこ》になるわけだから、会わないのも変だ」

「なるほど。じゃあ会っているか」

ミヤビは腕を組んだ。

「問題は、娘は父親の秘密を知っているか、ね」

「そこだ。自分の父親が三十以上も若く見える理由を知っていたら、謎のひとつが解ける」

俺はいった。

「知らなかったら？　小さいときにお母さんが亡くなり、親戚《しんせき》にひきとられたのでしょう。父親の記憶はあまりないかもしれない。甥だと偽わられ、信じているかも」

「娘にまで嘘をついてるのか」

「場合によっては。人が死んでいるってことを忘れちゃ駄目だよ」

ミヤビにいわれ、俺ははっとした。

そうだ。ローズビルの屋上では人が死んでいるのだ。もしそのことにかかわっていたのなら、岩田が娘に正体を告げていない可能性はある。あくまで従兄としてふるまっているかもしれない。

「お母さんのことがもっとわからないかな」

ミヤビがいい、俺は高園さんに電話をかけた。仙崎香奈の母親について調べてくれるよう頼んだ。高園さんはふたつ返事で了承した。

どうやらセントラルプラザホテルの社長は、高園さんをすごく信頼しているようだ。

三十分もしないうちに電話がかかってきた。

「仙崎さんに直接うかがってみてはどうでしょう」

高園さんはいった。

「直接、ですか」

「ええ。セントラルプラザホテルの社長が、それほど仙崎さんについて知りたいのなら、直接会ってみてはどうだ、とおっしゃっているんです。想一さまが先生のお孫さんであるというので、特別に便宜をはかって下さるようです」

高園さんは答えた。

「ええと、大丈夫なんですか？　宿泊客のことをあれこれ調べている怪しい奴だと思われるのはまちがいないですけど――」

「大丈夫です。社長はとても気さくな方の上、五頭先生にはとても恩があるとお考えで、それを返せるならなんでもするとおっしゃっています」

「待って下さい」

俺はミヤビを見た。

「セントラルプラザホテルの社長が、仙崎香奈さんに会わせてくれるといってるらしい」

ミヤビは目をみひらいた。

「会う！」

「わかった」

不安だったが、俺は高園さんに会わせてくれるよう頼んだ。

「わかりました。先方と話してご連絡します」

電話を切り、俺は息を吐いた。

「心配だ。絶対怪しい奴だと思われる」

「かもしれない。でも突破口になるのはまちがいない」

ミヤビはいった。

「娘さんが話したら、岩田さんは警戒してアメリカに戻ってしまうかもしれないぜ」

「そうなってもまだデニスさんがいる。それに夏代さんも」

「夏代さんか。ローズビルに住んでいたデニスさんはともかく、なぜ夏代さんまで岩田さんの年齢を隠してたんだろう。昔のお客さんだからという理由だけじゃないと思うんだよな」

俺はつぶやいた。ミヤビは頷いた。

「そうだよね。あんなにいい人が突然、態度をかえるなんて。きっとよほどの理由がある」

「いい人だからこそ、嘘をついたとき胸が痛んだんだ。だけど妙な脅迫電話がかかってきたんで、こっちもムキになった」

俺はぼやいた。

「想一に電話をしてきたのが国家安全保障局だとしたら、ずいぶん陰険な手を使うよね」

「ていうか、もっとカッコよくやれよっていいたいね。仮にも日本の安全保障を担っている007みたいな連中だろ。それがストーカー行為から女性を守るNPO法人だなんてさ」

「そういう法人はあるべきだと思うし、なかなか被害を訴えられない女性を助ける活動は立派だよ。だからこそ、それを騙《かた》るのはどうかと思う」

ミヤビも頷いた。

「まあ、ピストルつきつけられて、手を引け、といわれるよりはマシだけどさ」

俺がいうとミヤビは笑いだした。

「そんな真似したら、それこそ大ごとだよ。全体主義国家じゃあるまいし、公務員が一般市民を威すってのは許されないからね。だいたい、警官や軍人がいばっている国は破綻するものだから」

「そうなのか」

「つきつめていけば、警官も軍人も体制を守る暴力装置だから。体制と法、どっちを優先するかで、その国の程度が知れる」

「なるほどな」

「先輩作家の受け売りだけどね」

いって、ミヤビは舌をだした。俺の携帯が鳴った。高園さんだ。

「明日の午後、セントラルプラザホテルにお越しになれますか」

ミヤビに確認し、俺は返事をした。

「大丈夫です」

「では二時にロビーで私がお待ちしています。そのあと社長、そして仙崎さんにおひき合わせするということでいかがでしょう」

「ありがとうございます！」

電話を切ると、

「またちゃんとした格好でいかないとね」

ミヤビがいった。

「そうだな」

「このこと、望月さんに知らせるの？」

「知らせる。ただ、『パンドラ』にいって報告するわけにはいかない。きっと監視されているだろうからな」

連絡をとる方法は、今朝、相談ずみだ。

「じゃあ――」

「まあ、任せてくれ」

俺は胸を叩いた。

その晩、俺は銀座にいた。ミヤビとは明日、セントラルプラザホテルで二時少し前に待ち合わせ、望月には俺ひとりで会うことになっている。

俺が訪ねたのは、銀座七丁目の昭和通りに近い、古いビルの地下にある「葉桜」という店だ。夜の十時過ぎで、看板の明りは消えていた。

ここは以前、「花筏」で板前をやっていた人が独立してだした店だという。カウンターだけの小さな割烹《かっぽう》で、たまに望月が顔をだしているということだ。

ガラス戸を引いた俺を、カウンターの中にいる白衣の男が怪訝《けげん》そうに見た。

「あの、望月さんと待ち合わせた者です」

「ああ、聞いています」

五十を少し越えたくらいだろうか。角刈りの男は頷いた。

「ちょっと待って下さいね」

いって、携帯を手にとった。

「すわって」

といわれ、俺は五席しかないカウンターの端の椅子に腰をおろした。店の中は片づけられ、男は何本も並べた包丁を研いでいたようだ。

「あ、社長、『葉桜』です。頼まれてた塩引き、入りました」

いって、男は電話を切った。

二十分もしないうちに望月が現われた。

「悪いな、瀬戸《せと》」

瀬戸と呼ばれた白衣の男は首をふり、

「何か飲むか召し上がるかしますか」

と訊ねた。望月は俺を見た。

「大丈夫です」

俺が答えると、

「じゃあ、場所だけ貸してくれ」

と望月はいった。

「了解です。ががたやってますが、気にしないで下さい」

男は包丁研ぎに戻った。もともと口数の少ない人らしく、俺が望月を待っている間も、ひと言も喋《しゃべ》らなかった。

「岩田さんに子供がいました。五十三歳になる娘さんで、日本で暮らしています」

俺は単刀直入にいった。望月は驚いたように俺を見た。

「母親は？」

「岩田さんの事業の手伝いをしていた日系アメリカ人の女性だそうです。その方はもう亡くなっています。娘さんは日本の親戚に育てられ、今はセントラルプラザホテルの執行役員をなさっているそうです」

「そんなことがあったとは……」

望月はほっと息を吐いた。

「明日、その娘さんに会って話を聞けることになりました」

俺がいうと、望月は目をみひらいた。

「それはまた、ずいぶんと話が早いな」

「セントラルプラザホテルの社長さんが便宜をはかってくれました」

「ほう。どうして？」

「祖父と、その、親しくされているみたいで」

「君の？」

俺は頷いた。望月は息を吸いこんだ。

「五頭という姓は珍しいと思っていたが、もしかすると、君のおじいさんというのは、五頭壮顕氏なのかね」

「祖父をご存じなんですか」

「お会いしたことはない。が、私の業界でもおじいさんは有名だ。指導をうけている大物もいる」

「指導なんてそんな。本人は占い師のようなものだといってます」

俺は首をふった。

「いや、そうだったのか。それならセントラルプラザホテルの社長が便宜をはかってくれるのも頷ける。サービス業界には、君のおじいさんの信者がたくさんいるからね」

俺は何と答えたらいいかわからず、黙っていた。

「五頭壮顕氏のお孫さんがイラストレーターとは、また意外な仕事をしているものだ」

「祖父の仕事は継げるようなものではありませんから」

俺がいうと、今度は望月が首をふった。

「いや、世の中にはその能力もないのに、両親や祖父母の仕事を継ごうとして、本人も周囲も苦労している例がたくさんある。大きな名前があると、それを利用しようとするやからが集まり、子供や孫をかつぎあげるのだ。さんざんそういう人間を見てきた。その点では君はきちんとしている」

「俺がきちんとしているというより、じいちゃんが厳しいのだと思います」

望月は笑いだした。俺の肩を叩く。

「いや、立派だ。君も、君のおじいさんも」

「そんなことより、娘さんに会えば、岩田さんの秘密がわかるかもしれません」

俺はいった。

「そうかもしれない。だがそれで、屋上の死体の謎は解けるだろうか。役人が隠したがっているのは、ローズビルの屋上で見つかった死体の正体じゃないかと私は思うのだが」

「そうだとしても、岩田さんの秘密がわかれば、望月さんのいう武器になるかもしれません」

「そうだな。よし、私も動いてみよう」

望月がいったので、俺は驚いた。

「大丈夫なんですか。威されたのでしょう?」

「警告されたのは、岩田久雄氏について調べることだ。私の昔の雇い主である畑中夏代ママに会うのは禁じられていない。夏代ママが先代の岩田さんの話をするのを嫌がったというのが気になってね。ゴルフにかこつけて勝浦にいき、夏代ママに会ってみようかと思っているんだ。ワインもプレゼントしたことだし、門前払いはくわないだろう」

「会って、岩田さんの話を訊くのですか」

望月は頷いた。

「正直に、役人から威されたことをいう。何か心当たりはないか、訊いてみるつもりだ」

「それはいつ？」

「明後日を考えている。本当はちがうが、お客さんと勝浦でゴルフをしたことにして、君から教わったといって夏代ママの家を訪ねる」

「わかりました。地図を書きます」

望月が、瀬戸という板前に紙とペンを頼み、俺は畑中夏代の家までの地図を書いた。

「家の前に駐車場があって、赤い軽自動車が夏代さんの車です」

「デニスたちはもう東京に戻っている筈だから、鉢合わせする心配もないし、いってくるよ」

「はい、お願いします」

「明後日の晩、今日と同じくらいの時刻にここで待ち合わせよう。瀬戸、かまわないか？」

「自分はまったく大丈夫です」

研いだ包丁を光にかざしながら、瀬戸は頷いた。

翌日の午後一時三十分に、俺はセントラルプラザホテルの一階玄関前に立っていた。ノータイだが黒のスーツを着ている。ミヤビと落ちあったら、ロビーに入る前に望月との話を報告するつもりだ。

が、ミヤビはなかなか現われなかった。二時少し前、俺はミヤビの携帯に電話をした。

電源が切られているか電波のつながらない場所にある、というアナウンスが流れた。

急に不安になった。俺や望月には脅迫があったのに、自分にはなぜないのだろうというミヤビの言葉を思いだした。

何かあったのだろうか。高園さんとの約束の時間が迫っている。とりあえずミヤビの留守番電話に「先にいってる」とだけ吹きこみ、俺はセントラルプラザホテルの玄関をくぐった。

エレベーターで二十一階に上がったが、ロビーに高園さんの姿はなかった。見回していると、フロントカウンターの横の扉が開き、高園さんがでてきた。高園さんはスーツにネクタイを締めている。それを見て、俺もネクタイをしてくればよかったかなと、少し後悔した。

高園さんは、つっ立っていた俺にまっすぐ歩みよってきた。

「こんにちは。穴川さんはまだお見えではないのですか」

俺は頷いた。

「遅刻するような奴じゃないのに変なんです」

高園さんは眉《まゆ》をひそめた。

「お電話をされましたか」

「したけどつながりません」

「それは変ですね」

腕時計をのぞき、高園さんはいった。

「もう少し待ちましょう」

ロビーの空いているソファに、二人で並んで腰かけた。

そのまま十分がたち、二時を過ぎた。ミヤビからは何の連絡もなく、俺はいった。

「あの、これ以上先方をお待たせするのも申しわけないんで、俺だけでお会いします」

「承知いたしました。では」

答えて、高園さんは立ち上がった。

「社長は、最上階のラウンジで、仙崎さんとお待ちだそうです」

俺はミヤビの携帯の留守電に、最上階のラウンジにいると吹きこんだ。

高園さんとエレベーターでセントラルプラザホテルの最上階に上がった。最上階にはレストランとバーラウンジがある。入口にいた制服の女性が、バーラウンジの最も奥の席へと俺たちを案内した。

四十階の高さから街を見おろす窓辺に、頭が禿《は》げあがった恰幅《かっぷく》のいい男性とほっそりした女性がいた。どちらも黒のスーツを着ている。

俺たちが近づいていくと、二人は立ち上がった。

「どうも、お忙しいところをお邪魔して――」

高園さんが腰をかがめ、俺も頭を下げた。

「お待たせして申しわけありませんでした。五頭と申します」

「とんでもない。こちらこそ五頭先生にはお世話になっております」

答えて、二人は名刺をさしだした。セントラルプラザホテルの社長は、足立《あだち》といった。女性の名刺には「マネージメント事業部部長　執行役員　仙崎香奈」とある。

仙崎香奈は色白で彫りの深い顔立ちをしていた。少し外国人の血をひいているのかもしれない。

「いろいろとぶしつけなお願いをして申しわけありません」

俺はもう一度、頭を下げた。仙崎香奈は特に不愉快そうな表情はせず、俺が渡した名刺に目をやっていった。

「イラストレーターをしていらっしゃるのですね」

「ええ。実はもうひとりノンフィクション作家の友人とくる予定だったのですが、遅刻していまして。すみません」

「そうなのですね。どうしましょう。その方がいらっしゃるのをお待ちしますか」

「お気づかいありがとうございます。ですが、お仕事もあるでしょうから、先にお話をうかがうことにします」

俺はいった。

「けっこうですよ。社長から少し聞きましたが、わたしの両親について、何か調べていらっしゃるとか」

ホテル勤務という職業柄なのか、表情にまったく変化はない。

「岩田久雄さんは、仙崎さんのお父さんでいらっしゃいますね」

俺は訊ねた。仙崎香奈は頷いた。

「はい」

「岩田久雄さんが所有しておられる、六本木のローズビルというマンションについて調べているんです」

「六本木の――。そういう建物があることは承知しております。それで、何をお調べになっているのでしょう」

ミヤビがいないのに、これ以上話を進めてよいものか一瞬俺は迷った。が、仙崎香奈にまた会えるという保証はない。

「昭和六十年、今から四十年前のことですが、屋上で死体が見つかったんです」

仙崎香奈の顔を見つめ、俺はいった。仙崎香奈の表情はまるで変わらなかった。

「死体が？　ローズビルの屋上で、ですか」

「そうです」

「まあ」

つぶやいたものの驚いているようすは感じられない。

「新聞では四十代から六十代にかけての男性で、住人ではありませんでした。めだった外傷がないことから、警察は病死だと判断しました。身のまわりのものなどを入れた紙袋がおかれていたので、ホームレスが入りこみ、そこで亡くなったのではないかと考えられています。身許《みもと》のわかるものを所持しておらず、行旅死亡人として処理されました」

「それで？」

「その人が何者であったのかを知りたくてローズビルのことを調べていたら、岩田久雄さんがオーナーだということがわかりました」

「そうだったんですか。でも父からそんな話を聞いたことはありません」

「岩田さんは今どちらにいらっしゃいますか」

「カリフォルニアの自宅だと思います。とにかく旅行が好きな人で、めったに家にいることがないそうなので、実際はどうかはわかりませんが……」

「今、このホテルにお泊まりになっているのは――」

「父の甥にあたる岩田様ですね。わたしにとっては従兄ということになりますが」

「お話をされましたか？」

仙崎香奈は首をふった。

「ご挨拶《あいさつ》もしておりません。岩田様はおそらく、従妹《いとこ》がこのホテルにいるのもご存じではないと思うので……」

「ご存じない――」

「父と母の関係について、父方の親族はほとんど知らないと思います」

仙崎香奈はいった。

「そうなんですか」

「母は、戦前、九州からアメリカに移住した一団の娘としてカリフォルニアで生まれたと聞いています。戦争中、日本人移民はたいへん苦労しました。それがあって母は戦後、母の叔母と日本に戻ってきました。英語が話せ、読み書きもできるということで、日本とアメリカの合弁会社である商社に勤め、そこで父と知り合いました。父もまた日系アメリカ人で、その会社の出資者だったのです」

「戦争中、日本人移民がアメリカでたいへんな思いをされたというのは聞いたことがございます。お母様は、さぞご苦労されたでしょうね」

高園さんがいった。

「二人が結婚できなかったのも、それが理由でした。母にとっての両親、わたしの祖父母は日系人の収容所で亡くなっていて、母を日本に連れてきた叔母は、アメリカに戻ることになる父との結婚を、決して許さなかったのだそうです。ですがわたしが生まれ、父が日本で暮らすならという条件で許そうとした矢先、母が交通事故で亡くなったんです」

「そんなことがあったのですか」

「父はわたしを引きとりたがったそうですが、母の叔母は許しませんでした。わたしは大叔母に育てられることになり、やがて父はアメリカに帰りました」

「お父様と最後に会われたのはいつですか」

仙崎香奈は悲しげに微笑んだ。

「父とは、かれこれ四十年近く会っておりません」

「そんなに、ですか」

「最後に会ったのが、わたしが高校に上がる年でしたから、三十八年前になります」

俺は急いで計算した。一九八七年だ。

「そんなに長く会っていらっしゃらないとは」

高園さんが首をふった。

「そうなんです。ただ、ローズビルや父が日本に所有する不動産に関しては、大叔母が一部管理をしていると聞いております」

仙崎香奈はいった。

「ええと、それは仙崎さんのお母様と、戦後いっしょに帰国された叔母様のことですか」

「はい。わたしを育ててくれた大叔母で、今度九十五になりますが、まだとても元気です」

「それはご立派だ」

高園さんがいった。

「その大叔母様はどちらに?」

「福岡にいます。ひとり暮らしですが、親戚が周囲にいて、いろいろと世話をしてくれているようです」

「ローズビルの管理をされているというのは?」

「賃料などが父の口座から管理料として大叔母の会社に振り込まれているのです。実際は大叔母は何もしておりませんが、そのお金がわたしの養育費などになったと聞いています」

税務署が聞いたら文句をつけてくるかもしれないが、俺がとやかくいうことではない。

「すると、仙崎さんはローズビルにいかれたことはないのですか」

「ありません。大叔母から、自分に何かあったら会社はわたしが継ぐようにとはいわれていて、資産のリストのようなものは渡されております。ですが、父より大叔母のほうが先に亡くなるでしょうから、そうなったら父と相談しようと考えております」

「お父様とはお会いにならなくても、連絡はとっていらっしゃるのですか」

「いえ」

仙崎香奈は首をふった。

「父の連絡先は大叔母が知っていて、生きている間は自分が連絡をとるから、わたしは話す必要がない、といわれています」

「大叔母様は、仙崎さんのお父様とは――」

「はい。仲は決してよくありません。大叔母が一方的に嫌っているといってもよいかもしれません。大叔母にしてみれば、姪《めい》に子供を産ませたアメリカ人ですから」

「でも、同じ日本人ですよね」

「大叔母は自分を日本人と考えていますが、父のことはアメリカ人だと……」

俺には理解が難しい複雑な感情が、仙崎香奈の大叔母さんにはあるようだ。

「大叔母様は、アメリカ人を嫌っていらっしゃる？」

「そうだと思います。戦争中の苦労もあって」

高園さんが息を吐いた。

「仙崎様もご苦労されたでしょうね」

「いえ。大叔母には感謝しておりますし、父とは四十年近く会ってはいないものの、いつか必ずゆっくり話せるときがくると思っておりますから」

仙崎香奈はいった。迷いのない口調だった。

俺は思わず仙崎香奈を見つめた。

「それは、失礼な訊きかたですが、大叔母様が亡くなった後に、という意味でしょうか」

「ええ」

仙崎香奈は俺を見返し、頷いた。俺は何もいえなくなった。

黙っていると、高園さんがいった。

「ええと、想一様がお訊ねになりたいことは他にございますか」

俺は腹を決めた。

「この写真を見ていただけますか」

勝浦で撮った動画から落とした岩田の写真を、自分の携帯画面にだした。

「この方に見覚えはありませんか」

仙崎香奈は携帯を手にとり、見つめた。

「これはいつの写真ですか」

俺に訊ねた。

「二、三日前のものです」

「思い出の中の父に似ている方ですが、父の筈はないでしょうから、当ホテルにお泊まりの岩田様ですか」

「お父様に似ていらっしゃいますか」

仙崎香奈の問いには答えず、俺は訊ねた。

「似ていると思っているだけかもしれません。何しろ四十年近く前に会ったきりですから」

仙崎香奈がいうと、

「想一様、この方は？」

高園さんが訊ねた。

「おっしゃる通り、今こちらのホテルに泊まっていらっしゃる岩田さんです。お父さんにそっくりだという人が何人もいます」

俺は答えた。仙崎香奈は無言だ。

「私にも見せていただけますか」

セントラルプラザホテルの社長がいった。

俺は携帯を渡した。社長はじっと見つめ、

「確かに似ていらっしゃるかもしれませんな」

といった。俺ははっとした。岩田は、〝先代〟も当代も、ずっとこのセントラルプラザホテルを利用している。だったら、ホテルの人間は覚えていて当然だ。

「岩田さんは、お父様の代から、ここに泊まっておられるのですよね」

「はい。ずっと当ホテルをご利用いただいております」

「四十年以上ですか」

「そうなるかもしれません。私が当ホテルに入社したときには、もうご常連でいらっしゃいました」

社長は答えた。

「どのくらいの頻度で泊まられるのでしょう?」

「お客様ですので、あまり具体的なことは申しあげられないのですが、数年に一度は、必ずご宿泊いただいております。あ、ただ、当ホテルが改築をいたしました十年ほど前の何年間かは、お越しになられなかったと記憶しています。改築中は約二年ほど、休業いたしましたので」

「それが十年前ですか」

「はい。たぶん、でございますが、都合四、五年ほど岩田様はお泊まりにならなかったと思います。その間に、甥御様に事業を譲られたと聞いております」

そのタイミングで、〝入れ替わった〟のだ。

俺は思わず腕を組んだ。

「どうかなさいましたか」

社長が訊ねた。

「社長は、先代の岩田さんも今の岩田さんも、ご存じですよね」

「はい、お会いしたことはございます」

「お二人はよく似ていらっしゃいますか」

間が空いた。社長は瞬きをし、言葉を探しているように見えた。

「実は、それでお叱りをうけたことがございます」

「誰にです?」

「今、お泊まりの岩田様です」

社長は答えた。

「なぜ叱られたのですか」

「先ほど申しましたように、改築等の休業もあって、何年かぶりに岩田様がお越しになられたとき、私、たまたまフロントにおりました。それでお姿を拝見して、『お久しぶりでございます』とご挨拶をさしあげましたところ、『それは叔父です。私はそんな年ではない』とおっしゃられまして、たいへん恐縮いたしました」

社長は答えた。

「つまり、それだけ似ておられた？」

高園さんが訊ねると、社長は深く頷いた。

「よくよく考えますと、私が最後に岩田様にお会いしたのは、改築よりさらに何年か前でございましたので、十四、五年ぶりということになります。ですので、岩田様はもっとお年を召している筈でした。ただ、甥御様とはいえ、本当によく似ていらっしゃると思いました。お詫《わ》びかたがたそれを申しあげますと、『アメリカでもよくまちがえられる』とおっしゃっていたのを覚えております」

「岩田久雄さんと甥の方の年の差は、どれくらいなのでしょう？」

俺は訊ねた。

「甥御様は、岩田様のお兄様のお子さんでいらっしゃいますから、親子よりは年が近くてもおかしくはないと思うのですが……」

社長は答えた。

「ホテルのほうにお届けになっているパスポートによれば、五十二歳です」

仙崎香奈がいった。

「五十二歳。岩田久雄様を最後に私が当ホテルでお見かけしたのが十四、五年前ですので、六十代後半でいらしたでしょうから……」

社長が言葉をにごした。

「つまり岩田久雄さんは若く見え、甥御さんは老けて見えるので、そっくりだった」

俺がいうと、社長は頷いた。

「そう解釈する他はありません。お叱りはうけましたが、甥御様も決して怒ってはいらっしゃいませんでした」

全員が黙った。俺は仙崎香奈を見た。

「それが実は、甥御さんではないのではないか、という疑いがあるんです」

深呼吸し、いった。

仙崎香奈は、無言で俺を見返した。

「甥御さんではない、とは？」

高園さんが訊ねた。俺は答えた。

「ご本人だということです」

仙崎香奈の表情はかわらない。

「岩田様、岩田久雄様だとおっしゃるのですか」

社長がいった。

「そうです。先代にお会いしたことのない俺がいうのもどうかと思いますが、お二人は、いくら叔父、甥の関係にあるとしても、あまりに似ています。加えて、ローズビルのかつての住人で、岩田久雄さんに二度ほど会ったことのある方に、この甥御さんの動画をお見せしたところ、まちがいなく当人だ、というのです。理由は、動画に映っている、指で顎《あご》をはさむようすでした。前にこのホテルで岩田久雄さんに偶然会ったことがあり、そのときも同じ仕草をしていたというのです」

「それはいつの話ですか」

高園さんが訊ねた。

「昭和五十九年の十二月です。その人は占い師で、じいちゃんの主宰する研究会の忘年会を兼ねた会合がこのホテルであって、それにきたところ、ロビーでばったり岩田さんに会ったのだそうです」

「確かに当ホテルは、五頭先生の研究会にご利用いただいておりました」

社長が頷いた。

「昭和五十九年といったら、四十一年前です」

高園さんがいった。

「その人はその、女性で、ローズビルの入居直後に初めて岩田久雄さんに会ったときから、魅力的な男性だと思っていたそうなんです。だから、岩田さんを見まちがえる筈はない、といっています」

「つまり、現在当ホテルにお泊まりいただいている岩田様は、甥御様といっておられるけれど、岩田久雄様ご本人だとおっしゃるのですか？」

社長がいった。

「そうです」

「でも、お届けいただいているパスポートの名義は異なっております。だよね？」

社長は仙崎香奈を見た。

「イサオ・イワタとなっていて、一字ちがいですが別名義です」

仙崎香奈は答えた。

「それは、そう作られたのだと思います」

俺はいった。

「作られた？　偽造だということですか」

社長の顔が真剣になった。

「ええと、偽造というより、アメリカ政府が別名義で発行したのではないかと」

俺はいった。

「何のためです？」

「それはまだよくわからないのですが」

俺は言葉に詰まった。仙崎香奈がいった。

「あまりに若く見えるので、パスポートに記載された生年月日から不審を抱かれるのを避けるため、とか」

俺は、はっとした。

「きっとそうです」

「もしそうであるなら、アメリカ政府もグルということになります。さすがにそれはいかがなものでしょう」

社長が首を傾げた。

「お父さんがやっていらした、加州交易という会社をご存じですか」

俺は仙崎香奈に訊ねた。

「母と知り合った会社ですね」

仙崎香奈は頷いた。

「実は、そこがアメリカの諜報機関の隠れミノだったかもしれないという情報があるんです」

社長は目を丸くした。仙崎香奈は無言だ。

「いったいどこからそんな情報がでてきたんです？」

社長が訊ね、俺は東麻布の八百屋で聞いた話をした。

「いや、それはいくらなんでも……。交番のお巡《まわ》りさんがそういったからといって、さすがに信じられません」

社長が首をふった。こうなったら、望月が国家安全保障局に威された話をするしかない。

そう思いかけたとき、俺の携帯が鳴った。

ミヤビからだ。

「ちょっとすみません」

断って、俺は耳にあてた。

「お前さあ――」

いいかけた俺をさえぎって、男の声がいった。

「こちら東洋医科大学病院の救急外来の原《はら》と申します。救急で運ばれてきた患者さんのご依頼で、お電話をさしあげています」

一瞬、何のことだかわからなかった。病院の救急外来の人間が、なぜミヤビの携帯で電話をしてくるのだ。

「患者さんのお名前は穴川雅さんです。お心当たりがありますか」

原と名乗った、病院の人間は訊ねた。

「あります。ミヤビが何か――」

「交通事故にあわれて、当院に救急搬送されました。現在治療中ですが、ご自分の携帯から、どうしてもあなたに連絡してほしいとおっしゃられて――」

「ミヤビが事故に？　怪我はひどいのですか？」

「それは電話では申しあげられません。ご心配なら、当病院にお越し下さい」

「すぐいきます。病院の場所を教えて下さい」

飯田橋だった。電話を切ると、高園さんが訊ねた。

「穴川様が事故にあわれたのですか」

「そうなんです。交通事故で救急搬送されたらしくて」

「怪我の具合は？」

「電話じゃ教えられないので、知りたければこい、といわれました」

「それは大変です。穴川様というのは、想一様とごいっしょに、この件の調査にあたられているノンフィクション作家の先生です」

高園さんが俺の説明の手間を省いてくれた。

「すぐいかれたほうがいい」

社長がいった。俺は社長と仙崎香奈を交互に見た。

「申しわけありません。重要な話の途中だったのですが――」

「わたしたちは当ホテルにおります。おっしゃっていただければ、いつでもお会いしますので――」

社長がいって、仙崎香奈を見やった。仙崎香奈も無言で頷いた。

「本当に申しわけありません。失礼します。あ、あと、ここでお話ししたことは――」

俺がいいかけると、

「もちろん、誰にも話しません。お客様のプライバシーにかかわることでございますから」

社長がいった。

「ありがとうございます。失礼します！」

俺はいって、立ち上がった。

10

セントラルプラザホテルの前でタクシーに乗りこみ、俺は教えられた病院に向かった。病院の入口でタクシーを降り、玄関をくぐって待合室の奥の受付に向かう。

受付はひどく混みあっていた。待合室の椅子もあらかた埋まっている。俺はしかたなく受付の行列に並んだ。そのとき、

「あの、穴川さんのお身内の方ですか」

マスクを着け、白衣を着た男から声をかけられた。

「そうです」

「こちらへどうぞ」

白衣の男は待合室の奥へと俺を誘った。白衣の下はスーツだ。

「ミヤビの、穴川さんの怪我はひどいのでしょうか」

男のうしろについて歩きながら、俺は訊《たず》ねた。

「それほどでもありませんが、とりあえず検査をいくつか受けていただくことになっています」

男は答えた。その声に聞き覚えがあった。さっきミヤビの携帯から電話をしてきた男と同じ声だ。

「こちらにいらっしゃいます」

男はいって、「第二処置室」というプレートが掲げられた扉の前で立ち止まった。

「あの、中に入っていいんですか」

俺はいった。治療中のミヤビが服を脱いでいたりしたらマズい。

「大丈夫です。穴川さんがお待ちです」

男はいった。俺は扉を開いた。がらんとした、何もない部屋だった。ベッドと何もおかれていないワゴンがあるだけだ。奥はカーテンで仕切られている。

「え?」

俺は男をふりかえった。そのとき、カーテンの影からスーツにマスクを着けた男が二人とびだしてきた。両側から俺の腕をおさえつける。

「何するんだ――」

二人とも眼鏡をかけていて、ひとりに見覚えがあった。「エムズハウス」の前で俺に声をかけてきた男だ。

「静かにしろ」

うしろから入ってきた白衣の男がいって、俺の腕に、服の上から注射器をつきたてた。あっと思ったときには冷たいものが体に流れこむ感覚があり、次の瞬間、クラゲにでもなったように全身から力が抜けた。

「おっとっと」

前のめりになった俺を、誰かが支えた。そして何もわからなくなった。


目を覚まし、まず思ったのは、ひどい宿酔《ふつかよ》いだな、だった。いったいどこでどれだけ飲んで、こんなにひどい宿酔いになったんだろう。

それすら思いだせない。頭が痛くて、胸がむかむかする。こんなにひどいのは久しぶりだ。

そんなわけない。大きく目を開けた。

白く塗られた天井が見えた。俺はベッドに寝かされていた。落ちないように毛布の上から幅の広いベルトで固定されている。

あたりを見回した。病院かと思ったが、それらしいものはなく、ベッドのかたわらにパイプ椅子がひとつあるだけだ。

病院と考え、不意に思いだした。ミヤビが運びこまれたという東洋医科大学病院で、白衣にマスクを着けた男に注射を打たれたのだ。

打たれた右腕を見ようとして、動けないことに改めて気づいた。体をベッドに固定するベルトは全部で三本あって、そのうちの一番上のベルトが、胸の上から両腕のつけ根を押さえつけているのだ。

恐くなり、激しく体を揺さぶった。ベッドがギシギシと音をたて、頭痛がひどくなっただけだった。びくともしない。

首を動かして観察すると、洋服は着たままで、ベッドの下には、はいていた靴がそろえられている。

部屋を見回した。天井に、黒く丸い物体が埋めこまれている。カメラだ。どこからか、この部屋のようすを監視しているにちがいない。

「おーい、聞こえてますか」

俺は叫んだ。部屋は四畳くらいで、ベッドがおかれているのとは反対側の壁に頑丈そうな扉がある。

「だして下さーい！」

俺は怒鳴った。尿意を感じていたのが、激しくなってきた。

「トイレにいきたい！」

突然、扉が開いた。作業服にマスクと帽子を着けた男が二人入ってきた。病院の部屋で俺を待ちかまえていた連中に見えた。それに気づいたとたん、恐怖が怒りにかわった。

「だせっ」

俺は叫んだ。

「トイレにいきたいんだって？」

ひとりが嘲《あざけ》るようにいった。俺はかっとなった。

「何だよ、あんたたちは」

「我慢せずにもらせよ。いい気味だ」

そいつが答えると、もうひとりがいった。

「馬鹿いうな。後始末をさせられるのは俺たちだぞ」

「だったらもらしてやる」

俺はいった。舌がもつれて、うまく話せない。

「待て、待て」

あわてたように二人目がいって、ベッドに近づいてきた。

「おい、バケツをもってこい」

最初の男に命じた。二人とも眼鏡をかけているが、こっちは黒縁で、もらせよといった奴が銀縁だ。黒縁のほうが年上のようだ。

銀縁は舌打ちし、部屋をでていった。

「今、ベルトを外してやるから。暴れるな」

黒縁がいった。

「あんたたち、何者だ」

俺は訊《き》いたが、黒縁は答えず、三本あるうちの一番下のベルトを外した。

扉が開いた。銀縁がゴム手袋とポリバケツを手に入ってきた。

「よし」

黒縁がいって、残りのふたつのベルトを外した。

「気をつけてベッドを降りろ。まだフラつくぞ」

黒縁がいい、実際その通りだった。ベッドを降りると、頭がくらくらして、足もともおぼつかない。

「おい」

銀縁がベッドの足もとに近い壁ぎわにバケツをおいた。

「ここでやれ。外にこぼすなよ」

「トイレでしたい」

俺がいうと、黒縁が首をふった。

「駄目だ。まだ歩けないだろう」

黒縁のいった通りだった。ベッドで体を支えていないと、ろくに立つこともできない。ようやく壁ぎわに立ち、手を壁について用を足した。自分でもあきれるほどの量がでた。

「終わったか」

黒縁の問いに頷《うなず》いた。なんでこんな目にあわなければならないのか。すっきりするとさらに怒りがわいた。

「捨ててこい」

黒縁が銀縁にいった。

「ええっ、あとで本人にやらせましょうよ」

銀縁が抗議するようにいった。

「麻酔を打って連れてきたのは俺たちだ。それくらいやれ」

黒縁がいい、銀縁は息を吐いた。

「そういうと思いましたよ」

もっていたゴム手袋をはめ、ポリバケツをもちあげた。中身をこぼさないように部屋をでていく。

「ベッドに戻りなさい」

黒縁がいった。

「また縛るのか」

「暴れないと約束するなら縛らない。薬が抜けるまで、寝ていたほうがいい」

暴れたくても、これでは無理だ。体にまるで力が入らない。俺はベッドに腰をおろした。

「なんでこんな真似をするんだ?」

黒縁を見つめた。黒縁は眼鏡の奥でまばたきした。そんなに悪人ではないのかもしれない。

「やめろと警告したのに、岩田久雄の調査をするからだ」

「調べちゃいけない理由を教えてくれ」

黒縁は首をふった。

「それも教えられない」

「何なんだよ、いったい」

俺はつぶやいて頭を抱えた。頭痛もおさまってきてはいる。

「頭が痛いだろう。すまないな」

俺の前に立って黒縁はいった。

「ミヤビにも注射したのか」

俺は黒縁の顔を見つめた。黒縁は無言だったが、あきらめたように頷いた。

「彼女もこの近くにいる」

「あいつにもバケツでおしっこさせたのか!?」

また腹がたってきた。

「だとしても、彼女には女性の係員がついている」

「そういう問題じゃないだろう。あんたらは、罪を犯していない一般市民に麻酔を打って監禁しているんだぞ」

俺の頭の中には、望月から聞いた〝国家安全保障局〟のことがあった。こいつらが役人なら、正論には弱い筈《はず》だ。

「それに関しては、いずれ上司から説明がある」

「上司？　どこの上司だ？　会社じゃないのだろう」

俺は黒縁の目を見つめた。

「全体主義国家でもないのに、こんなことが許されるのか」

ミヤビの言葉を思いだしていった。ピストルをつきつけられてはいないが、麻酔を注射されたという時点で、もっと大きな被害にあっている。

「これでも穏便な手段をとっている。もっと強硬に君たちを排除するやり方もあった」

黒縁はいったが、どこかいいわけをしているように聞こえた。

「強硬って？　殺すとかそういう意味か」

「そんな質問に答えられるわけないだろう」

「だったら、あんたの上司ってのに早く会わせてくれ。いっとくけど、俺もミヤビもマスコミの世界の人間だ。俺たち二人と連絡がとれなくなったら、新聞や出版社が動くぞ。俺たちの調査のことを知っている人間もいるんだ」

ハッタリだが、いった。

黒縁は首を傾げた。

「それはどうかな。君らの調査について知っているマスコミの人間はいないと思うのだが」

部屋の扉が開いた。空のバケツを手に銀縁が入ってくると、黒縁に耳打ちをした。

黒縁は小さく頷き、俺を見た。

「もう少し、この部屋にいてもらおうか。先にいっておくが、財布と携帯電話は預かっている。ここをでるときに返す」

「いつでられるんだ？」

「話が終わったら帰れる」

「誰との話だ？」

「だから、我々の上司だ」

「役人なんだな」

銀縁が俺に歩みよった。

「なぜ役人だと思う？」

「あんたの、その偉そうな態度だ。一般市民を馬鹿にしている、国家公務員にしか見えないね」

俺はいってやった。銀縁はむっとしたように顎《あご》をつきだした。

「その一般市民の小便の後始末をしてやったのは誰だ？」

「だからムカついてるんだろ。お偉い公務員に何をさせるんだって」

「こいつ――」

銀縁は舌打ちをした。

「よせ。挑発されているのがわからないのか」

黒縁がいった。

「わかります。わかりますが、こいつもあのライターの女も、生意気過ぎです」

銀縁の言葉に、俺は嬉《うれ》しくなった。ミヤビもへこたれていないのだ。きっと激しく噛《か》みついたのだろう。

「生意気とかいうなよ。俺はあんたの部下でもなけりゃ後輩でもないんだ。そっちが勝手にいやがらせをしてきたのだろうが」

「我々は国家の安全にかかわる仕事をしているんだ」

銀縁がいった。

「そいつは大変だな。俺が小便をもらしたら、日本がどうにかなるのか」

「貴様――」

「いい加減にしろ！」

黒縁が叱りつけた。

「いくぞ」

銀縁の腕をつかみ、扉へとひっぱった。

「このままにしておいていいんですか。また縛っていきましょう」

いまいましそうに銀縁がいった。

「短時間だから、何もできない。騒いだところで、どこにも聞こえない」

黒縁は答えて、俺を見た。

「君はそういう場所にいるということを忘れるな。しようと思えば、薬漬けにして、何日でも君を閉じこめておける」

「やってみろよ。新聞や週刊誌が動くぞ」

「お前らのことなど、誰が気にするか。たとえ動いても、ひと月もすれば忘れられるのがオチだ」

銀縁が吐き捨てた。黒縁がつづけた。

「薬漬けで廃人同様になってもいいのか」

さすがに俺も言葉に詰まった。一週間、十日、あるいは何カ月も薬を打たれつづけたら、そうなるかもしれない。

「わかったか。おとなしくしてろ」

銀縁が勝ち誇ったようにいい、二人は部屋をでていった。扉が閉まると同時に、鍵《かぎ》がかかるカチリという音が聞こえた。

俺はそろそろと立ち上がった。さっきは気づかなかったが、枕の横にミネラルウォーターのペットボトルが一本あった。封の切られていない新品だ。空のバケツは壁ぎわにおかれている。ミネラルウォーターのペットボトルを手にとった。光に透かしても何か入っているようすはない。封を切り、ひと口飲んだ。うまかった。

俺は扉に向かって、歩いてみた。フラつきはするが、さっきほどじゃない。打たれた麻酔が切れてきているようだ。

扉のノブをつかんで引いた。わかってはいたが、開かなかった。扉は金属製で、体当たりしたくらいでは開けられそうにない。

俺はベッドに戻り、腰かけた。すわったまま部屋を見回す。

窓はない。かわりに天井近くに換気扇がある。が、今は動いておらず、スイッチもない。

照明も含め、室内にスイッチの類《たぐ》いは一切なかった。人を閉じこめるためでなかったら、物置くらいにしか使えないような部屋だ。

だが、物置きに監視カメラを設置する必要はない。

椅子は一脚だけで、ベッドにも椅子にも、どこかの備品であることを示すシールなどはなかった。床はセメントに白い塗料をのせただけで、裸足で立つと冷んやりする。汚れても、モップで簡単にきれいにできるなと考え、ぞっとした。血が流れてもいいように作られているのかもしれない。

この日本で、そんなことが許されていいのか。犯罪者でもスパイでもない人間を閉じこめて、薬漬けにしたり、場合によっては拷問にかけたりしている――そう考えると、再び恐怖がこみあげた。

岩田久雄について調べることの何がいけないのだ。そう考え、気づいた。

「やめろと警告したのに、岩田久雄の調査をするからだ」

黒縁はいった。ローズビルの屋上にあった死体については何もいわずに、だ。

連中が隠したがっているのは、ローズビルの屋上にあった死体のことじゃない。岩田久雄の〝秘密〟だ。

それはまちがいなく、岩田久雄が年をとらないことと関係がある。

正確には、まったくとらないわけではないだろうが、人の何倍も遅い。三十年で十歳くらいしか年をとっていない。

大変なことかもしれないが、それが「国家の安全」とどう関係するのか。岩田が、アメリカの諜報《ちょうほう》機関の隠れミノだった加州交易を経営していたことにもかかわっているのだろうか。

水を飲み、俺はけんめいに考えた。岩田の〝秘密〟が何であるかはさておき、国家安全保障局はそれを守りたい。ほかにその〝秘密〟を知っていそうな人間は、まずデニスだ。デニスは何十年も前、おそらく現役のスパイだった頃から、岩田とつきあいがあった。それが今もつづき、俺とミヤビが岩田について調べていることを国家安全保障局に教えたのもデニスだろう。

畑中夏代も〝秘密〟を知るひとりだ。だからこそ勝浦の家で、デニスや岩田と過ごしていた。

岩田もスパイだったのではないか。

俺は目を見ひらいた。岩田はもともと日本人ではなく、日系アメリカ人だ。日本人の外見をしているほうが、日本でのスパイ活動には便利な筈だ。

それをなぜ今まで思いつかなかったのだろう。

デニスと同じく岩田がスパイだったなら、調べられたくないと考えるのは当然だ。しかもその外見を考えると、岩田はまだ現役である可能性すらある。

長年の経験がある上に、外見並みに頭も体も若かったら、十分スパイ活動ができる。そのことを俺やミヤビにつきとめられたくなくて、こんな手段に訴えたというわけだ。

待てよ。俺は自分にいい聞かせた。

岩田が現役のスパイだとしても、具体的にどんな活動をしているのかは、俺もミヤビも知らない。知らない人間を閉じこめてまで守らなければならない〝秘密〟とは何だ。

わからなかった。年をとらないことと関係があるとしても、それが国家の安全とどうかかわってくるのか。

それに、岩田がスパイでも、そのこと自体は犯罪ではない。日本国内には、アメリカだけでなくいろいろな国のスパイがいるだろうし、それこそ全体主義国家ではないのだから、スパイだからといって逮捕することはできないはずだ。

俺たちが岩田はスパイだと公表しても、「だから何だ」という話にしかならない。岩田が日本で何か罪を犯していない限りは、公表を恐れる必要はない。屋上の死体がそれに関係していたら——俺は思いついた。が、殺人だとしても時効だし、岩田が犯人であると示す証拠を俺たちがつかんだわけでもない。

結局、俺とミヤビは、岩田について何もつきとめていないのと同じなのだ。なのになぜ、こんな目にあわされなければならないのか。

絶対、まちがっている。あいつらは、俺たちが知りもしない何かを暴かれるのを恐れているのだ。

問題は、知らないということをどう証明するかだ。

知っているのを証明するのは簡単だ。知っていることを公表すればすむ。だが、知らないのは証明できない。知らないという以外方法がない。

俺は息を吐いた。こいつは俺ひとりの頭じゃ手に余る。

「おおい！」

俺は叫んだ。

わかったことはまだある。あいつらは俺たちを殺さない。殺すのなら、とっくに殺している。さらったのは、殺さずに〝秘密〟を守りたいからだ。他に、その〝秘密〟を知る者がいないかをつきとめるためでもあるだろう。

俺たちが監禁されたことに誰が反応するか、見極めたいのだ。反応する人間の中に、〝秘密〟を知る者がいると考えている。

「ミヤビと話させろ！」

あいつの無事も確かめたい。俺が無事なのだからミヤビも無事な筈だが、それでも心配だった。

ミヤビに何かあったら、あいつらを決して許さない。

扉に歩みより、拳《こぶし》で叩《たた》いた。だが分厚くて、たいしてでかい音がしない。俺はパイプ椅子をもちあげた。もう体が自由に動く。

扉に叩きつけてやった。

さすがにでかい音がした。何度か叩きつけてみる。

誰かがくるかと思ったが、何分か待っても反応がない。

あたりを見回し、天井に埋められたカメラに気づいた。こいつをぶっ壊せば、さすがに反応するだろう。

パイプ椅子を抱えあげ、黒く丸い本体に下から叩きつけた。三度ほどぶつけると、黒いプラスチックのカバーが砕け、中のレンズがむきだしになった。そのレンズは一撃で粉々になった。

ざまをみろ。

俺はスッキリしてベッドに腰をおろし、ミネラルウォーターを飲んだ。

案の定、それから五分もしないうちに扉の鍵が外れ、黒縁と銀縁が現われた。

「お前はゴリラか⁉　何を暴れてやがる！」

扉を開けて入ってくるなり、銀縁が叫んだ。

「ミヤビに会わせろ」

「馬鹿いうな。何のためにここに連れてきたと思ってる」

「そうかい」

いって、俺は膝《ひざ》の上にのせていたポリバケツをもちあげた。銀縁が目を丸くした。

「やめろ、やめろ！」

黒縁が叫んだ。バケツの中は空だが、こいつらには見えない。

二人は扉まで後退《あとずさ》った。

「相談するから待ってろ」

黒縁がいった。

「誰と相談するんだ？」

「だから上司だ」

「その上司にいえ。俺たちは岩田のことなんて何も知らないって」

黒縁の目が一瞬反応した。

「それについて判断するのは我々じゃない」

「あんたらの仕事はこれか」

俺はポリバケツをもちあげた。

「くそ。いい気になるなよ」

銀縁がいって、作業服のポケットから注射器をとりだした。

「こいつをまた打たれたいのか」

「やってみろよ」

俺はバケツをふりかぶった。

「よせっ」

黒縁が大声をだした。

「待ってろ。今、話をしてくる」

そして銀縁に、

「ここで見張っていろ」

と告げ、部屋をでていった。銀縁は閉まった扉によりかかり、腕を組んだ。いまいましそうに俺をにらんでいる。

「ふざけた真似しやがって。あとで吠え面かくなよ」

俺は、じっと銀縁を見返した。

「あんた、自分が逆の立場だったらどうする？　いきなり薬を打たれ、閉じこめられたら腹が立たないか」

こいつにも正論作戦でいくことにした。

銀縁は一瞬言葉に詰まり、

「自業自得だろうが」

と答えた。

「自業自得？　俺たちは何か悪いことをしたか。法に触れるような行為でもあったか」

「警告はした」

「何の警告だよ。俺がストーカー行為を働いているっていう嘘っぱちか。よくわからないＮＰＯの名を騙《かた》って電話してきたのが警告だったたっていうのか」

銀縁は目をそらした。

「あれは俺じゃない。別の人間のアイデアだ。俺はもっと強硬な手段を主張した。お前たちのようなマスコミの人間は、何でも飯の種にしようとするに決まっているからな」

「国家の安全にかかわることだから、岩田久雄について調べないでくれ、といおうとは思わなかったのか」

「そんなことを話したら、よけいうるさくするに決まってるだろう。理由を教えろとか、岩田久雄にどんな秘密があるんだ、とか」

「そうかもしれない。けど、説明して理解を求めることもできた筈だ」

「そんなことができるわけないだろう！」

「なぜ？」

「なぜ？　それは――」

　銀縁は言葉に詰まった。

「あんたたちがしていることは犯罪だ」

「犯罪？　ちがう。我々は――」

「日本の安全のために働いている、か？　俺は、その日本の国民だぞ。たいした額じゃないが、税金だってちゃんと払ってる。それを、事情も説明せずに薬を打ってさらい、閉じこめているのがあんただ」

　あんたたちではなく、あんたといった。銀縁の顔が赤くなった。

「それはだな、優先されるべきことというのがあるからだ。一般国民に不快な思いをさせても、守らなければならない秘密があるんだ」

　俺は黙った。無言で銀縁の目を見つめた。

「何だ」

「あんた、本当は知らないのだろう」

「何？　何をいってる」

「岩田久雄の秘密だよ。それがいったい何なのか、あんたは知らない。もうひとりもそうだ。ただ上にいわれて、俺とミヤビの調査をやめさせようとしているだけだな」

銀縁が目をみひらいた。図星のようだ。

「そういうことか」

俺は馬鹿にするようにいってやった。

「何も知らないくせに、上にいわれてヘイヘイと動いているだけなんだ」

「貴様――」

銀縁の顔がまっ赤《か》になった。

「もっと自分の心配をしたほうがいいのじゃないか」

「何だと」

「何も知らされてないってことは、まっ先に切られる消耗品ってことだ。もしこのことが大問題になったら、クビになるのはあんたたちだ。事情も知らされず、トカゲの尻尾切りにあうってわけだ」

「いい加減にしろ！　人を侮辱して楽しいのか」

「侮辱だ？　じゃあ俺があわされた目はどうなる？　注射のせいで頭は痛いし、トイレにもいかしてもらえない。これは侮辱じゃないのか！」

俺は怒鳴った。銀縁は黙った。

そのとき、銀縁が背にしていた扉が開いた。

黒縁と、もうひとり中年の女が立っていた。細面で髪を束ね、化粧けがない。

「外まで声が聞こえてました」

女が冷ややかにいった。銀縁は体をすくめた。

「申しわけありません」

「いいえ。お疲れさま。あとはわたしが話します」

女は黒のスーツを着ていて、スカートは膝丈より長い。顔色が悪く、口紅を塗った唇だけが、やけに赤かった。

黒縁が顎をしゃくり、銀縁は無言で部屋をでていった。黒縁は、女の背後に控えるように立った。

「そのバケツの中身を、わたしにかけてもかまいませんが、三日間薬漬けにして、排泄《はいせつ》もベッドの中でしてもらいます」

「あんたの名前を教えてくれ」

「中野《なかの》といいます。本名ではありません。この場での会話を円滑にするための偽名です」

まったく表情をかえることなく女はいった。年齢は三十代後半から五十までのどこかだろう。

「今、あなたに対しておこなっている行為が法に触れるということは理解しています。しかし、それをあなたが訴えない限り、わたしたちが非難を受けたり、逮捕されたりする可能性はありません。わかりますか。訴えられない状況にあなたをおき、それを何年もつづけることが、わたしたちにはできます。倫理的に許されるかとか、法的にどうであるかとかはまったく関係なく」

「だから何なんだよ」

中野と名乗った女の口調は、どこかふつうじゃなかった。興奮を押し殺して喋《しゃべ》っているように聞こえる。それは、俺を閉じこめ、薬漬けにしてやると威《おど》すことに、歪《いびつ》な喜びを感じているかのようだ。

薄気味悪い女だ。

「ミヤビに会わせろ。あいつの無事を確認したい」

俺はいった。

「その希望は聞き入れられません」

「どうしてだよ」

「できないことはできない。あなたがたを連れてきたのは、こちらに協力的になっていただくためです。あなたがそうした態度をとる限り、こうした状態は継続し、期限はありません。非人道的であるという批判は、わたしには無意味です」

中野の目は熱っぽく輝いていた。

「あなたがたと連絡をとろうとする人物については、こちら側で対処し、探す努力を放棄するようにもっていきます」

俺は背後に立つ黒縁を見た。黒縁はまるで聞こえていないかのように無表情だった。

「あんたの上司というのは、この中野さんか」

「そうだ」

「苦労するな」

俺はいってやった。一瞬、黒縁の目がゆるんだ。中野のことが嫌いなようだ。

「わたしへの侮辱は、いくらでも聞き流します」

中野はいった。

「いったいどうしたいんだよ。一生俺たちを閉じこめるつもりなのか」

「一生ではありません。期限を切ることはできませんが」

「じゃあ、どうしたら解放してくれる?」

中野の口もとに笑みが浮かんだ。

「やっとそれを訊きましたね。岩田久雄の調査を中止すること、そしてあなたがたに対してわたしたちがおこなった妨害に関するすべてを、秘密にすること。それを確約していただきます」

「こんな状況でした約束を、あんたは信じられるのか」

「信じません。わたし個人としては、あなたがたを半永久的に隔離すべきだと考えますが、それには費用も人員もかかります。ですから、保険をかけます」

「保険？　いったいどんな保険だよ」

「解放前、あなたがたに違法薬物を注射します。もし、あなたがたが約束を破った場合、警察に通報する。尿や毛髪などから薬物が検出され、あなたがたは薬物中毒者だと判断される。たとえ逮捕されなくても、あなたがたは社会的信用を失う」

何ていやらしい保険だ。さすがに俺は言葉を失った。

「当然、仕事もなくなり、友人も離れていく。あなたがたが騒げば騒ぐほど、それは加速するでしょう。政府機関が薬物中毒者を作るなどという話を、誰も信じないし、信じたくないからです」

「人でなしだな」

「国家の安全のためですから」

中野は平然と答えた。俺は息を吸いこんだ。

「条件がひとつ、いやふたつある」

「うかがいましょう」

「約束するかどうか、まずミヤビと相談したい。ふたつめは、岩田久雄の秘密が何なのかを教えてもらいたい。俺たちは知りもしないことのために、こんな目にあっているんだ」

「ひとつめの条件については検討しますが、ふたつめについては不可能です」

中野はいった。

「つまりあんたも、岩田久雄の秘密を知らないんだな」

「それについて、返答はできません」

「じゃあ、確実に岩田久雄の秘密について知っている人間と話をさせてくれよ。そいつと話して、納得できたら約束する」

「あなたが約束を守ることと、岩田久雄氏の秘密について知ることとは別の問題です。たとえ秘密の内容を知らなくても、調査は中止できる」

「あんた、人間の好奇心を甘く見てないか。たとえ五年、十年、俺たちが口を閉じてたとしても、あんたたちの部署がかわった頃、また調べ始めることだってできるんだ。その頃にはもう、違法薬物だってすっかり体から抜けているさ」

中野は身じろぎし、息を吸いこんだ。

「半永久的な隔離を望んでいるように聞こえますが」

「人を説得するっていうのがどういうことか、わかってないんだな。あんた、これまでに人をちゃんと説得したことがあるのか。威しとかじゃなくて」

黒縁が笑いを嚙み殺すのがわかった。中野は、俺から目をそらした。

「話し合いは無駄だったようですね」

「それはこっちのセリフだ。だけど、俺たちを閉じこめている時間が長くなればなるほど、いろんな人間が動くと思うぜ。時間は決してあんたの味方とは限らない」

「思ったより知恵が働くようですね」

中野は黒縁をふりかえり、いった。黒縁は無言で頷いた。

「いっておくが、ミヤビは俺よりもっと頭がいい」

「とりあえず時間をおきましょう」

中野はいって、黒縁をうながし、部屋をでていった。鍵のかかる音がして、俺はバケツをおき、思わずベッドに倒れこんだ。

あまりにけんめいに頭を使ったので、知恵熱がでそうだ。ミネラルウォーターをごくごくと飲む。頭痛はさすがに消えていた。

俺は壊したカメラを見上げた。あの中野という女は不気味だ。他人のことを何とも思っていない人間だというのは、銀縁への態度や、黒縁の反応でわかった。

あいつなら、本当に俺とミヤビを薬漬けにしかねない。

だが、あいつが唯一、俺の言葉に反応した場面が気になった。

「五年、十年、俺たちが口を閉じてたとしても、あんたたちの部署がかわった頃、また調べ始めることだってできるんだ」といったときだ。

部署がかわった、というところに反応した。

つまり、あいつは仕事人間なのだ。今、目の前にある仕事に集中し、先のことまでは考えていない。「半永久的な隔離」なんて、部署がかわったらできなくなる。だからこそ反応したのだ。

その結果が、「思ったより知恵が働くようですね」だ。俺のことを、よほど頭の悪い人間だと考え、威せばいう通りになると思っていたにちがいない。

ざまを見ろ。

が、気分がよかったのはつかのまで、この先いったいどれくらいこの状態がつづくのかまるでわからない、ということに俺は気づいた。腹も減ってきたし、ミネラルウォーターも三分の一くらいしか残っていない。

水も食べるものもなかったら、人間はどれくらい生きられるのだろう。確か水があれば、それなりに生きられた筈だ。

まずは体力の温存だ。動き回れば腹が減るし、叫べば喉《のど》が渇く。飲みものや食いものが提供されるかわからない以上、今はじっとしているべきだった。

横になっているうちに、またねむけが襲ってきた。携帯と財布といっしょに腕時計もとりあげられているので、時間がわからない。

今が夜なのか昼間なのかも、はっきりしなかった。

俺はベッドに寝転がったまま計算した。セントラルプラザホテルから、ミヤビが担ぎこまれたという病院に向かったのが午後三時頃だった。そこで注射を打たれ、眠らされた。

ここが東洋医科大学病院の一室か、どこか別の建物なのかはわからないが、けっこうな時間、眠らされていたにちがいない。そう考える理由は、大量の小便だ。眠っていたのが二、三時間だったら、あんなにでた筈はない。

五、六時間、もしかするともっと長く眠っていたかもしれない。

とはいえ、まる一昼夜眠っていたとも思えないから、今はせいぜい夜の十一時とか十二時くらいではないだろうか。

中野が「時間をおこう」といったのも、一度家に帰りたい、という気持があったからかもしれない。

仮に今が夜中の十二時だとすると、あと七、八時間は放置される可能性が高い。

そう考えると、腹が減ってきた。だが、腹が減ったと騒げば、中野の思うツボだ。あいつは俺が苦しんでいるのを見て、喜ぶに決まっている。

俺はひたすら眠ることにした。じたばたすればするほど腹が減るし、中野を喜ばせることになると思ったからだ。

目を覚ましては眠るというのを何度もくり返した。天井の灯《あか》りがついているのでまぶしかったせいもある。

そうして、おそらくは朝になったと思える頃、扉が開いた。ミヤビがいた。

俺はベッドからはね起きた。

「ミヤビ！」

ミヤビはプラスチックのトレイをもっていた。トレイの上には紙コップとファストフードのハンバーガーらしい包みがのっている。

「想一」

ミヤビは泣き笑いのような表情を浮かべていた。ミヤビのうしろには黒縁が立っていた。

「一時間たったら迎えにくる。飯を食って相談しておけ」

黒縁はいって、扉を閉めた。

「大丈夫か、ミヤビ。何もされてないか」

「もちろん。想一は？」

俺は天井を指さした。

「ぶっこわしてやった」

ミヤビは笑い声をたてた。

「あんたらしい」

ベッドに並んでかけ、トレイにおかれた包みを手にとった。きちんと包装されていて、まだあたたかい。

「薬とか入っていないよな」

俺がいうと、ミヤビは首をふった。

「これに混ぜるくらいなら、注射を打つよ」

「お前も注射されたのか」

「車の中でね。家をでたところで車に連れこまれた。気がついたらここにいた。想一は？」

俺は起こったことを話した。どうやらミヤビは俺より一時間以上早く、ここに連れてこられていたらしい。

ミヤビの世話をしたのは中野のようだ。トイレはバケツではなく、ポータブル式の便器が部屋におかれていたという。

「最初は抵抗あったけど、使わないで苦しむのは負けだと思ったから、使った」

ミヤビはいった。

「解放の条件を聞いたか？」

ミヤビは頷いた。

「岩田さんの秘密を教えない限り、そっちの条件は呑《の》めないといった。何日も連絡がとれなかったら、きっと探す人がいる。想一のおじいちゃんの名前も使わせてもらった。あいつらはきっと役人だろうから、政治家には弱いと思って。想一のおじいちゃんは、国会議員とかにも顔が利くでしょ」

「それは中野にいったのか」

「うん」

あの女はミヤビにも中野と名乗っていた。

「朝、きたときにね」

「朝？」

「あたしの入れられた部屋には、天井近くに小さな窓があって、夜が明けたら明るくなった」

「なるほど、食うぞ」

俺はいって、ハンバーガーにかぶりついた。ハンバーガーは全部で四つあり、紙コップの中味はウーロン茶だった。

「中野がきたのはいつ頃だ？」

「一時間くらい前。そうしたらさっき、あの眼鏡がきて、あんたに会わせてやるって。懐柔策にでたんだと思う」

ふたつのハンバーガーはたちどころに胃に納まった。

「もうひとつ食べる？」

ミヤビが自分のぶんをさしたので、俺は首をふった。

「お前が食べろ。今、食べられないなら、とっておけ」

ミヤビは無言で俺を見つめた。

「何だよ」

「よかった、想一がいて。あんたがつかまったのをよかったっていってるわけじゃないんだよ。でもあたしひとりだったら、きっとあいつらに負けてた」

「俺はお前もきっとつかまっていると思ってた。セントラルプラザホテルにこなかったからな。だから――」

俺は部屋の隅においたバケツを見た。

「だから？」

「俺が負けたら、お前に怒られるだろうなと思った」

話をそらした。

「ごめん、本当にごめん。わたしがあんたを巻きこんだ」

ミヤビが顔をくしゃくしゃにした。

「やめろ！　そんなこというな。悪いのはあいつらだ。俺にそんな風に思うのも、負けるのと同じだ」

俺は強い調子でいった。ミヤビが俺のために泣く姿なんて、絶対に見たくない。

ミヤビは小さく頷いた。

「それより、懐柔策にでたってのはどういうことだ？」

「威し一辺倒じゃなく、こうやって食事を与えたりすることで、親しみをもたせようとしているんだと思う」

「親しみ？　そんなもの、あの女にもつわけないだろう」

「だから今度は、やさしい奴がでてくる」

「別の奴が現われるってのか」

ミヤビは頷いた。

「こういう場合の常套《じょうとう》手段。いい役と悪い役に分かれて気を惹《ひ》く」

俺は腕を組んだ。そうかもしれないが、そんなことを思いつくミヤビに感心した。

「あたしらに同情しているフリをして、いうことを聞くようにもっていく」

「なるほど。落としどころを探るわけか」

俺はいった。

「それを今、相談させたいのだと思う。ただ確かなのは、逆らってばかりだったら、本当にずっとここに閉じこめられるってこと」

「だからって、あいつらの条件を丸呑みしたくない」

ミヤビは強く頷いた。

「岩田さんの秘密を何とかつきとめる。解放の条件について決めるのは、それからだと思うんだ。秘密を知れば、あたしらの武器になる」

武器にもなるが弱みにもなる。秘密を守ろうと、俺たちを長期間閉じこめるか、最悪口を塞《ふさ》ぐ、ということになるかもしれない。

あいつらが俺やミヤビにしていることが明るみにでたら、きっと大問題になる。クビですめばいいが、自分たちがつかまる可能性すらある。それを防ぐためだったら、俺たちを殺すことさえ考えるかもしれない。閉じこめ、飲まず食わずのまま放置するだけですむ。

「何を考えてる?」

ミヤビが俺の顔をのぞきこんだ。そのとき不意に、こいつだけは守らなけりゃならない、という思いがこみあげた。何があっても守る。

「何でもない」

俺は首をふった。

「いや、あんた今、何か不穏なこと考えたでしょう。そういうときの想一は、すごく危ない目つきをするからわかるんだよ」

「誰をひきずりだすか、だ」

俺はいった。

「ひきずりだす?」

「俺たちの知っている人間。岩田さんでもいい、デニスさんでもいい。誰かに会わせろっていうんだ。秘密をそこからつきとめる。なぜかというと、ここにいるあいつらが秘密を知らない可能性があるからだ」

話をそらそうと苦しまぎれにいったのだが、ミヤビの顔がパッと輝いた。

「それ、すごくいい! 役人ではない、でも秘密の関係者をひっぱりこむ」

「岩田さんやデニスさんも、アメリカの役人かもしれないぞ。元役人か」

「確かに。でも、秘密について知っている人間なのは、まちがいない」

「知りもしない秘密を守ろうとしている、あいつらとはちがう。どこまで話せて、どこまで話せないかを、当事者として判断できる」

俺はいった。

「それだね。中野たちも、あたしらとの妥協点を探ろうとしている。一方的な威しは通じないし無意味だとわかっているから。落としどころはそれでいこう」

ミヤビはいい、俺は頷いた。それから、そこにどうやったらたどりつけるかの相談が始まった。どれくらい時間がたったかはわからない。ひそひそと話していると、突然扉が開いた。

中野と、今まで見たことのない男が立っていた。年齢は眼鏡コンビより少し上、五十を越えたかどうかというあたりだろう。黒いスーツにネクタイをしめている。

「希望通り、二人にしました」

中野が、さも感謝しろといわんばかりの口調でいった。

「だから何だよ」

俺はいった。

「解放に必要な条件への合意を期待しているのですが？」

「こっちの条件はどうなんだ？」

「ひとつはかなえました。二人がもっと情緒的な反応をすると思っていましたが」

「抱きあって喜ぶと思ってた？　馬鹿じゃないの」

ミヤビがいった。

中野の顔が赤くなった。

「想一とは同級生だけど、恋人ってわけじゃない。そっか、男の友だちなんて、あんたにはいないだろうからな。男と女がいたら、全部そういう仲だと思いこんじゃうんだ」

馬鹿にしたようにミヤビはいった。

「男の友だちだけじゃない。女の友だちだっていないだろう」

俺はいった。

「お二人とも手厳しいですな」

スーツの男がいった。

「あんたも、この中野の部下か」

俺は男を見た。

「いいえ、部下ではありません。先輩です。とりあえず目黒《めぐろ》と名乗っておきます」

「中野に目黒。住んでる町かよ」

俺はいった。目黒はおもしろがっているような顔で頷いた。

「縁がある町、というあたりですか。交渉が進まないようなので、しゃしゃりでてきました。お二人にご不快な思いをさせてしまったことはお詫《わ》びします。ですが、安全保障上、岩田氏に関する調査を、これ以上つづけていただくわけにはいかなかったのです」

俺とミヤビは目を見交した。どうやらこの目黒が、いい役のようだ。

「岩田さんのいったい何がそんなに大きな問題なの？　教えてくれたら、こちらだって協力するかもしれない」

ミヤビがいった。

「それを教えられるくらいなら、あなたたちはここにいない」

中野がいった。

「あんたに話してねえよ」

俺はわざと乱暴な口調でいった。

「失礼な」

「落ちつきなさい。彼らはわざと君を挑発しているんだ」

目黒がいった。

「わかっています。わかっていますが、私個人に対する暴言がひどすぎます」

「あんた個人て誰だよ。本名と所属を全部いってみろ。あんたは立場をカサに着ていばりちらしてるだけだ。それで俺たちに好かれるとでも思っているのか」

目黒の目もとに笑い皺《じわ》がよった。どうやらこの男も中野を好きではないようだ。

「身分も名前も明かさないで高圧的な態度をとっている。きっと、上下関係でしか人とコミュニケーションできないのね」

ミヤビがいうと、かえって複雑化しそうです。失礼してよろしいですか」

「私がいると、かえって複雑化しそうです。失礼してよろしいですか」

目黒は頷いた。

「確かに。私が話をするとしよう」

中野は部屋をでていった。扉が開いたとき、眼鏡のコンビが部屋の外の通路に立っているのが見えた。

「あなたのいうように、中野は人との意思の疎通がうまくありませんが、とても優秀な人間です」

目黒がいった。

「いかにも勉強ができた役人て感じ」

ミヤビがいった。目黒は頷いた。

「おっしゃる通りです。そうでなければつとまらない仕事でもあります。良心の咎《とが》めを気にしていたら、あなた方をこのような目にあわせられません」

「あんたも同じか」

「同じです。心が痛もうがどうしようが、向こう何年も、お二人を薬漬けにしてここにおいておく決断をします」

深刻な表情で目黒がいうのを聞いて、俺は背中が冷たくなった。

「特に、五頭さん。あなたのおじいさまのことを調べさせていただきました。政財界に影響力をおもちの方だ。そのような人のお孫さんを拉致《らち》、監禁することについては、本来なら慎重を期すべきでした。しかし、ことはもう起こってしまった。私たちとしては、あなた方の全面的な協力が得られない限り、理不尽な手段を使ってでも、事態を隠蔽《いんぺい》する他ないのです」

いい役なんてとんでもない。この目黒のほうがよほど冷酷だ。

「そこまでする必要はない。情報さえ与えてくれたら、わたしたちは協力する」

ミヤビがいった。

「おっしゃるのは、岩田久雄氏に関する情報ですね」

「そう。あなたたち役人ではなく、岩田さんの秘密について知っている人と話をさせて。岩田さん本人でもいい。デニスさんが知っているのなら、デニスさんでもいい」

ミヤビは答えた。目黒は首をふった。

「それは応《こた》えるのが難しい要求です」

「あんたたちが動いたのは、デニスさんから連絡があったからだろう？　いっておくけど、俺たちがどんな調査をしているのか、じいちゃんは知っている。俺たちの身に何かあったら、じいちゃんは本気で動くぜ」

「そうでしょうね。孫とはかわいいものらしいですから。その場合は、五頭壮顕氏にもいささか不自由な思いをしていただくことになるかもしれません」

目黒は深刻そうな表情を崩さずにいった。ミヤビが目をみひらき、俺を見た。

「じいちゃんにも何かするってのか」

「事態の悪化を防ぐためなら」

目黒はいった。

「いったい岩田さんの何がそんなに問題なの？　年をとらないってことが、それほど隠したい秘密なの」

ミヤビがいうと、目黒は深く息を吸いこんだ。

「その質問には、どのような形であれ、答えるわけにはいきません」

俺は腕を組んだ。

「結局、薬漬けかよ」

「そうなります。残念ですが」

駄目だ。これじゃあ交渉にならない。

「あなたたちの正体はわかっている。国家安全保障局。デニスさんはＣＩＡか、それに近いアメリカの諜報機関にいた。岩田さんもそうなの？」

ミヤビが訊ねた。目黒の表情はかわらなかった。

「望月さんからお聞きになりましたか。あの方には会社がある。その経営が困難になるような事態は避けたい筈です。あなた方はちがう。どこかに属しているわけではない、フリーランサーだ。そういう人に圧力をかけるのは、役所が最も不得手とする分野です」

「フリーなんて、役人からすればとるに足らない存在だけに、圧力のかけようがないもの」

ミヤビがいうと、目黒は答えた。

「失礼ながらその通りです。その結果、五頭さんに的外れな警告をすることになってしまった」

「中野のアイデアか」

俺は訊いた。目黒は答えなかった。

「我々が行政にたずさわる者だというのは否定いたしません。デニス・モーガン氏のかつての所属先についても、ほぼおっしゃる通りです。ですが、そのことはたいした問題ではなく、事態の沈静化は難しくない。わかりますか。当事者は岩田さんではなく、あなた方なのです」

「人が死んでる」

俺はいった。目黒は俺を見た。

「人が死んでいる、とは？」

「そもそも、俺たちが調査を始めたきっかけは、ローズビルの屋上で見つかった死体の正体を知るためだ」

「昭和六十年の三月、ローズビルの住人とは無関係らしい男性の死体が見つかり、行旅死亡人として処理された。わたしたちは、その男性が何者で、なぜローズビルの屋上で死んでいたのかを調べていた」

ミヤビがいった。目黒の表情がわずかに動いた。

「その男性の正体をつきとめましたか」

「つきとめてない。ローズビルにデニスさんが住んでいたこと、ローズビルのオーナーが岩田さんだというのをつきとめ、死んでいた人の正体を知っているのではないかと思った。けれどデニスさんは、覚えていないと、明らかに嘘とわかる答をした」

「岩田氏は何と？」

目黒が訊ねた。

「自分は知らない、と。そのときは岩田さんの甥のフリをしていた。ところが、その場で撮った写真を岩田さんを知る人に見せたところ、岩田さん本人だという。実年齢より三十歳近く若く見えるけれど、岩田さん本人にまちがいない、と。不思議に思って調べていたら、こうなった」

ミヤビが説明した。

「岩田さんの昔を知る人、というのはどなたです?」

目黒が訊ねたので、

「いうなよ」

俺はいった。ミヤビは頷いた。

「もちろん。でも岩田さんを知っている人は、あなたたちが思っているより多い」

目黒はわずかに横を向いた。何かを考えている。

「ローズビルの屋上で死体が見つかったのを、あんたは知らなかったのか」

俺は訊ねた。目黒は俺を見た。

「それには答えられない。あなた方はとても高い調査能力をおもちだが、調査結果をうまくつなげられていないようだ」

「どういう意味だ」

俺は目黒に詰めよった。俺たちが何かを見落としている、といっているように聞こえる。

「少し時間をいただこう。あなた方の協力を得る方法に、新たな方向が見出せたような気がする」

目黒は告げ、部屋をでていった。

「すごく気になる!　どういうこと?」

ミヤビが叫んだ。

目黒がでていったあと、俺とミヤビは話し合った。が、目黒の「調査結果をうまくつなげられていない」という言葉の意味が、どうしてもわからない。

「要するに、屋上で見つかった死体が何者なのか、俺たちが知っていてもおかしくはないという意味だろ」

俺の言葉に、ミヤビは頷いた。

「まったくその通り。死体が何者なのか、あたしたちが知っている前提で、あいつは話をしていた。ところが、知らないとわかって態度がかわった。どうしてよ」

「だから、それがわからない」

「このまま薬漬けなの？　絶対、嫌だ。せめて真実を知ってから薬漬けになりたい」

ミヤビは頭を抱えた。そういうことじゃないだろう、とつっこみたいのを俺は我慢した。

「トイレにいきたい！」

ミヤビが不意に叫んだ。

「想一と同じ部屋で、バケツにするのは絶対イヤ」

「わかった」

俺は扉に近づき、叩いた。

「おーい、トイレだ、トイレ！」

「バケツがあるだろう」

誰かが扉の向こうでいった。

「俺じゃない。ミヤビだ。女子に、バケツでさせるのか」

「待ってろ」

少しすると扉が開いた。銀縁と中野だ。

「きなさい」

中野がいって、ミヤビをうながした。ミヤビが部屋をでていき、扉が閉まる。

それから三十分くらいたっても、ミヤビは戻ってこなかった。俺はまたひとりきりになった。

ベッドに横になり、天井を見上げ、頭をふりしぼった。

屋上の死体の正体を、俺たちはつきとめられたはずなのに、見落としていたのか。

調査を始めて以来、会った人たちのことを思いだす。ローズビルの住人、202の婆さん、201の仰天、301の竹本、402の外国人。渡辺さん、抜海不動産の古文の先生、望月、三村、畑中メイに畑中夏代、デニス、岩田久雄。

あたり前だが、生きている人間ばかりだ。しかも屋上の死体が誰なのか、知っていた者はいない。デニスと岩田には、嘘をついていた可能性がある。が、あの二人が死体の正体を俺たちに教えないだろうことは、目黒もわかっていた筈だ。

残る人間で、死体が誰なのか知っていそうなのは、三村と、抜海不動産の古文の先生くらいだ。が、三村も心当たりはないようすだった。抜海不動産の先生も、正体を知っていたら、それらしいことをいった筈だ。

わからなかった。どう考えても、俺たちが死体の正体をつきとめていたとは思えない。

不意に扉が開き、俺は起き上がった。

黒縁眼鏡が部屋の入口に立っていた。唇に指をあて、静かにしろ、という仕草をする。

「何だよ」

黒縁眼鏡は通路をうかがい、部屋に入ると扉を閉めた。

「お前たちをだしてやる」

小声でいった。俺は黒縁を見つめた。

「お前のいった通り、こんなやり方はおかしい。あいつらはお前たちを何年も薬漬けにして、ここに閉じこめておくつもりだ。いくらなんでも、そんなことはすべきじゃない。だから、お前たちをここからだす」

黒縁は早口でいった。

「そんなことをして大丈夫なのか」

俺は思わず訊ねた。

「だから条件がある。起きたことを誰にもいわない、騒ぎを起こさない。だしてやったのが俺だったってことも秘密だ。さもないと俺が消される」

黒縁の表情は真剣だった。

「約束できるか」

俺は息を吸いこんだ。

「ここをでられたって、黙っていたら、いつまたつかまるかわからないだろう」

「隠れているんだ。一年もおとなしくしていれば、探すのをあきらめる。騒がないと約束しなかったら、お前らはこのままだ」

黒縁はいった。

「薬漬けにされたら悲惨だぞ。前にもそういう目にあわされた奴を見た。後遺症で、まともな社会生活が送れない」

俺はぞっとした。そんなのは嫌だ。

俺が黙っていると、黒縁はいった。

「時間がない。今すぐ決めろ」

「ミヤビと相談したい」

「今、連れていく。ただし待たせるな。昼休みで誰もいないから、きたんだ」

俺は頷いて、ベッドから下りた。

黒縁が扉を開け、あたりをうかがった。

「こい」

扉の外は狭い通路だった。五メートルくらいの間隔で扉が並び、反対側は壁になっている。扉にはそれぞれ番号が書かれていて、俺がいた部屋は「11」だった。すべてが灰色だ。

黒縁が先に立って通路を進んだ。通路の正面はいきどまりで、反対側には階段とエレベーターホールがある。

「14」と記された扉の前で黒縁は立ち止まった。扉の外側にとりつけられた錠前を操作した。

「急いで話せ」

小声でいって、扉を開いた。俺は頷いて、中にすべりこんだ。

「想一」

ベッドに腰かけていたミヤビが目をみひらいた。

「逃がしてくれるといってる。ただし、ここのことは誰にもいわず、騒ぎたてないのが条件だ」

「目黒がそういったの?」

「ちがう。手下の奴だ。良心が咎め、今は昼休みで誰もいないので逃がすと」

扉が開いた。黒縁が入ってきた。

「今すぐ決めろ。ここをでて騒がずにどこかに隠れているか、この先何年も薬漬けにされるか」

切迫した口調でいった。俺はミヤビを見た。

「わかった。隠れている」

ミヤビが答えた。

「お前らを逃がしたとわかったら、俺が危ない。中野がこの部屋の鍵をかけ忘れたことにする。いいな？」

黒縁の言葉に、俺たちは頷いた。黒縁が上着から俺とミヤビの財布をだした。

「これは渡しておく」

「携帯は？」

「今は駄目だ。ようすを見て、どちらかの家に送ってやる」

「わかった」

俺とミヤビは通路にでた。黒縁は、俺が閉じこめられていた部屋の方角をさした。

「つきあたりに階段がある。エレベーターは使わずに、階段で一階まで降りろ。一階に出入口がある。外に出たら、なるべく早く遠くにいけ。タクシーを拾えたらタクシーに乗るんだ。ここに帰ってくるあいつらとでくわしたら、また連れ戻されるぞ」

「あんたは？」

「俺はここに残る。あの女に責任を押しつけるための工作があるからな」

「いこう」

ミヤビが俺にいった。俺は頷いた。

「走れ」

黒縁がいい、俺たちは走った。通路のつきあたりにある階段には、ここが四階だという表示があった。

階段を駆け降りた。背中に汗が噴きだした。走ったからじゃない。戻ってきた奴らといつでくわすかわからないという不安のせいだ。

パニックを起こしそうなのをこらえた。

一階まで降りると、通路の中ほどに出入口があるのが見えた。

「あれだ」

俺はいって、走った。ミヤビもあとを追ってくる。

出入口は厚いガラスのはまった重い扉だった。古くさい金文字で「振興会館」と書かれている。何の振興会館なのかはわからない。

扉を押して外にでた。

広い歩道があり、ガードレールの向こうは片側二車線の車道だった。トラックやタクシー、バイクが音をたてて走っている。見慣れた景色に、思わず俺は息を吐いた。

「ここ知ってる。白山《はくさん》だよ」

ミヤビがつぶやいた。その言葉通り、「文京区白山一丁目」と電柱に表示があった。

「タクシーだ」

赤い空車ランプが見え、俺は手を上げた。

「とにかく離れよう」

俺はいって、でてきた「振興会館」をふりかえった。築三、四十年はたっていそうな古い建物だ。くすんだ色合いで、まるで目立たない。

「お茶《ちゃ》の水《みず》」

タクシーに乗りこむと、思い浮かんだ地名を俺は告げた。

11

なぜお茶の水といったのかというと、総武線に乗りたかったからだ。この状況で思いつく安全な場所といったら、じいちゃんの家しかない。

連中にじいちゃんのことがバレているのはわかっている。だから市川のじいちゃんの家も安全とはいえない。

だがミヤビと二人で闇雲に逃げ回るよりは、とりあえずじいちゃんの家に身を隠すほうがマシに思える。じいちゃんに起きたことを話せば、何かいい手を考えてくれるかもしれない、という希望もあった。

「市川にいくぞ」

俺は小声でミヤビにいった。

「大丈夫なの。おじいさんを巻きこんじゃって」

「今、俺たち二人にできることは限られてる。くやしいけど、じいちゃんの力を借りよう」

御茶ノ水駅で俺たちはタクシーを降り、ＪＲで市川に向かった。人の多い駅の構内や総武線の車輛《しゃりょう》に入るとほっとした。たとえ追手に見つかったとしても、公共の場所でいきなり注射を打とうとはしないだろう。

じいちゃんの家に到着したのは、午後二時過ぎだった。いつもなら前もって電話をするのだが、携帯を奪われていて、それができない。

門をくぐると、高園さんの自転車がおかれているのが見え、ほっとした。高園さんがきているようだ。じいちゃんひとりだと、インターホンを鳴らしても無視される可能性があるが、高園さんがいるなら大丈夫だ。

インターホンのボタンを押した。ややあって、

「はい」

と高園さんの声が応《こた》えた。

「想一です」

やがて、勢いよくドアが開いた。

「想一さま、それに穴川さままで。昨日はいったいどうなされたのですか。その後、連絡がないので心配いたしておりました」

高園さんが目をみひらいて立っていた。それを聞いて、俺は、仙崎香奈に会いにセントラルプラザホテルを訪ねたのがきのうだったのを思いだした。何日も閉じこめられていたように感じていたのだ。

「それに穴川さまは交通事故にあわれたのでは――」

高園さんはいって、ミヤビを見つめた。

「全部嘘だった。俺たちつかまって麻酔を打たれ、閉じこめられていたんだ――」

俺が早口でいうと、高園さんのうしろからじいちゃんが現われた。

「そんなところで話していないで上がりなさい」

応接間ではなく居間で、俺たちは向かいあった。高園さんがいれてくれたお茶を飲む。

じいちゃんは俺たちの向かいにすわり、難しい顔で話を聞いていた。

「すると、目黒と中野と名乗った役人の、さらに手下がお二人を逃がしたというのですね」

話が終わると、まず高園さんがいった。

「そう。そいつともうひとりは、六本木で俺が岩田さんたちを尾行しようとしたのを邪魔した。たぶん国家安全保障局の下っぱだと思う」

「下っぱにしてはずいぶん大胆なことをしたものですね」

高園さんは首を傾げた。

「自分が逃がしたとバレたら消されるから、中野に責任を押しつけるといってた。それから、一年は騒ぎたてず隠れていろ、とも。だから、ここにいるのも安全じゃない」

「一年でいいのか?」

じいちゃんが口を開いた。

「そいつはそういいました。一年もおとなしくしていれば、探すのをあきらめる。騒がないと約束するなら逃がしてやるが、約束しなかったらこのままだ、と」

「お前たちが約束を守るという保証は何だ?」

「保証? あるわけないです。あの場で誓約書を書くわけにもいかないし」

俺はじいちゃんを見た。何をいいだすのだろう。なのに、

「確かに、妙でございますね。逃がしたとわかれば、自分の身が危ないというのに」

高園さんまでもがいった。

「目黒は、想一のおじいさんが政財界に影響力をもつ人だということも知っていました。あたしたちがここにいるのも、すぐつきとめると思います」

ミヤビがいった。

「それはさほど心配することではない。問題は、なぜお前たちを逃がしたかだ」

じいちゃんはいった。

「だからそれは、自分たちのしていることが犯罪だとわかって――」

いいかけた俺に、じいちゃんは首をふった。

「それは方便に過ぎん。お前たちを逃がすためのな」

「え、どういうことです?」

「ひと芝居、打ったのでございましょうね」

高園さんがじいちゃんを見た。じいちゃんは頷《うなず》いた。

「お前たちのでかたを見るのが狙いだろう」

「でかたっていったって、一年はおとなしくしていなけりゃ、また拉致《らち》される。もしかしたら、じいちゃんに迷惑が及ぶかもしれない」

「お前たちがそうせざるをえないように、仕向けたのだ」

意味がわからず、俺はミヤビを見た。

「あたしたちはわざと逃がされたってことですか? あの男ひとりの考えじゃなくて、あいつら全員の計略で」

ミヤビが訊《たず》ねた。

「おそらくな。自分たちを逃がしてくれた男を裏切るわけにはいかず、二度とこんな思いをしたくないという理由で、お前たちがおとなしくしているだろうと考えたのだ」

じいちゃんは重々しくいった。

「つまり、俺たちはだまされた？」

「そういうことでございます」

高園さんもいう。

「考えてみよ。麻酔薬まで打って連れてきたお前たちを、いくら鍵《かぎ》のかかる部屋に閉じこめたからといって、たったひとりの見張りに任せて昼休みをとるわけがなかろう。お前たちが逃げだすのを、隠れて見ていたにちがいない」

じいちゃんはいって、俺とミヤビを交互に見た。

「でも、ただでかたをうかがうためだけに、そんな危険をおかすでしょうか。あたしたちがその足で警察に駆けこんだら、どうするんです」

ミヤビがいった。

「そのときは建物はもぬけの空。おまえたちが拉致監禁されたという証拠は、どこにもない」

「ええっ」

「そんな」

俺とミヤビは声をあげた。なんてことだ。命からがら逃げだしたのだと思っていたのに、やらせだったとじいちゃんはいうのだ。

「なぜ想一さまたちを急に解放したのでございましょう。薬漬けにするというのは威《おど》しにちがいありませんが、だとしても誓約書もとらずに自由にするのは腑《ふ》に落ちません」

高園さんがじいちゃんを見つめた。

「すぐには証拠が見つからないにしても、望月さまや他の方の証言があれば、何かしら問題になることはまちがいないと思うのですが」

じいちゃんは頷き、考えていた。やがて、

「その目黒という男の態度の変化に答がある」

とつぶやいた。

「態度がかわったのは、俺たちがローズビルの屋上で見つかった死体の正体を知らない、とわかったときです」

俺はいった。

そのとき、居間の固定電話が鳴りだした。俺とミヤビは顔を見合わせた。あいつらだろうか。

高園さんが受話器をとった。

「五頭でございます」

応えたあと、

「これはこれは。昨日は失礼いたしました」

送話口を手でおおい、俺たちを見た。

「仙崎香奈さまです」

岩田の娘だ。短いやりとりのあと、高園さんが受話器をさしだした。

「想一さまにでございます。想一さまの携帯がつながらないので、ここの番号をセントラルプラザホテルの社長からお聞きになったそうです」

俺は受けとり、耳にあてた。

「もしもし、五頭です」

「仙崎です。突然ご連絡をいたしまして、申しわけありません。事故にあわれたというお友だちの具合はいかがでしょうか」

訊《き》かれ、俺はとまどった。本当のことをいえば長くなるし、説明が大変だ。

「ええと、無事でした。怪我はしていません」

とりあえず、そう答えた。

「ああ、よかった」

仙崎香奈は、ほっとしたようにいった。

「わたし、たいへん心配しておりました」

「それは申しわけありませんでした」

「いえ。わたし、実は後悔しているんです。あのとき、穴川さんがいらっしゃれば、本当のことを申し上げられたのに、と」

仙崎香奈はいった。

「あの、ここに穴川もいますが、かわりますか」

俺は訊ねた。仙崎香奈が何をいいたいのかわからないが、ミヤビにかわったほうが話が早そうだ。

「ごいっしょされているのですね。そうしていただけますか」

仙崎香奈は頼んだ。よほどミヤビに伝えたいことがあるようだ。だが、ミヤビと仙崎香奈は面識がない筈《はず》だ。

奇妙に思いながらも、俺はミヤビに受話器をさしだした。

「お前と話したいそうだ」

「あたし？」

ミヤビは怪《け》訝《げん》そうにいって、受話器を受けとった。

「もしもし、お電話かわりました。穴川と申します」

はい、はい、と仙崎香奈の言葉を聞いていたが、

「えっ」

と声を上げた。

「本当ですか、それ……。そう、だったんですね。でも、どうして？」

俺はミヤビを見た。ミヤビは信じられないという表情で俺を見返した。

「でもなぜ……。ええ、ええ。そんなことが……。それで、岩田さんは今、どちらに？　そうですか。わかりました。いえ、でも、今はちょっと。はい。時間ができたらすぐにうかがいます。はい。ごていねいにありがとうございました。いえ、とんでもない。失礼します」

ミヤビは受話器をおいた。と同時に、

「びっくりした」

といった。

「いったい、何だっていうんだよ」

俺が訊くと、ふりかえり、答えた。

「木村伊兵衛の正体は、仙崎香奈さんだった」

「えっ」

俺はミヤビを見つめた。

「木村伊兵衛って、お前にローズビルの調査を頼んだ人間だろ」

「そう。紹介してくれた先輩作家の先生とは高校の同級生だったんだって。仙崎さんは『籠城の鬼』を読んで感心して、匿名であたしに調査を頼みたいと思い、同級生の先生に連絡先を聞いた

らしい」

「でも、どうして――」

「岩田さんよ。仙崎さんは、岩田さんから大叔母さん経由でローズビルを受け継ぐことになっている。建ってから五十年以上がたつローズビルを売却してほしいという話が、六本木という土地柄もあって、ひっきりなしに大叔母さんのところにくるんですって。でも、大叔母さんは九州にいるから、仙崎さんがその対応に当たってきた。岩田さんはローズビルの管理を大叔母さんに頼むにあたって、絶対に売却はしないという条件をつけてきた。どれほど建物が老朽化し、住人がいなくなっても、岩田さんの許可があるまでは売却してはいけない、と。それで不思議に思った仙崎さんが調べたところ、四十年前にローズビルの屋上で人が死んでいたことがわかった。仙崎さんは、それと自分の父親である岩田さんとのあいだに何か関係があるのではないかと疑っている」

「そう思って不思議はないな」

「ただ、セントラルプラザホテルに泊まっているのは甥御《おいご》さんだから、そこまで訊くことができずにいたっていうの」

「じゃあ……いや、でも……」

俺はきのうのことを思いだし、口ごもった。

「何？」

「お前が事故にあったっていう嘘の呼びだしを受ける直前、俺は仙崎香奈さんと話していた。そのとき、岩田さんと甥を名乗っている人が同一人物じゃないかっていう疑いがある、といった」

いって、俺は高園さんを見た。高園さんは頷いた。

「はい、おっしゃっていました。社長は信じられないというごようすでしたが、仙崎さまは――」

「驚かなかった」

俺はいった。

「驚かなかった？　じゃあ仙崎さんも同じことを疑っていたってことか？」

「そこまでは確かめてない。ちょうどそのタイミングで病院からの偽電話がかかってきたんだ」

答えて、俺は高園さんを見た。

「俺がとびだしてったあと、仙崎さんはそれについて何かいっていた？」

「いいえ」

高園さんは首をふった。

「何もおっしゃいませんでした。私も早々に失礼いたしましたし」

俺はミヤビに目を戻した。

「微妙な反応、ってやつだった。社長のように驚いたりはしなかったけど、同一人物だと確信まではしていないような。ただ、ローズビルの調査を頼んだのが仙崎さんなら、父親に何か秘密があることは気づいている筈だ」

ミヤビは頷いた。

「それは、まちがいない。岩田さんはまだセントラルプラザホテルに泊まっているのだけど、この二、三日、部屋に戻ってきていないらしい。仙崎さんはあたしたちと話したがっている」

「でも、ホテルにいったら、絶対あいつらに見つかる。俺たちがまだ調査をつづけているとバレるぞ」

俺はいった。

「あたしもそう思った。だから時間ができたらって、言葉を濁したの」

俺は唸《うな》った。どうすればいいのだ。仙崎香奈ともう一度話せば、岩田の秘密について何かわかるかもしれない。だが、それをすれば、また拉致される危険が生じる。

俺はじいちゃんを見た。

「どうすればいいんでしょう」

じいちゃんは俺を見返した。

「真実を知ることが、お前たちの身を守る。岩田の秘密を隠したい者の多くは、お前たちの考えるように、秘密が何であるのかを知らない。おそらくは上に命ぜられるままに動いている。真実をつきとめれば、命令を下した者との交渉が可能になる」

「真実……」

ミヤビがつぶやいた。

「真実を知る者は誰だ？」

じいちゃんは訊ねた。

「えーと、岩田さん本人。それからデニスさん。もしかしたら畑中夏代さんも」

ミヤビが答えた。

「岩田さんはどこにいるかわからない。会いにいけるとしたら、『エムズハウス』のデニスさんか、勝浦の畑中夏代さんです」

俺はいった。

「そのデニスというアメリカ人は、ローズビルにかつて住んでいたのだな」

じいちゃんがいい、俺は頷いた。

「そうです。屋上で死体が見つかったことを知らないといい張ってましたが、絶対に嘘です」

「では、デニスに会うことだ」

「素直に話してくれるでしょうか」

「それはわからん。が、このままお前たちは隠れているつもりか」

「絶対に嫌です」

俺が答えるより先に、ミヤビがいった。

「では、会って訊くほかない。お前たち二人だけでは難しかろうから、私もいこう。それと、先ほど電話をしてきた、岩田の娘にも声をかけよ」

「仙崎さんですか」

じいちゃんは頷いた。

「それはいい考えでございます。仙崎さまがその場にいたら、相手方も強引な手段はとりにくいかと」

高園さんがいった。


午後七時、俺はメルセデスにじいちゃんと高園さん、ミヤビを乗せて市川を出発した。仙崎香奈とは六本木の交差点で待ち合わせている。彼女は「エムズハウス」を知らなかった。

じいちゃんがとってくれた鰻《うなぎ》で腹ごしらえもできていた。じいちゃんはいつものジャージではなく、珍しくスーツ姿だ。

じいちゃんがネクタイをしているのを見るのは、初めてかもしれない。じいちゃんのスーツは、形は古いものの、生地といい仕立てといい高級品だ。

午後八時前に、六本木の交差点で仙崎香奈を拾った。じいちゃんを見るなり、

「五頭先生！」

と目をみひらいた。

「ごぶさたしております。セントラルプラザホテルの仙崎でございます。いつも大変お世話になって――」

いいかけたのを、

「そんな挨拶《あいさつ》はせんでよい。世話になっているのはこちらもいっしょだ」

と、じいちゃんは制した。

「とんでもございません。五頭先生のご指導で、当ホテルが倒産の危機を脱せましたことは、従業員一同、感謝しております」

俺はびっくりした。そんなことがあったのか。

「それより、孫がこのたび迷惑をかけた」

「何をおっしゃいます」

メルセデスを駐車場に止め、俺たち五人はコーヒーショップに入った。奥まった席にすわると、俺とミヤビが交互にこれまでの話をした。仙崎香奈は無言で聞いていたが、俺たちが麻酔を打たれ、監禁されたことを聞くと、「まあ」と目をみひらいた。

「そんな危ない目に――」

黒縁眼鏡の〝手引き〟で逃げだし、じいちゃんの家にいったことまで、すべて話した。

「申しわけございません。わたしのせいでそんな恐ろしい目にあわせてしまって――」

「仙崎さんは悪くありません」

ミヤビはきっぱりといった。

「その通りだ」

じいちゃんが頷いた。

「あんたのお父さんには、よほど大きな秘密がある。それを守りたい輩《やから》が、想一や穴川さんを監禁した。あんたにもその理由はわからないということだな」

「はい。まるで心当たりはありません。ですが昨日、想一さんがおっしゃった、岩田功《いさお》様が父と同一人物ではないかという疑いは、わたしももっておりました。叔父、甥にしてはあまりに似過ぎております。お客様のことですから、いくら親子かもしれないとはいっても、しつこく問い質《ただ》すのを遠慮しておりましたが、昨日のお話でまちがいないと確信いたしました。ただ――」

いいかけ、仙崎香奈は黙った。

「外見が若過ぎる、ですか」

ミヤビの言葉に頷いた。

「父なら、八十をとうに越えている筈なのです」

「そこにこそ、お父さんの秘密があると思います」

ミヤビがいうと、仙崎香奈は答えた。

「それが父の特異な体質だとすれば、娘であるわたしにも多少は受け継がれていいと思うのですが、それはまったくありません」

「ではなぜだと思われますか」

高園さんが訊ねた。仙崎香奈は首をふった。

「わたしにはまったくわかりません。ただ、いくら年をとったように見えない体質だからといって、パスポートまで偽造して甥を詐称するものでしょうか」

俺はいった。

「パスポートの偽造にはアメリカ政府の協力があったと思います」

「すると父は、お話にでてきたデニスさんとともにスパイだったとおっしゃるのですか」

「そう考える他ありません。だからこそ、日本のスパイである国家安全保障局の人間が動いている」

「しかし、父やデニスさんがそうだったとしても、何十年も前のことです。そんな昔の秘密を守るために？」

仙崎香奈は信じられないというように俺を見た。

「詳しいことは本人に訊くしかない」

じいちゃんがいった。

「岩田様はずっとおでかけのごようすで、この何日か、お姿を拝見していません」

「デニスさんなら何か知っている筈です」

ミヤビがいった。全員が頷いた。

「ではいくか」

じいちゃんがいい、俺たちは腰を上げた。

コーヒーショップから「エムズハウス」までは歩いて五分とかからなかった。

「エムズハウス」へと降りる階段の手前で、俺は立ち止まった。午後九時近い時刻だが、六本木ということもあり、人通りは少なくない。「エムズハウス」への出入りを見張っている者がいないか、あたりを見回した。人が乗ったまま止まっている車や待ち合わせを装って立っている人間がいないか、探す。怪しいと感じるような車や人の姿はなかった。

いよいよだ。俺は腹に力をこめ、階段を降りていった。

階段の途中から演奏が聞こえた。俺でも知っている「ナイト・アンド・デイ」だ。俺は先頭に立って、「エムズハウス」の扉を押した。

ステージで畑中メイが歌っていた。ピアノを弾いているのはデニスだ。

「いらっしゃいませ」

入口の近くに立っていたリョウが低い声でいった。

今日は客の数が少ない。カップルが二組、テーブル席にいるだけだ。

「いらっしゃいませ」

ステージの上から畑中メイがいった。間奏にあわせ、体を揺らしている。

「こちらへ」

リョウがステージに近いテーブルに案内した。楕円形《だえん》の、店で一番広い席だ。

「よい店でございますね」

高園さんがいい、じいちゃんも頷いた。

「お飲み物をうかがいます」

じいちゃんがジントニック、高園さんと仙崎香奈がハイボール、ミヤビがビールを頼んだ。運転のある俺はジンジャーエールだ。

「ナイト・アンド・デイ」が終わった。

「せっかく新しいお客様がおみえなので、あと一曲、歌いましょう。『四月のパリ、エイプリル・イン・パリス』」

畑中メイがいい、じいちゃんと高園さんが拍手をした。知らない歌だ。

俺はデニスを見ていた。俺たちが席につくまで、デニスはずっと目で追っていた。が、俺たちが目の前にすわってからは、まったくこちらを見ようとしない。以前はウインクしたのに、今日は不自然なほど無視している。

曲が終わった。デニスはピアノの前から立った。カウンターに歩いていく。

「いらっしゃいませ。今日はおおぜいでお越しいただき、ありがとうございます」

畑中メイがテーブルにきて、いった。鮮やかな赤いドレス姿だ。

「祖父です」

俺はじいちゃんを示した。

「あら」

畑中メイは目をみはった。

「そしてこちらは、岩田さんのお嬢さんです」

俺は、仙崎香奈を紹介した。

「岩田さんて、あの岩田さん？　デニスのお友だちの？」

「はい。父がお世話になっております」

仙崎香奈がいって、頭を下げた。

「嘘！　こんなに大きなお嬢さんがいらっしゃるの」

畑中メイは手を口に当てた。

「デニス！」

カウンターをふりかえる。デニスは定位置のカウンターの端にいた。

「何ですか」

「きて」

畑中メイが手招きした。デニスの手もとに携帯電話があるのを俺は見てとった。メールを誰かに送ったのだろうか。

「ママ、私、今忙しいよ」

興味がなさそうな顔でデニスがいった。が、畑中メイは気にしなかった。

「いいから、早くきて」

不承不承といったようすでデニスが腰を上げた。

「何ですか」

畑中メイのかたわらに立った。俺やミヤビ、仙崎香奈を見ても表情をかえない。

「こちら、あなたのお友だちの岩田さんのお嬢さんですって」

「そうですか。こんばんは」

デニスは冷たくいった。

「父がいつもお世話になっております」

仙崎香奈がいった。

「それ、人ちがいです。私、あなたのお父さんを知りません」

デニスは首をふった。

「岩田久雄さんです。最近は岩田功さんと名乗っています」

ミヤビがいった。デニスが目だけを動かしてミヤビを見た。

「お忘れですか。勝浦の畑中夏代さんのお宅でお会いした穴川です」

デニスは無言だ。

「すわりませんか」

じいちゃんがいった。

「よろしければ一杯さしあげたい。お好きなものをどうぞ。ママも、もちろん」

「あら、嬉《うれ》しい。いただきます」

さっさと腰をおろした畑中メイに、デニスは責めるような目を向けた。

「お腹が痛いので、遠慮します」

「それはよくない。では何かあたたかいものを飲まれてはいかがかな」

じいちゃんがいった。じっとデニスを見つめている。デニスの表情がかわった。

「どこかでお会いしたことがありますか」

じいちゃんとデニスは無言で見合った。

不意にデニスが目をみひらいた。

「あなた、昔、日本政府で働いていましたか」

じいちゃんは首をふった。

「私は役人であったことはない。が、役人の知り合いはおおぜい、いた」

デニスは瞬きした。何かを思いだそうとしているように見える。

「すわんなさいよ。すわって話しましょ」

畑中メイがいい、デニスは無言で腰をおろした。

俺はじいちゃんとデニスを見比べた。二人が顔見知りなどということがあるのだろうか。

リョウが近づいてきた。

「リョウ君、あたしはカンパリソーダ、濃いめ。デニスは何にする？」

畑中メイがいった。

「ジャック・ダニエルのオンザロックを」

デニスは、じいちゃんから目をそらさず答えた。リョウは頷き、遠ざかった。

「本当に知り合いなの？　お二人」

畑中メイが無邪気に訊ねた。じいちゃんは畑中メイに微笑んだ。

「長く生きていれば、それだけ出会う人も多くなる。あんたのような素敵な歌い手さんと知り合う機会がなかったのは残念だ」

「まあ、嬉しい」

畑中メイはうっとりと答えた。

「カーネル・ウイザース！」

不意にデニスがいった。

「カーネル・ウイザースとあなた、いました。ちがいますか」

じいちゃんはデニスに向き直った。

「なつかしい名だ」

「じいちゃんの知り合いなの？」

俺は訊ねた。畑中メイとデニスの飲みものをリョウが運んできた。

じいちゃんは俺の問いには答えず、自分のグラスを掲げた。

畑中メイににこと笑いかけ、じいちゃんはいった。

「新しい友情と、古い友情に乾杯」

「乾杯！」

嬉しそうに畑中メイがグラスを掲げた。デニスはさかんに瞬きをしながらグラスをもちあげた。

「乾杯」

高園さんもいい、俺たちもグラスを掲げた。

「ウイザース大佐は、二十年ほど前に亡くなられたと聞いている。亡くなる前は提督だった筈だ」

グラスをおろしたじいちゃんはいった。デニスはじいちゃんを見つめ、頷いた。

「なくなる直前まで、アメリカと日本、両方の政府のアドバイザーをしていました」

「その功績に報いるため、日本政府は勲章を与えたと聞いている」

じいちゃんはいった。不意にデニスが指を鳴らした。

「あれは一九七九年です。赤坂で、あなたと会った。カーネル・ウイザースと日本政府のスタッフがあなたを連れてきた」

「赤坂の何というお店？」

畑中メイが訊ねた。

「店ではない。アメリカ大使館だ」

じいちゃんが答えた。デニスはまだじいちゃんを見つめている。

「あなたにはたいへんなギフトがある、とカーネル・ウイザースはいった」

「ウイザース大佐が帰国されるまで、私は親しくさせていただいた。ウイザース大佐はよく私の家にもこられ、酒を飲んだ」

じいちゃんは高園さんを見た。

「覚えていないか。大柄で銀髪のアメリカ人だ」

「思いだしました。確か海軍の方でしたな。日本語がたいへんお上手で、先生に易学の手ほどきを受けていらした」

高園さんが頷いた。

デニスはじいちゃんから俺に目を移した。

「どういう関係ですか、あなたたち」

「想一は、私のグランドサンだ」

デニスの顔が無表情になった。

「それは――」

「心配はいらん。あんたもそうであるように、私も今は引退した身だ。ただ――」

「ノー。ストップ。それ以上の話は駄目です」

デニスが手をふった。じいちゃんは首を傾げた。

「何を恐れている？　我々はもうそれほど長くは生きない身だ。ちがうかね？」

デニスはいい返そうとして止め、考えこんでいたが、少ししていった。

「恐れているのではなくて、デューティがあるのです。アメリカ政府で働いていた人間として、そのデューティは死ぬまでつづきます」

「あんたのその思いは立派だ。だが、想一と友人がどんな目にあったか、知っているかね？」

デニスは俺とミヤビを見た。

「警告があった筈です。あなたたちは一般市民が知るべきでないことを調べた」

「だとしても、俺とミヤビは麻酔薬を注射され、病院のようなところに閉じこめられました。いう通りにしなければ、何年も薬漬けにして閉じこめてやると威されもした」

俺はいった。

「何それ。どういうこと？」

畑中メイがいって、俺とデニスを見比べた。

じいちゃんがいった。

「物騒な話をして申しわけない。こちらのデニス氏は、以前アメリカ政府で働いておられてね。その当時かかわったことがらについて、たまたま私の孫とその友人が調べておったのだ」

「お願いしたのはわたしです。父について調べていただきたい、と。父とわたしは、ほとんどいっしょに暮らすことがなかったので――」

仙崎香奈がいった。

「それがあの岩田さん？」

「そうです」

ミヤビが答えた。

「でも岩田さんのお年からして、こんなに大きなお嬢さんがいらっしゃるとは思えないのだけど。うかがったことはないけれど、岩田さんのお年は五十代でしょう？」

「わたしは五十三です。父は、八十五になる筈です」

仙崎香奈が答えた。

「嘘！」

畑中メイは目を丸くした。デニスに訊ねる。

「本当にあの岩田さんなの？」

デニスは無言で唇をひき結び、仙崎香奈を見ている。

「デニスさん、任務をまっとうする気持は立派だが、親子の情を考えるなら、あんたのいうデューティを多少曲げたとしても、罰は当たらないのではないかな。孫たちの身に起きたことの責任まで、あんたに負わせようとは考えておらん」

じいちゃんがいった。デニスは手を広げた。

「あなたのグランドサンについては、私の知らないところで起きたことです。私はそんなストロングなやりかたを求めていません。昔から、日本政府にはアメリカ政府の要望に対してトゥマッチな反応をする人がいます」

「それはわかる。アメリカの機嫌を損ねると出世の道が断たれる、と考える日本の役人は少なくない」

じいちゃんは頷いた。そして訊ねた。

「では岩田氏のことはどうかね？」

デニスは深々と息を吸いこんだ。そのまま黙っていたが、やがて吐きだした。

「彼はリペアラーです」

「リペアラー？」

俺とミヤビが同時に訊ねた。

「そうです。リペアラーの存在を、一九五〇年代にアメリカ政府は知り、互いに協力するとともに、存在を隠してきました」

じいちゃんが唸り声をたてた。

「修復者だな。ふむ。聞いたことがある」

俺は思わずじいちゃんを見た。

「何、それ？」

「ひと言で説明するのは難しい。修復者といわれるのは、歴史上のできごとが偶然によってかえられるのを防ぐ、あるいはかわってしまったのを元に戻す役割を担っておるからだ」

「歴史上のできごと？」

「それって、タイムトラベラーということですか」

ミヤビがいった。

「タイムトラベラー？」

俺は訊き返した。じいちゃんは頷いた。

「本人の意志で旅をしているわけではない。もっと大きな別の力で歴史の中をいききしておるのだ」

「そうです」

あきらめたようにデニスが答え、つづけた。

「だからといって、何百年も昔や未来にいけるわけではありません。リペアラーは、その人生の時間の中をいったりきたりするのです」

「人生の時間の中を？」

ミヤビが訊いた。デニスは息を吐き、指を立てた。

「たとえば、一九五〇年に生まれ、百歳で死ぬ人がいるとします」

「百歳って二〇五〇年でしょ。死ぬかどうかわからないじゃない」

畑中メイがいった。

「リペアラーにはそれがわかっています。そして、二〇五〇年までの時間内を移動するのです。四十歳のときに、自分が三十歳の時代に戻ることもあるし、八十歳の時代に飛ぶこともある。ただし、どこに飛ぶのか自分では決められないし、飛んだ時代にどれだけいられるかもわからない」

「タイムパラドックスはどうなるんです？」

俺はいった。

「タイムパラドックス？」

「過去に飛んで、その時代の自分に会ったら、知らない筈のことを知ってしまう」

デニスは首をふった。

「ひとつの時代には自分はひとりしかいない。三十歳のときに戻ったら、三十歳のリペアラーは別の時代にいます。それに、リペアラーがハッショウするのは、だいたい二十五歳を過ぎてからです。大人がかかる病気なのです」

ハッショウが発症であると気づいた。

「病気なの？」

ミヤビが訊く。

「ある種の病気、と我が国の研究機関は考えています。伝染せず遺伝もしない。二十億人から三十億人にひとりが発症すると推定される、とても珍しい病気です。リペアラーが発見された場合、アメリカ政府はただちに保護し、監督下におきます」

「それがアメリカ人でなくても？」

　俺は訊ねた。デニスは複雑な表情で頷いた。

「はい。犯罪者やファシストにその力を悪用されるのを防ぐためです」

「アメリカ政府のいう通りになってくれるのですか」

　ミヤビが訊ねた。

「リペアラーが時間の中を動くといっても、その期間ははっきりしないし、ひとりでできることには限界があります。それに、いつどこに飛ぶかわからない生活では、政府の保護を受けたほうが安心です」

　デニスはいった。

「修復というのは何をするのだ？」

　じいちゃんが訊いた。

「リペアラー本人のアクションによって何かがかわるということは決して多くありません。リペアラーは本来情報の提供者であり、そういう意味では、修復者という呼び名は正しくない。アメリカ政府には、大規模ではありませんが、リペアラーから提供された情報を分析する機関があります。そこでは過去のできごとが未来にどのような影響を及ぼすかを研究しており、それをもとに政府がアクションを起こすかどうかを決定します」

「よくわからないのですけど、リペアラーがいることで何がかわるのですか」

　俺は訊いた。デニスは困ったような笑みを浮かべた。

「それを説明するのはすごく難しい。たとえば将来、とてもたくさんの人の命を奪うことになる伝染病が発生するとします。その発生を止めることはリペアラーにはできない。だけど、その伝染病の特効薬やワクチンを発明するドクターは、いずれ現われる。リペアラーがその時代にいれば、ニュースなどでそのドクターの名前を知ることは可能です。そのドクターは、現在はまだそのような研究はしておらず、医学部に籍をおくただの学生かもしれない。ところが勉強とアルバイトの両立に苦しみ、大学をやめようかと考えていたらどうでしょう。彼または彼女はドクターにならず、将来、薬が発明されることもなくなってしまう」

「助けるんですね」

俺はいった。デニスは頷いた。

「助けるといっても、将来あなたはこういう発明をするからといって助けるわけではありません。政府とは無関係の、善意の第三者として、彼の勉強を支援する」

「じゃあ逆もできるということですか。その人が医学ではなく別の勉強をするように仕向ければ」

ミヤビが訊ねた。

「そういうこともあるでしょう。その学生が将来、人類にとってとても危険な生物兵器を開発する可能性があるなら、弁護士になるためのスカラーシップ《奨学金》を支給します」

デニスはいった。

「人の人生をかえちゃうんだ」

ミヤビは目をみひらいた。

「確かにその人の人生はかわります。ですがそれによって、多くの命を救うことが可能です。たとえば無差別殺人をしてつかまった犯人がいるとします。その犯人が前もってわかっていれば、秘かに監視して、武器を手に入れるのを防ぐことができる。何もしていない人をつかまえることはできない。けれど何かをしようとするのを止めるのは可能です」

俺たちは考えこんだ。リペアラーのもたらす情報は、人類の最大公約数にとってはプラスかもしれないが、ある特定の人間にとっては、人生をかえられてしまう危険がある。

「台風や地震などの災害はどうなんです?」

ミヤビが訊ねた。

「自然現象を防ぐのは不可能です。ただ発生することが前もってわかっていれば、被害を少なくするのは可能です。ですがあくまでそれは予測ですから、信じない人もたくさんいる。だからといってリペアラーの存在を皆に教えるわけにはいきません。そんなことをすれば大騒ぎになるし、リペアラーの身に危険が及びかねない。そうなったら、協力してくれるリペアラーもいなくなります」

「では父は、いろいろな時代をいったりきたりしている、ということですか」

黙っていた仙崎香奈が訊ねた。

「そうです。私は一九八二年に岩田サンと知り合いました。そのとき岩田サンは二年ほど東京にいて、一九八四年の春にいなくなりました」

「私が最後に父と会った年です」

仙崎香奈はいった。

「今の岩田サンは、それより少し後、一九九〇年代からきました。だから若く見える」

デニスがいった。

「自分の年がわからなくなるだろうな」

俺はつぶやいた。デニスは俺を見た。

「岩田サンは、もうじき死にます」

「えっ」

全員が叫んだ。

「もうじき死ぬって、どういうことです?」

俺は訊ねた。

「岩田サンの人生は八十六年で終わります。検査の結果、それはわかっている」

「そんな検査ができるのですか」

デニスは頷いた。

「リペアラーが見つかると、研究機関がそのDNAを徹底的に調べます。だからいくつで死ぬか、ほぼまちがいなくわかります」

俺を見ていった。

「とてもコストがかかる検査です」

「待って。みんなの話していることがまるでわからないのだけど。岩田さんが、あなたのいうリペアラーって病気なの?」

畑中メイがいった。

「そうです。病気というのは本当は正しくありませんが」

「じゃあ何なの?」

デニスがじいちゃんを見た。説明を任せたいようだ。

「噂を聞いたことはあるが、私は一度も会っていない」

じいちゃんは首をふった。

「誰か説明して」

畑中メイは、俺やミヤビ、仙崎香奈を見回した。

「ええと、あたしがやってみます。ちがってたらいって下さい」

ミヤビが口を開いた。

「二十億人から三十億人にひとり生まれる特異体質で、二十五歳から死ぬまでの期間を、その時間の中に限っていききするタイムトラベラー、という解釈であっていますか」

デニスは頷いた。

「たとえば、一九五〇年生まれの人が一九七五年に発症し、二〇三〇年に亡くなるとしたら、八十年のあいだをタイムトラベルする？」

「ちがいます。時間移動できるのは、一九七五年から二〇三〇年までのあいだです。発症するより前の時代にはいかない」

デニスはいった。

「タイムトラベルする先の時代は選べるのですか？」

仙崎香奈が訊ねた。

「選べません。いつ飛ぶのかもわからない」

「え？　いつ飛ぶかもわからないの？」

畑中メイがいった。デニスは畑中メイを見た。

「そう。時間移動は寝ているあいだに起こる。眠って、目が覚めると、同じ場所の別の時代に飛んでいる。目が覚めるまで、移動したかどうか、本人もわからない」

「たいへんじゃない。隣りで寝てた人が、どこかに飛んでいってしまうってことでしょ」

畑中メイがいうと、デニスは苦笑した。

「ママの恋人がリペアラーだったら、そうなります」

「父はじきに亡くなるとおっしゃいましたね。それはいつです？」

仙崎香奈がいった。

「あと五カ月と少し」

笑みを消し、デニスは答えた。

「それは、急に年をとって、死んでしまうということですか」

「そこまでは知りません。ですが、たぶんリペアラーはあまり年をとらない。細胞の老化がとても遅いのです。遅いけれども、寿命が長いわけではなく、ときがくれば死にます」

「本人もそれを知っているのですか」

「知っています。ただし、最期のときをどこで迎えるのかはわからない」

「つまり死ぬときにもタイムトラベルするということですか」

「たぶんそうです。アカデミーのデータによれば、リペアラーは死期が近づくと、他の時代に飛んで、もう帰ってこない」

「つまり、本来なら今年に寿命が尽きるとしても、必ずしも今年に死ぬわけではない？」

ミヤビがいい、デニスは頷いた。

「岩田サンは、残り少ない時間を楽しんでいます。今は二〇二五年にいますが、どこかに飛んだら、そこが最期のときを迎える時代となるでしょう」

俺とミヤビは顔を見合わせた。

「飛ばないようにできないの？　安らかにベッドで死なせてあげるとか」

畑中メイが訊ねた。

「できません。クァ、ン、タ、ム、単位で分解し、移動するのです」

「クァ、ン、タ、ム？」

「量子のことですよね。物理の最小単位。原子より小さくて揺らいでいる」

ミヤビがいった。デニスは頷いた。

「私にも難しいことはわかりませんが、リペアラーの時間移動にはクァ、ン、タ、ム、がかかわっているそうです。今の科学の力でそれにカンショウするのは不可能です」

カンショウが干渉であることに俺は気づいた。じいちゃんを見た。

「じいちゃんはどうしてリペアラーのことを知っていたの」

「私をそうでないかと疑った者が日米両政府にいたのだ。今より四十年以上前のことだ」

「先生の八卦《はっけ》があまりにも適中するので、リペアラーではないかと疑った人がいたのです。ウイザース大佐もそのひとりでした」

高園さんがいった。

「日本政府にも修復者の対応をする部門があることを、そのとき私は知った」

じいちゃんがいった。

「岩田さん以外にも日本にリペアラーはいるのですか」

ミヤビが訊ねた。

「一九六〇年代にいたようだ」

「私の上司だった人が担当していました。モモチさんという人でした。一九六九年に亡くなりました。その上司が前の担当者から引き継いですぐでした。その頃はまだリペアラーのＤＮＡをそこまで調べる科学はありませんでした。私の知る限り、日本にその後、リペアラーは現われていません」

デニスがいった。

「岩田さんは今どこにいるのですか」

俺は訊ねた。

「この二日間は、日本政府の人間と会っている筈です。あなたたちへの対応を相談するために」

デニスが答えた。

「ホテルに帰っていないのは？」

ミヤビが訊いた。

「それはわかりません。もしかすると――」

デニスの目が動いた。

「いらっしゃいませ」

リョウがいうのが聞こえた。

「想一」

ミヤビが俺を見た。「エムズハウス」の入口に大勢の人間がいた。振興会館にいた目黒と中野、銀縁眼鏡の姿が見えた。他にも、初めて見る二人の白人がいた。ひとりは中年で、ひとりはかなりの高齢だ。

「ウイザース大佐――」

高園さんがいった。高齢の白人はじいちゃんに笑いかけた。

「生きておられたか」

じいちゃんは目をみはった。

「いろいろとわけがあってね。死んだことにしていたのだ」

歩みよってきた高齢の白人が日本語でいった。目黒が俺とミヤビにいった。

「昼間は失礼した」

「また俺たちを拉致しにきたのか」

中野が首をふった。

「これ以上あなた方に時間を割くのは無意味だとわかりました」

「あんたたちが私の孫をさらった犯人というわけか」

じいちゃんが目黒たちに目を移した。

「誤解だったんだ、ソウケン。彼らを許してやってくれ」

高齢の白人がいった。陽焼けし、白いヒゲを長くのばしている。

「そうはいかん。この連中は、孫と孫の友だちを、薬漬けにして何年も閉じこめてやると威した」

「知っている。まちがった行為だ。だが彼らからの連絡で、私はサンディエゴから飛んできた。ソウケンを説得できるのは私しかいない、と頼まれたのだ。アメリカ、日本、両政府の過ちを許してほしい」

「私ではなく、孫にいえ」

じいちゃんが厳しい顔でいった。高齢の白人は俺とミヤビを見た。

「私はアメリカ海軍のウイザース提督です。リペアラーをめぐる問題で、あなたがたに起こった悲劇の責任は、アメリカ政府とその要請をうけた日本政府にある。あなた方に対してなされた理不尽なふるまいは、決して傷つけることが目的ではなかった。ボタンのかけちがいによる過剰な反応だったのです。どうか許してほしい」

びっくりするほど流暢《りゅうちょう》な日本語だった。

「私からもお詫《わ》びをする。アメリカ政府の要請に、より効率的に応えようとした結果でしかなかった」

目黒がいった。もったいぶって、しかも上から目線だ。

「嫌だね。どうしても許してほしいなら、記者会見を開いて、何があったのかを全部、話してもらいたい」

俺はいった。中野に目を移した。

「あんたもその記者会見にでるんだ」

「それは不可能だ。リペアラーの存在は、秘匿されなければならない」

中野がいった。

「不可能とか可能とか、いったいどんな理由で決めているんだよ。あんたたちの立場やメンツのためだというなら、それは俺の知ったことじゃないね」

中野の顔がこわばった。じいちゃんが俺を目で制した。

「孫たちをわざと逃がしたのは、誰の考えだ？」

目黒と中野が顔を見合わせた。

「そこまで気づかれていましたか」

目黒がつぶやいた。

「ミスアナガワ、ミスターゴズ」

ずっと黙っていた中年の白人が口を開いた。

「たいへん失礼な話ですが、お二人が受けた心の傷に対し、アメリカ政府の金銭的な謝罪を受け入れていただきたい。ミスターイワタに関する情報の公開は、日本とアメリカの国防上、大きなマイナスとなるのです」

「金で黙らせようというわけか」

俺はいった。猛烈に腹が立ってきた。

「そんなことより岩田さんはどこにいるの？」

ミヤビがいった。

ウイザースが大きなため息を吐《つ》いた。

「もうじき、ここにきます。六本木への移動が賢明だと判断したので」

「六本木への移動が賢明とはどういうことですか」

ミヤビが訊ねた。

「長年の経験から、最後のダイブが近い、と感じているようです」

「ダイブ？」

俺は訊き返した。

「あなた方のいうタイムトラベルです」

デニスが答えた。

「そろそろ、そのときがくる。そしてそれが最後になる、と」

「最後ってどういうこと？」

ミヤビはデニスを見た。

「とりあえず、皆さんすわって。立ったまま話していては、他のお客さまに迷惑ですから」

畑中メイがいい、新たにきた五人は俺たちと隣りあったテーブルに腰をおろした。リョウが注文をとりに近づき、白人二人がビールを、日本人三人はコーラを注文した。

「ウイザースさん、こちらは岩田さんのお嬢さまです」

高園さんが仙崎香奈を示していった。ウイザースは目をみはった。

「あなたがとても小さい頃、一度だけ会ったことがあります」

「穴川さんと五頭さんに、父に関する調査をお願いしたのはわたしです」

仙崎香奈はいって、五人を見回した。

「その結果、このようなことになり、とても責任を感じています」

「それはちがいます。仙崎さんに責任はありません。この連中が悪い。法律も犯していないのに、俺たちを閉じこめ、薬漬けにしてやると威した。アメリカ政府の要請だろうが何だろうが、そんなことが許されていい筈がない」

思わず大きな声でいっていた。

「想一、落ちつきなさい」

じいちゃんがいった。

「じいちゃん。こいつら、自分が悪いことをしたとは少しも思ってない。職務を果たしただけだ、ぐらいにしか考えてないんだ」

「役人とはそういうものだ」

じいちゃんは首をふった。

「その上、金で解決しようとしている。最低だよ」

俺の怒りはおさまらなかった。

「ミスターゴズ、あなたの怒りはもっともだ。しかし、すべてを公開しろというあなたの要求にはお応えできない。そんなことをすれば、リペアラー探しが世界中で始まり、それは大きなトラブルの原因になる。犯罪者や独裁者が、未来からこの時代にきているリペアラーを見つけだそうとします。理由はわかりますね」

　中年の白人がいった。

「もちろん。未来を知れば、金儲《もう》けや権力を得るのに利用できる」

　俺は声を落とした。中年の白人は頷いた。

「あなたに対する非礼なふるまいは、起きるであろうトラブルを防ぎたいという、職務に対する熱意の結果なのです」

「すべてを説明して、理解を求めるというやりかたもあった筈です」

　ミヤビがいった。目黒が口を開いた。

「もちろん、それについても我々は検討しました。ですがお二人はマスコミにかかわっていらっしゃる。穴川さんは作家で、五頭さんはイラストレーターと、どちらも出版界で仕事をされている。そういうお二人にすべてをお話ししたら、きっと公表してしまうと考えたのです」

「あんなことをされる前だったら協力したかもしれないけど、今は、あんたたちに嫌な思いをさせるためだけでも、公表したいね」

　俺は目黒を見つめた。

「本当に申しわけないことをしたと思っております。どうか許して下さい」

　目黒がいい、中野も、

「ごめんなさい。傷つけたいと思ってしたことではありませんでした」

と頭を下げた。銀縁は目を落とし、

「すみませんでした」

とつぶやいた。

「想一、プライドの高い役人は、なかなかここまではしない。それにお前の腹いせのせいで、困る人間がでてくるかもしれん。役人のことではないぞ。リペアラーの疑いをかけられる人のことだ。お前が会ったこともない、しかもさまざまな地域の人々に、トラブルが起こってもよいのか」

じいちゃんが俺を見つめた。

「それは嫌です」

俺は首をふった。

「この件についての責任はすべてわたしたちにあります。わたしが辞職すれば、納得していただけますか」

中野が訊ねた。

「いや、君ではない。責任があるのは私だ」

目黒が首をふった。

「もうやめて下さい。あなたたち二人が辞職したところで、問題が解決するわけじゃありません」

ミヤビがいった。そして俺を見た。

「想一、これ以上はよそう。真実がわかれば、それでいい」

「わかった」

俺は頷いた。本当は一発ずつ殴ってやりたいが、そんなことをしても何の解決にもならない。

「岩田さんの話をして下さい。最後のダイブというのは、どこかにいってしまって、もう帰ってこないという意味なのですか」

ミヤビが訊ねた。

五人は顔を見合わせた。目黒が口を開いた。

「ここは私から話しましょう。今、穴川さんは帰るという言葉を使われたが、リペアラーにとって、厳密な意味では帰る場所はないのです。リペアラーとなってからは、あるべき時間の中に存在することはまれで、死ぬまでの何十年間かの時間の流れの中をランダムに移動しつづけます。四十歳に達する年に、四十歳で存在するとは限らない。リペアラーが肉体的に老けにくいというのは、それも理由のようです。ですが、生まれてから死ぬまでの期間は決まっており、たとえばそれが九十年だとすれば、ダイブして過ごしたあらゆる時代での時間の総和が、リペアラーを発症した年齢とあわせて九十年に達したとき、死を迎えるのです」

「それはどうしてわかったのですか」

仙崎香奈が訊ねた。

「あなたのお父さんを含む、ごくわずかなリペアラーの協力を得ておこなった研究の結果です。日米両政府が把握しているリペアラーの数は、これまでのところ四人です。亡くなった人も含めて」

目黒は答えた。

「モモチさんの話はした」

デニスがいった。目黒は頷いた。

「そうですか。残る三人のひとりがお父さんです。あとの二人についてお話しすることはできません。申しわけありませんが」

「じゃあ、見つかっていないリペアラーもいるかもしれない？」

俺は訊いた。

「いるかもしれません。タイムトラベルを利用して財産を作ったのなら、そのことは決して知られたくないでしょうから」

「でも過去に戻ったら、財産は消える」

「消えるでしょうが、作るのも容易です。有価証券や貴金属の売買をして不動産などに換えておけば、買ったときより過去に戻らない限りは、消えることもない」

「そうか……。だからか」

ミヤビがつぶやいた。

「ローズビルを売却しなかった理由はそれなのね。貸さない部屋を作り、そこに荷物をおけば、いつでもとりにいける」

「４０１号室！」

俺はいった。「珍栄」のコック竹本が、人がいたりいなかったり、ときどき大きなものを動かしているような物音がするといっていた部屋だ。

ミヤビは頷いて、デニスを見た。

「ローズビルの４０１号室は、どの時代に飛んでも、ローズビルが存在する限り、岩田さんが荷物をとりにいける部屋だった。ちがいますか？」

「その通りです。私がローズビルの５０１号室に住んだのも、彼をサポートするためだった」

デニスが答えた。ウイザースが口を開いた。

「リペアラーの存在は、アメリカとソ連の対立が激しかった一九六〇年代において、第三次世界大戦を回避する大きな理由となった。第三次世界大戦が起きたら、リペアラーは未来から代々の時代に戻ってはこられない。戦争は起こらなかったとリペアラーに教えられ、我々は核戦争を回避することができた。そうでなければ、先制攻撃のボタンを押していたかもしれない」

「そうか。確かにそうだな」

じいちゃんがつぶやいた。

「きました」

中野がいった。入口を見ている。

岩田がいた。紺のスーツを着け、ネクタイを締めている。

ウイザースと中年の白人が立ち上がった。

「ミスターイワタ」

中年の白人がいった。岩田は軽く右手をあげてそれに応え、俺たちのいるテーブルに近づいてきた。

「いらっしゃいませ」

リョウの声に岩田は小さく頷き、テーブルのかたわらに立った。無言で仙崎香奈を見つめた。

「岩田さま」

仙崎香奈が小さな声でいった。高園さんが立ち上がった。

「どうぞ」

仙崎香奈の隣の椅子を示した。

「ありがとうございます」

仙崎香奈から目をそらさずに岩田はいい、腰をおろした。

「ここでお前に会えるとは思わなかった。誰に感謝すればいいのだろう」

岩田はいって、俺やミヤビ、じいちゃんの顔を見回した。

「お嬢さんはご自分の意志でこられたのです」

目黒がいった。

「パパなの？」

仙崎香奈が訊ねた。岩田は頷いた。

「そうだ。ずっとお前には嘘をついていた。真実をいえば混乱するし、トラブルに巻きこんでしまうと思っていた。すまなかった」

仙崎香奈を見つめたまま告げた。

「今、パパのことを聞きました。すごくたいへんな人生だったんですね」

「なぜかはわからないが、こんなことになってしまった。だがそれほどたいへんではなかったよ。大勢の人の役に立つこともできたし、友だちにも恵まれた。何よりお前のママに出会え、お前を授かることができた」

仙崎香奈の目がみるみるうるんだ。

「わたしのことをそんなふうに思ってくれていたのですか」

「もちろんだ。いつの時代にいようと、お前のことを考えなかった日はない。それどころか、なんどもこっそりお前の姿を見にいった」

「本当に？」

仙崎香奈の目から涙が落ちた。

岩田は無言で仙崎香奈を抱きよせた。仙崎香奈は岩田に体を預け、手で顔をおおった。

「嬉しい」

低い声でいった。岩田は俺とミヤビを見た。

「勝浦では失礼をした」

「いえ、お会いしたおかげで、あなたが岩田久雄さん本人であると確かめることができました」

俺はいった。岩田は首を傾げた。

「携帯であなたの動画を撮って、昔のあなたを知る人に見せたんです。そうしたら岩田さん本人でまちがいない、と」

「誰です?」

「502号室に住んでいた人です」

「おお、あの女性。とても個性的な」

「彼女は岩田さんにひと目ぼれしたそうです」

ミヤビがいった。仙崎香奈が体を離し、笑みを浮かべて岩田の顔をのぞきこんだ。

「パパ?」

「誤解してはいけない。何度か偶然会っただけだ」

岩田があわてたようにいった。仙崎香奈は頷いた。

「もちろんわかっています。このお二人にローズビルの調査をお願いしたのはわたしです」

「お前が?」

「パパのことを知りたかったから」

「そうか……」

岩田は小さく頷いた。全員が沈黙した。

「ひとつだけ解けていない疑問があります」

俺は口を開いた。解けてはいないが、その答はわかっていた。

岩田は俺を見つめた。

「何です？」

「四十年前、ローズビルの屋上で見つかった死体が、誰だったのか」

「いいでしょう。それをこれからお教えします」

岩田が答えた。

「ミスターイワタ」

とまどったように中年の白人がいった。岩田は首をふった。

「隠すのは無意味です。最後のダイブが近づいていて、それが終われば私はもう誰とも会うことがない」

「しかし――」

「イワタの好きにさせよう」

ウイザースがいった。

「彼は多くの人の役に立った。彼がいなかったら、この世界はもっとたくさんの困難に直面していた」

岩田はウイザースを見た。

「ありがとう、提督」

そして俺とミヤビに目を移し、

「では、いくとするか」

といった。俺たちは立ち上がった。

「わたしもいっていいですか」

仙崎香奈が訊ねた。

「もちろんだとも。他にきたい人は？」

岩田はテーブルを見渡した。

「わたしもいきます」

中野がいって、目黒をうかがった。目黒は頷いた。デニスが立った。

「わたしもいく」

「あの、わたしもいっていい？」

畑中メイが訊ねた。

「よくわからないのですけど、いかないと後悔しそうな気がするの」

「もちろんだとも。あなたのお母さんと私は、とてもいい友だちなのだから。私との別れをお母さんに伝えてほしい」

答えて、岩田は中年の白人と目黒に目を移した。

「かまわないだろう？」

白人と目黒は目を見交わした。

「はい」

低い声で目黒は答えた。

「私がダイブしたあとは、彼らのことをそっとしておいてほしい。私のせいで誰かが困ることになってほしくない」

「わかりました。約束します」

白人は答えた。岩田は微笑んだ。

「よかった。では、いくとしようか」

岩田を先頭に、ドレス姿の畑中メイ、仙崎香奈、俺、ミヤビ、中野、白人の順番で「エムズハウス」をでた。じいちゃんと高園さん、ウイザース、目黒と銀縁眼鏡は残った。

「どこにいくの？」

表にでて、畑中メイが訊ねた。そのとき階段を、

「待って」

といいながら、デニスが上がってきた。

「私を忘れないで。なつかしいあの場所に」

ウインクしてデニスはいった。俺たち八人はぞろぞろと夜の六本木を歩いた。行き先はわかっていた。ローズビルだ。

ローズビルに入ると、岩田は階段を上った。四階を過ぎてもさらに上る。

「401じゃないのですか」

思わず俺は訊ねた。

「401の荷物はもう整理した。戻ってくることはないから」

階段を上りながら、岩田は答えた。

「ちょっと、何階まで上がるの？　ヒールで階段はつらいのよ」

畑中メイがいった。五階を過ぎ、バリケードのおかれた屋上への階段の手前まできた。

「これをどかしてくれるかね」

岩田がふりむいた。俺とミヤビ、中野と白人の四人で階段を塞《ふさ》いでいたベニヤのバリケードをどかした。

屋上にでた。思ったより風が強い。

「わっ、きれい。六本木にこんなところがあるなんて、知らなかった」

髪をおさえながら畑中メイがいった。

「こっちに」

岩田がいって仙崎香奈を手招きした。給水タンクの土台を回りこむ。

俺はミヤビを見た。ミヤビは無言で頷いた。

「どれだけ向こうにいられるかわからないから、最低限の荷物だけをもっていくことにしたんだ。401にいけばあるのはわかっているが、401にいるときにそのときがきてしまったら、他の住人に迷惑をかけてしまう」

岩田が土台のわきにおいた紙袋を示していった。

その体がじょじょに光り始めた。無数の小さな光る点が岩田の体を包んでいるような光りかただった。岩田は紙袋を抱えた。

「思ったより早くきたようだ。香奈、幸せに。皆さんも、健やかな日々を過ごして下さい」

その言葉の途中で、見ていられないほど光は強くなり、そして消えた。消えた場所には何ひとつ残っていなかった。

「パパ……」

仙崎香奈がつぶやいた。俺はそっと息を吐き、無数の光に彩られた六本木の街を見渡した。リペアラーは、最期の地に旅立ったのだ。

初出

本作は学芸通信社の配信により、
高知新聞、神戸新聞、熊本日日新聞、秋田魁新報、北國新聞、
中国新聞、信濃毎日新聞の各紙に
2022年3月～2023年8月の期間、
順次掲載されたものを加筆修正の上、単行本化しました。

大沢在昌（おおさわ　ありまさ）
1956年3月、名古屋市生まれ。慶應義塾大学法学部中退。79年「感傷の街角」で小説推理新人賞を受賞しデビュー。91年『新宿鮫』で吉川英治文学新人賞、日本推理作家協会賞、94年『無間人形　新宿鮫IV』で直木賞、2001年『心では重すぎる』、02年『闇先案内人』、07年『狼花　新宿鮫IX』、12年『絆回廊　新宿鮫X』で日本冒険小説協会大賞、04年『パンドラ・アイランド』で柴田錬三郎賞、10年日本ミステリー文学大賞、14年『海と月の迷路』で吉川英治文学賞を受賞する。ベストセラーを次々と書き続けており、22年に紫綬褒章を受章。

公式ホームページ「大極宮」
https://osawa-office.co.jp/

リペアラー

2025年２月28日　初版発行

著者／大沢在昌《おおさわありまさ》

発行者／山下直久

発行／株式会社KADOKAWA
〒102-8177　東京都千代田区富士見2-13-3
電話　0570-002-301（ナビダイヤル）

印刷所／旭印刷株式会社

製本所／本間製本株式会社

●お問い合わせ
https://www.kadokawa.co.jp/（「お問い合わせ」へお進みください）
※内容によっては、お答えできない場合があります。
※サポートは日本国内のみとさせていただきます。
※Japanese text only

定価はカバーに表示してあります。

ISBN 978-4-04-114263-9　C0093

角川文庫の大沢在昌作品

熱風団地

国際情勢を揺るがすピースを手に入れろ!
爽快バディ・ストーリー

フリーの観光ガイド佐抜は、外務省関係者から東南アジアの小国“ベサール”の王子の捜索を依頼される。軍事クーデターをきっかけに王族の一部が日本に逃れていたのだ。佐抜は“あがり症”だが、ベサール語を話せるという特技があった。相棒として紹介された元女子プロレスラーのヒナとともに、王子を捜して、多国籍の外国人が暮らす「アジア団地」に足を踏み入れるが──。

ISBN 978-4-04-114726-9

ニッポン泥棒 上／下

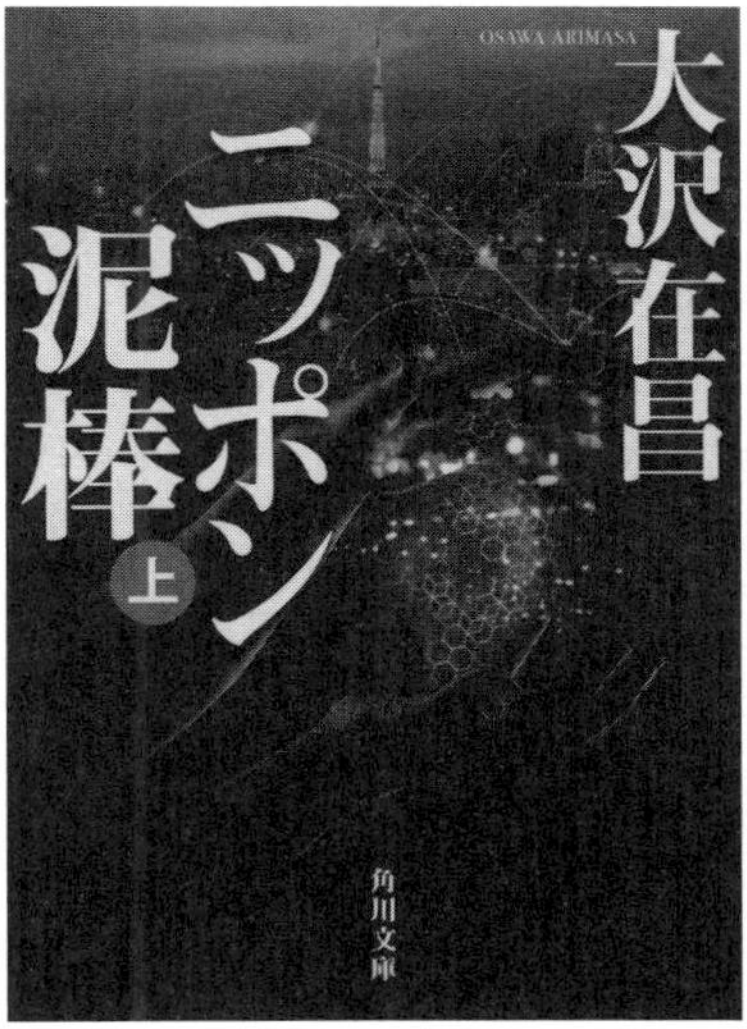

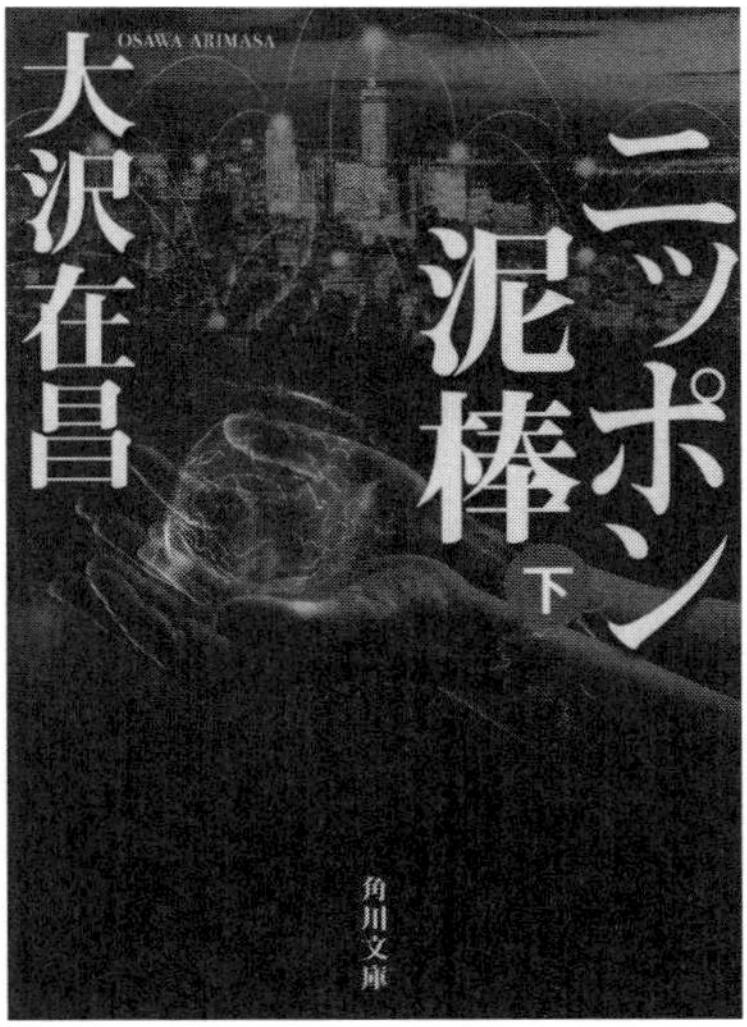

時代の変わり目で奮闘する男の行き着く先は?

現在読むべき、ノンストップ・サスペンス!

高度経済成長からバブル崩壊までを商社マンとして駆け抜けた尾津。二年前に失業し、妻にも去られたが、いまはそれにも慣れた。ある日見知らぬ青年が尾津を訪ねて告げた――「あなたは、“アダム”の一人です」。尾津は、恐るべき機能を秘めた未来予測ソフトウェア「ヒミコ」の解錠鍵の片割れで、ある勢力から狙われているという。身の危険を感じた尾津は、もう一人の解錠鍵“イブ”を捜し当てるが――。

ISBN 上:978-4-04-107111-3　下:978-4-04-107112-0